SHORT CLASSICS
短经典精选

A MULTITUDE OF SINS
Richard Ford

千百种罪

〔美〕理查德·福特 著 徐振锋 译

人民文学出版社
PEOPLE'S LITERATURE PUBLISHING HOUSE

著作权合同登记号　图字 01-2024-2124

Richard Ford
A MULTITUDE OF SINS

Copyright © 2001 by Richard Ford
This edition arranged with Creative Artists Agency
through Bardon Chinese Creative Agency Limited.
All rights reserved.

图书在版编目(CIP)数据

千百种罪／(美)理查德·福特著；徐振锋译.
北京：人民文学出版社，2025. -- (短经典精选).
ISBN 978-7-02-019065-2
Ⅰ. I712.45
中国国家版本馆 CIP 数据核字第 2024RA3025 号

总 策 划　黄育海
责任编辑　朱卫净　欧雪勤
封面设计　好谢翔

出版发行　人民文学出版社
社　　址　北京市朝内大街 166 号
邮政编码　100705

印　　制　凸版艺彩(东莞)印刷有限公司
经　　销　全国新华书店等

开　　本　889 毫米×1194 毫米　1/32
印　　张　10.25
字　　数　213 千字
版　　次　2025 年 1 月北京第 1 版
印　　次　2025 年 1 月第 1 次印刷

书　　号　978-7-02-019065-2
定　　价　79.00 元

如有印装质量问题，请与本社图书销售中心调换。电话:010-65233595

SHORT CLASSICS
短经典精选

目 录

001	隐私
006	好时光
035	呼唤
070	重逢
081	小狗
119	护雏
154	视线之外
166	支配
198	宽容
245	深渊

隐　私

那时还是我们婚姻的快乐时期。

我们住在东北部的一座大城市。冬天。二月。最冷的月份。当然，我还在尝试写作，我妻子在一家专门出版捷克科学论文的小出版社担任翻译。我们结婚已经十年而且还沉浸在那份奇怪的、令人兴奋的幻想中，以为我们已经熬过了生活中最艰难的时刻。

我们租的公寓在城市南头的旧工厂区，居住空间只是一个空的大房间，前后都有高窗，基本没有电灯。自然光就是光源。之前的住客是一位著名的先锋戏剧导演，他就在这里上演他那些晦涩的虚无主义戏剧，所以四面墙都被漆成黑色，一面墙前还有一排为他那一小群不满的观众所准备的座席。我们的床——我妻子和我的床——在一个黑暗的角落里，我们挂了一些高高的黑色背景幕布来保护自己的隐私。尽管毫无疑问，这里根本没有人会来窥探我们的隐私。

每天晚上我妻子下班后，我们会走在寒冷而明亮的街上找家饭店吃晚饭。之后我们会在某个酒吧里待上一个小时，喝杯咖啡或者白兰地，热烈地谈论我妻子正在做的翻译工作，但是（幸运的是）

从来没有谈论我当时已经注定失败的作品。

不用说,我们就是希望尽可能久地待在公寓外面。因为那屋里不仅几乎没有光,而且每天晚上七点房东都会关掉暖气,所以到了十点,我们住的那一层——最高的一层——就会冷得只能待在床上盖上所有的毯子,动都不能动。那时候,我妻子在持续工作几个小时后总是很疲惫,尽管偶尔我们回家时会喝得有点小醉,会在毯子底下做爱,但大多数时候她都是筋疲力尽地直接躺倒在床上,还没等我爬上床就打起了呼噜。

所以有很多个冬夜,在那个寒冷的、几乎空无一物的大房间里,我就这样醒着,经常由于刚喝的浓咖啡而直愣愣地醒着。我常常会从一扇窗前走到另一扇窗前,看着外面的夜色,向下看着空荡荡的街道,或者向上看着鬼魅般的天空,那里城市的建筑闪烁着的微光,那些我甚至看不见的建筑。我通常会披上一条毯子,有时是两条,脚上穿着我年轻时留下来的粗厚的袜子。

就是在这样一个寒冷的夜晚——透过公寓后墙的窗,先是看到下面的小巷,接着越过一片被拆除的电线工厂的空地,能看见和我们平行的街上的一栋公寓楼——我看见,在一间狭长的、亮着黄色灯光的公寓里,有一个女人的身影正在慢慢脱衣服,看似完全遗忘了窗外的世界。

因为距离太远,我没法看得很清楚,或者可以说根本看不清楚,只能看出她身形很小,貌似很瘦,一头很短的深色头发——从各方面来看都是一个娇小的女子。她房间里的黄色灯光像是在燃烧,让她的皮肤变成了黄铜色,闪闪发光,而她的动作,透过窗户看上去有点仪式感并且略有些不真实，就像一个剪影或者某部老电影里的动作。

而我，独自一人在寒冷的黑暗中，用毯子像围巾一样把头裹住，我妻子就在几步之遥的地方睡觉，浑然不觉。我被这一景象迷住了。起初我靠近玻璃窗，近到我的脸颊都能感受到寒冷。但接着，意识到即使隔着这样的距离我也可能被注意到，我又闪退回房间。最后我走到角落，关掉我妻子放在床边的小台灯，这样我就完全隐身在黑暗中了。又过了几分钟，我打开抽屉，找出戏剧导演留下的一副银色歌剧望远镜，把它贴在窗前，穿过窗外的黑暗空间看着那个女子，而我自身也在黑暗中。

我不知道自己都在想些什么。毫无疑问我被激起了性欲。毫无疑问我为在黑暗中向外窥探的秘密感而兴奋。毫无疑问我喜欢这当中含有的不正当性，我妻子就睡在身边却对我所做的事一无所知。也有可能我甚至喜欢那包围着我的寒意，它如同夜晚一样完整，也许我甚至觉得那女子的形象——在我眼里她年轻而不够谨慎甚至不够庄重——抓住了我，使我与世隔绝，让世界停止并完美地表现为被我的视线所连接的两极。我现在很确定，所有这些都和我即将到来的失败有关。

事情仅此而已。在之后的几个晚上我一直醒着看着这个女子，任我的妻子在疲惫中睡去。接下来的一个星期里，每天晚上，这个女子都会出现在窗前慢慢地脱衣服，就在她的房间里（我从来没有去想象的一间房间，尽管她身后的墙上挂着一幅画，画上似乎是一头跳跃的鹿）。一旦脱完衣服，露出她瘦骨嶙峋的肩膀、小小的乳房、细瘦的双腿、肋骨和微微凸起的圆润肚子，这个女子就会在黄铜色的灯光下在房间里四处走动，从一扇窗到另一扇窗，在我看来像是一种慵懒的仪式化的舞蹈，或者一种可能是戏剧动作的模式，起身，俯身，伸展双臂，弯下脖子，同时双手做出各种我无法理解也不想去理解的优雅手势，因为我被她的裸体以及偶尔看到的双腿间的黑色地带所吸引。这一切带来的是性欲、秘密感和不正当性，至于其他就真的没有什么了。

我刚才说过，我这样持续了一个星期，然后就停止了。有天晚上，我再次裹着毯子，拿着望远镜来到窗前，看见那片空地后面的灯光亮着。过了好一会儿我什么人都没有看见。接着没有什么特别的理由，我转身回到床上我妻子身边，她的身体温暖，散发着白兰地和汗水的味道，在毯子底下熟睡，我自己也就这样睡着了，没再想去看那窗外的景象。

一星期后的某天下午，我在一阵挫败感和无意义的绝望中离开书桌，潜入寒冬的日光中，走过一排由老旧建筑改造成的服饰店及成功艺术家画廊组成的时尚街区。我径直走到了河边，河面上结着大片灰色的冰。我继续向大学区走去，差不多要到我妻子当时工作的地方了。接着，随着天色渐暗，我转身往回走，脸冻得僵硬，双肩也僵硬，没有戴手套的双手冻得通红。当我转过一个街角准备抄近路回到我的街区时，突然意外地发现自己正路过那栋被我窥视了多日的公寓大楼。尽管我以前从来没有从它面前经过，甚至没有在白天见过它，但它的某种特质让我认出了它。而就在这时，一个女子正要走进这栋大楼高大的前门，她就是那个我偷窥了几个晚上、给我带来欢愉、的的确确带来秘密安慰的女子。自然，我认出了她的脸——又小又圆，而且在我看来，面无表情。她可能有七十岁或者更老。是中国人，穿着单薄的黑裤子和单薄的黑外套，那里面的身体一定和我的一样冷。事实上，她一定快冻僵了。她手臂上挎着、手里拎着塑料袋，里面装着食品杂货。我停下脚步看着她的时候她也转过身来向下盯着我看，那表情我现在能想到的只是漠然中夹杂着一丝最微弱的威胁。毕竟，她是个老人。我可能会突然有想伤害她的冲动，而且也很容易做到。但当然，我没有这样的想法。她转回身匆忙拿出钥匙塞进锁眼里。我听见门闩深沉地弹回时，她又朝我看了一眼。我什么也没有说，甚至没有再看她一眼。我不想让她去想我脑子里在想的和没有在想的东西。我接着向前走，感觉有点怪，但意外的是丝毫没有被背叛的感觉，只是走过那栋大楼来到那条通向我的房间、我自己家门口的街道，我的人生，就在那一刻，进入了第一个，为了生存的循环。

好时光

在繁忙的谢里丹路停下等红灯的时候，威尔斯看见一个女人在雪地里跌倒。她是踩在扫雪车留在人行道上的一个湿滑的小雪堆上突然滑倒的。一定是上了年纪，威尔斯心想，尽管天色很暗他没法看清她的脸，只看见她跌倒——向后跌倒。她穿着一件灰色男式长外套，脚蹬靴子，头戴一顶两侧下拉的针织帽。当然，她也可能喝酒了，他猜想，他边等红灯边透过布满雪花的挡风玻璃看着她。她也可能年纪并不大。年轻而且喝过酒。

威尔斯当时正开车去德雷克酒店要和一个叫杰娜的女人过一夜，一个有夫之妇，她丈夫在房地产业干得风生水起。杰娜已经在德雷克的套房里住了一个星期——用来画画。她四十岁。她得到了丈夫的许可。他们——她和威尔斯——已经连着过了五夜。他想要继续下去。

威尔斯在国外工作了十四年，为不同的题材写作——巴塞罗那、斯德哥尔摩、柏林。始终是用英语写作。最近他意识到自己离开的时间太长了，已经同美国的事物失去了联系。恰好几年前认识的一位朋友，他在伦敦认识的一名记者，打电话来说，回来吧，回家来，回芝加哥吧，来教一个研讨班，内容简直就是为詹姆斯·威尔斯量身设计的。一周只要两天，教几个月，然后再回柏林。"当下的文学。"他那位现在已经是教授的朋友边说边笑起来。这的确有趣。就像黑格尔也很有趣一样。没有学生会把这门课太当真的。

那个跌倒的女人——不管是上了年纪还是年轻，喝醉了还是清醒——现在已经站了起来，不知为什么把一只手放在头顶，好似有风在吹一样。谢里丹路上的车流从她面前呼啸而过，汽车在车头灯后面准备加速。一栋栋六十年代兴建的高耸的公寓楼——一字排开，都有很好的窗景——把街道与湖隔开来。现在是三月初。天很冷。

威尔斯所在的车道还是红灯，而对面的汽车开始排队转弯，迅速驶向阿德摩尔大街。但是那个刚才跌倒现在把手放在头顶的女人选择在这一刻迈步走上了马路。幸运的是离她最近的车道也就是靠路边那条车道上的司机放慢了车速，停下来让她通过。但是那女人根本没看到，根本没意识到自己傻乎乎地差两三步就有生命危险了。天晓得那脑袋里在想什么，威尔斯边想边看着。片刻之前她还躺在雪地里。就在片刻之前一切都还好好的。

对面驶来的车辆仍在急速地转向阿德摩尔大街。而正是这条车道——中间的转弯车道——上的那些司机没有看见那个女人正犹豫地迈向马路中间。尽管她好像看见了他们，因为她把那只放在头顶的手伸出来，掌心向外，仿佛她期待那些转弯的车辆会在她步入它们的车道时停下来。就是其中一辆车，一辆深色的货车，像一艘小型宇宙飞船（威尔斯觉得它开得太快了，不是在这种情况下应有的速度），这样一辆正在加速的车子把那个女人撞个正着，像一艘全速冲向她的船一样直接刺进了她一侧的身体，车完全没有刹车的迹象，如此一撞并没有把她撞向半空或者撞到轮下或者滚上那并不存在的车头盖，而是把她抛向一边的马路上——在一刹那间把她从一个不管是上了年纪还是年轻、喝醉了还是清醒的、穿着灰色男式外套的女人变成冰冻路面上的一堆残躯。

死了，威尔斯心想——离他和他所在的车道不到五英尺，交通灯已经转绿，身后的汽车喇叭开始响起。透过后视镜他看见那女人一动不动的尸体躺在街上（此刻他离事发地已经有半个街区远）。马路双向拥堵，更多的汽车鸣响了喇叭。他看见那辆货车，尾灯亮起灿烂的红，已经停了下来，一个身影冲到路上，双臂疯狂地挥舞着。人群从公共汽车站、从公寓大楼里蜂拥而出。那边的交通陷入了停滞。

他想过停车，但停车什么忙都帮不上，威尔斯想，只能再次透过后视镜隔着半个街区看过去。一簇人影站在马路上，向下观望着。他看不见那女人。然而没有人蹲下救助她——这是个肯定的信号。他的心开始狂跳，坐在暖和的车里，脖子上冒出冷汗。他突然不安起来。"你总是不得不死在不想死的时候。"这是他在西班牙认识的一个叫彼得·斯韦齐的人的格言——他是个摄影师，一个傻子，现在已经死了，在东非报道一场战斗时被乱枪打死，而在那个地方记者本该受到保护的。他自己从来没做过这样的事——去报道战争、局部战斗、边境冲突或者交火。他不希望去做这些。那是不计后果的鲁莽举动。他更喜欢不是战争的部分。文化。而此刻他正在芝加哥。

向南转上沿湖的外环路，威尔斯开始回想刚才目睹的这场致命车祸的不同寻常之处。似乎他现在的某种感觉需要得到解脱，需要卸下负担。理清内心的反应总是很重要的。

第一件事，就是她死了：他有多么肯定这一点；其他的可能性有多大。这不是道德问题。她没有死的话其他人就会救助她。不管怎样，他以前也帮助过他人——有一次，在地铁站里，库尔德人在高峰时段引爆了可塑炸弹。车站里所有人在烟雾中什么都看不见，他抓着别人的手把人们领到了阳光明媚的街上。

另一件事，当然——也许这是个道德问题：他第一眼看到那女人的时候就被她打动了，她在雪地里跌倒，近乎轻柔地跌倒，然后站起来摆正自己，把手恰当地放在头顶。让一切恢复正常。她的生命还在继续，她又重新掌控了生命，只是有些困惑。但接着——如他所见——三步，也可能是四步，一切就结束了。他在心里把这过程拆解开来：首先，似乎没有什么是不可避免的；而接着，似乎一切都成了不可避免的，事情有条不紊地展开。在他的行当里，没人会有兴趣进行这样的质询。在他的行当里，事实就是一切。

湖在左边，黑如石油，遁形于闪耀的、向北去的、回家的车流之外。星期五的晚上。在前方，城市的中心照亮了笼罩在高楼大厦上的低云，那些高楼的顶部已经消失，从内部点燃了天空。那真正的不安，他发现并没有持续很久。留下来的只是一种混乱失调的感觉——这感觉足够熟悉——仿佛有什么东西需要通过宣告某个他根本不认识的人的死亡而确定下来，但它并未得到确认。当然，这可能只是一种期望。

傍晚六点的德雷克酒店挤满了人——即使是在底层拱廊，那里有昂贵的商店和一家仿科德角餐厅的餐厅①，他和杰娜的第一晚就是在那里共进晚餐，当时他们对自己和对方都如此满意。每一晚威尔斯都是这样进来——走后门，每个早上又都是这样离开。要是杰娜的丈夫雇了侦探来盯梢，那么侦探，他认为，会盯着前门。他不是很擅长伪装，他知道。伪装是非常美国化的。

底层大堂里到处都是穿西装的男人和他们穿着花裙子的妻子，他们神色匆忙，佩戴写着"十大"的牌子。他想避开这一切。但是当他穿过这拥挤的拱廊走向电梯间时，有一个人似乎认出了他。

"嗨！"这人说道，"威尔斯。"这人穿过人群，是个大个子，脖子粗大，面带微笑，穿着亮蓝色的西装。肯定当过运动员。他的白色塑料姓名牌上写着"吉姆"，名字下面是"总裁"。"你是来参加我们的鸡尾酒会的吗？"

"我不知道。不是。"威尔斯微笑着说道。周围都是人，很吵。一对对夫妻鱼贯而入一间大宴会厅，那里灯火通明，响彻着钢琴声和笑声。

他见过这个男人，吉姆。但仅此而已，并不是真的记得。在某次大学晚宴上，可能。但是现在又碰上了，他就挡在路上。芝加哥很大但还不够大。它的大是某种小家子式的大。

---

① 科德角餐厅是芝加哥著名的餐厅，位于德雷克酒店内。

"那你现在就算正式受邀了。"这个叫吉姆的男人高兴地说,同时靠近了些。

"谢谢,"威尔斯说,"很好。好的。"他们没有握手。两个人都不想耽搁对方太久。

"我是说,你还有什么更好的约会吗,威尔斯?"这个叫吉姆的男人说道。他的皮肤太白,沿着大下巴的线条看上去太粗了。

"嗯,"威尔斯说,"我不知道。"他几乎要说"那得看情况",但没有说出口。他感觉这里实在太招人注意了。

"你收到我送给你的票子了吗?"吉姆大声说道。

"当然,"他不知道这个吉姆到底在说什么,但还是说,"我收到了。谢谢。"

"我说话算数,对不对?"这个人在大喊大叫,以盖过周围越来越响的人声。

威尔斯瞥了一眼前方的电梯间。抛过光的铜门慢慢打开,慢慢关上。浅绿色的三角标志——上行。浅红色的三角标志——下行。微弱的、诱人的铃声。"谢谢你的票子。"他想跟这人握个手就此告别。

"代我向富兰克林问好。"这人说,仿佛带着点讽刺意味。他笑起来时那不同寻常的下巴看上去像墨索里尼的下巴。富兰克林,威尔斯在心里疑惑,谁是富兰克林?他不记得大学里有人叫富兰克林。他觉得自己像是醉了,尽管他没有喝酒。一小时前他还在教课,困在一间满是学生的房间里。

叮……叮……叮。电梯要走了。

"哦，好的，"威尔斯说，"我会转达。"第三次露出微笑。

"所以，"吉姆说，"你现在很好。"他前面的牙齿都是假牙。

吉姆走进人群，人们已经开始更快地进入宴会厅。就在此时，威尔斯闻到一股雪茄味，浓郁而刺鼻。这让他想起柏林的巴黎酒吧。这烟味以及这俗气的琥珀色拱廊灯光几乎和那里的一样。有天晚上他和一个女伴进去喝一杯并买点避孕套。他走进洗手间的时候发现自动售卖机就在小便器旁边，像是经常有人使用。莫名地——可能是紧张，还有期待——他莫名地失手把要投的那枚德国马克硬币掉落在地上。由于他刚喝了酒，也由于他想买避孕套，太想要了，他就在一个正在小便的人身边蹲下，从他叉着的两腿之间的瓷砖地上捡起那枚逃脱的硬币。那人脸朝下冲他微笑着，一点也不介意，好像这类事经常发生。"今晚我有点黄油手。"威尔斯说，摸着那枚小小的银质德国马克，它一点也没有湿。然后他笑起来，一阵放声大笑。洗手间里没人知道"黄油手"是什么意思。这非常非常滑稽。一个典型的语言的问题。

"好运，朋友。"那个男人说，拉上拉链并向四周看了看，对一切都很满意。

"是的。最好的运气，当然。"威尔斯说着，把硬币投进机器里。

"现在大家都知道了。"他们从酒吧出来沿着康德大街走进暖热的夏夜时，他的女伴说道。她为此大笑起来。她认识那里的所有人。

"肯定没人在意。"威尔斯说。

"是的，当然不会有人在意。没有人在意任何事。这一切都太愚蠢了。"

杰娜给过他钥匙，一张硬硬的白色磁卡，插进卡槽就会亮起一点绿光，轻轻咔嗒一声，门就开了。839房间。

"哦，我在这儿等你都等疯了。"杰娜说，她的声音比往常更浑厚深沉。他看不太清她。房间没有开灯，杰娜只点了支蜡烛放在画架旁，画架则笼罩在窗旁的阴影里。这是间长长的L形套房，尽头是一段小台阶，通向高大的落地窗，从那里可以俯瞰车道。令人向往的北面窗景。昂贵的窗景。床在另一头，那里没有灯，只有一个收音机闹钟，显示着6：05。一间出色的宽敞的美国式房间，威尔斯想。比欧洲的要好得多。你可以在这样的房间里住一辈子。那会是美满的一生。

杰娜在窗边放了两把扶手椅，她正坐在其中一把里。她一直在看车道上来往的车流。她向后伸出手臂，握住他的手。她令人无法抗拒。比任何人都更有魅力。"你是不是迟到了？"她说，"感觉你迟到了很久。"

"路上有点堵。"威尔斯说。

她把头转向他。他俯身亲吻她的脸颊，闻到她呼吸中有淡淡的柑橘味道。

杰娜把温度调高了。她总是觉得冷。她太瘦了，他想，比她穿着衣服的样子还要瘦——是个小个子、深色头发的女子，双臂细瘦，并非从每个角度看都漂亮，但算是漂亮——她的脸微微有点突出,她柔软、微笑的双唇有点薄。然而她身上那种漫不经心的感觉是如此诱人。她机智敏捷,难以预料,几乎经常想着她自己,在错误的时刻笑出声来。她很富有,为人妻为人母,所以也许,威尔斯心想,她几乎没怎么经历过这个世界,不足以知道什么不该做,也正因此才把自己保留得如此彻底——这正是一直吸引他的品质。

为了满足他大学教职的要求,威尔斯曾受邀做过一次演讲。他决定把戴安娜王妃的死作为英国新闻界的一个事件进行演讲。他把题目定为"一个失败的现场报道的案例分析"。他说,这样的题材是最容易报道的:你只要捏造出某种情绪,捏造出情绪带来的结果,制造出某种重要性。这在英国很常见。他引用了亨利·詹姆斯的话,"写作赋予重要性"。这并不是真正的新闻报道,他承认。

杰娜从"社区"那里来参加了这场演讲,从她在湖畔的郊区开车到城里。事后,她邀请他去喝一杯。在酒吧他们谈到很晚,谈到美国正在失去对世界的掌控,谈到全球性的对更多感受的需求,谈到全球悲伤情绪的扩大,谈到他的姓氏有趣的巧合——威尔斯[①]。她娇小,直接,富有挑逗性,很少停留在一个主题上,笑得太多——他想,这是一个惯于不被信任的女人的笑。但他已经在想,你是从哪里来的?我在哪里能再见到你?一开始她就表现出对自己的不确定——尽管不是害羞,她一点都不害羞:她是被保护的,心不在焉,浑不在意,这让她显得不确定,也正因此而大胆。他也喜欢这一点。这很刺激。他知道,女人来听讲座,当然她们是想要某

[①] 威尔斯的姓Wales与威尔士相同。戴安娜王妃在与查尔斯王子离婚前正式的封号是"威尔士王妃"。

种东西——可能是什么纯真的东西——但总是要点什么。那是两个星期前的事了。他们离开酒吧的时候,她挽住他的手臂说:"要是我们想一起干点什么就得赶快了。你很快就要离开了。"他们还没怎么谈过要一起干点什么。但他的确很快就要离开了。

"那我们就快点吧。"他说。他们说到做到。

"你的手冰凉。"杰娜握住她的手。他非常喜欢她。

他跪下并张开双臂抱紧她,脸颊贴在她的头发上。她穿着一件小巧的香奈儿黑色连衣裙,脖子露在外面,他吻了那里,又吻进了她的头发里,这让他的嘴巴感觉干干的。他能闻到自己的味道。酸臭味。他该洗个澡,他想。洗澡会是一种放松。

"我在大堂碰到一个认识我的人,"他说,"他问起一个叫富兰克林的人。我不知道他是谁。"

"他也许错把你当成其他人了。"杰娜温柔地说道,她的脸紧挨着他的脸。

"也许。"可能就是这样,除了那男人叫他威尔斯。但是,我的上帝,他意识到,这是你在无话可说时会对你妻子说的无聊事情。毫不重要的新闻。他没有妻子。

他们在德雷克的五个晚上,每晚杰娜都是只要他一到就和他做爱,好像这个动作是在确认他们两个的存在,其他一切都得让开,他们的时间是严肃的、紧急的,很快就会消失的。他现在很想要做这个动作,感觉很挑逗但又有点紧张不安。毕竟他今晚目睹了一起死亡。死亡让每个人都紧张不安。

只有一点，杰娜不喜欢软弱。任何一种软弱。所以他不想显得不安。她是那种喜欢掌控的女人，但也需要保持惊奇、神秘感，似乎神秘感是一种有趣的智力形式。所以她需要他看起来在掌控一切，甚至是有距离的、让人看不透的，可能是神秘的——只要不是软弱。这是她的梦想世界。

但是，距离是如此重的负担。谁最终会担心袒露了自己？你最终会这样做的，不管你想不想。他意识到他让她在这游戏里扮演着有意思的那个角色。这是一种宽容。对她来说最真实的，毕竟是那些她想要的东西。

"我想谈谈，"杰娜说，"我们能不能先谈一会儿？"

"我也这么想。"威尔斯说。这足够让人看不透了。也许他会告诉她刚才在阿德摩尔大街上看见的那个被撞死的女人。

"过来坐在我身边，"她抬起头，微笑着，"我们可以看着灯光说话。我想你。"

他不介意和她做任何事；你可以用不同的方式过上一个美好的夜晚。做爱会跟着来的。之后他们会走到外面宽阔的、亮着灯的大道上，走进寒冷的风里，找个地方吃晚饭。这就足够美好了。

他坐在她和她的工作台中间，那上面放着画刷、水壶和松脂、颜料管、铅笔、橡皮、毡布样本、刀片和装着三株风信子的花瓶。他之前见过她的画——放大了的一男一女的黑白照片，五十年代的照片。两个人穿着得体，站在一栋小楼前的院子里，看上去是一片开阔地。那是她的父母。杰娜在那些照片上作画，给男人和女人的身体四周画上红色、蓝色或绿色的阴影，涂抹他们的脸，让它们变形，变得难看但不显得滑稽。将会有一系列这样的画。它们很压抑，威尔斯心想——很多余。"培根是第一个这么做的人，当然，"杰娜曾自信地说，"他没有把他的作品拿出来展示。但我会展示我的作品。"

她从椅背上拿起一件红色的羊绒长衫披在裙子外面。房间里的空气受窗玻璃的温度影响变冷了。这里真让人愉悦兴奋，尽管他们身处边缘，等待着纵身一跃。

他们身下八层楼，车道上汽车川流不息——头灯和尾灯——黄金海岸上的豪华公寓奢侈华丽，被黄色的光芒照耀着，尽管令人不悦，但也毫无生气。酒店招牌的粉红色闪光让深夜的空气变了颜色。那个湖本身就像一个没有光的悬崖。湖总是了无生气，威尔斯想。没有戏剧性。他在海边长大，海从来不会让你失望，也从来不会妥协。

"那湖有种绝妙的感觉，是不是？"杰娜说着，向前靠近玻璃窗。细小的水汽飘浮在前方染了色的空气中。

"它总是让我感到失望。"

"哦，不，"杰娜甜蜜地说道，同时微笑着转向他，"我爱这片湖。它真令人安心。而且容纳一切。我也爱芝加哥。"她转过身，把鼻子贴在窗框上。她很快乐。

"我们要谈点什么？"威尔斯说。

"我的家庭，"杰娜说，"可以吗？"

"我可以破个例。"

"我是指我的父母，"她说，"不是我的丈夫或者女儿。"杰娜已经结婚二十年了，但是她的两个孩子都还很小。一个十岁，他记得，另一个大概六岁。她喜欢她那富有的丈夫，他鼓励她去做任何她想做的事：上飞行课，独自去伊比萨岛度夏，从不用考虑去工作，认识其他男人。她只需要和他保持婚姻关系——这就是他们之间的协议。他年纪比她大——跟威尔斯差不多的年纪。这很令人满意，只是还不完美。

她那修长的十根手指放在冰冷的窗玻璃上，那姿势就好像放在琴键上一样，然后回头看着他微笑起来。"你的父母在哪儿？"她问。这个问题她之前问过两次，但都忘了。

"罗德岛，"威尔斯说，"我父亲八十四岁了，我母亲得了那个……"他不介意说出来，但还是犹豫了一下，"我母亲得了阿尔茨海默。"

"她会认得你吗？"

"会认得？"威尔斯说，"如果她能她会的，我想。"

"现在她认得吗？"

"不。"

"你有手足吗？"这个问题她以前没问过。她经常选择这些令人作呕的词。手足、互动、关系网络、纽带，那些她的朋友用的词。

"有一个姐姐。在亚利桑那。我们不是很亲近。我不怎么喜欢她。"

"嗯。"杰娜把手指移开，只移了一点点，又放回到玻璃上。她盘着双腿。她光腿光脚毫无疑问会觉得冷。她只是出于礼貌才问这些的。"我的父母基本上没有什么话说,"她说,然后厌倦地吐了口气,"他们在俄亥俄州南部长大,很穷——那里没有人真正有话可说——他们不知道有那么多事需要你说出来,才能让这个世界转动。"她点了点头,表示赞同自己的看法。"就拿我母亲来说。她不会走到你面前说:'你好,我是玛丽·伯恩斯。'她会直接就这么说话,就这么直接把她需要说的话倒出来。然后她会瞪着你。如果你表现出惊讶,她会因此而讨厌你。"

杰娜似乎在凝视楼下如熔岩般的车流。这就是**她**的故事,威尔斯心想;她无法从过去中走出来的故事,一个完全微不足道的故事,她相信这导致了她所有的重大失败:为什么她会嫁给现在这个她所嫁的人;为什么她没有上更好的学校;为什么她没能成为一个更成功的艺术家。他也有他自己的故事,多年以前:一九五八年,一个阴天,在纳拉甘西特湾,他和父亲在一艘小渔船上。一次捕鱼之旅。他父亲向他坦白了他在韦斯特利爱上的一个葡萄牙混血女人——他母亲和姐姐从没听说过的一个人。这个故事在他心里停留了好多年,尽管直到刚才他才想起来。

但这些事无足轻重。你想象你的过去,你并不记得。你可以把它想象成另外一个样子。他会告诉她这一点,告诉她她是个了不起的女人。这才是重点所在。

"还好吗?"杰娜说道,把她的羊绒衫袖子挽到细瘦的手肘以上。她的深色头发在蜡烛的微光下闪耀。房间在高大的窗户上映出失衡的倒影。"我可不想让你觉得无聊。"

"不,"威尔斯说,"完全没有。"

"好吧，所以我的父亲，"她紧接着继续说下去，"他无法走进一家餐厅去要一张桌子。他会就站在那儿，然后向前迈一小步，希望他的心愿能被管事的理解——就好像他站在那里就意味着他想要表达的意思。"杰娜摇了摇头，对着玻璃深呼一口气，接着对着呼出的雾气沉思。"真奇怪，"她说，"他们就像是移民。但其实他们根本不是。我想这是一种傲慢。"

"说完了？"威尔斯说。

"是的。"她看着他眨了下眼睛。

"这好像不是很重要。"他说。

"这只是说明他们为什么会成为失败的人，"杰娜冷静地说道，"就这些。"

"但这些对你很重要吗？"他很惊讶这就是她想要谈论的。这似乎太亲密也太不相关了。

"他们是我的父母。"她说。

"他们喜欢你吗？"

"当然。我很富有。他们待我就像待王室一样。这就是为什么我是个画家，"杰娜说，"他们没有履行他们的职责，用负责的方式来管理世界。所以我必须用我的画来说话，因为他们没有说。"

也许和孩子们在一起的那些时间，让无意义的事变得有意义，扭曲了你的世界观，他想。"但这让你心烦吗？"他问道。

"不，"杰娜说，"我也想把他们放进小说里。你认为他们出现在小说里会可信吗？"她想写一本小说。她喜欢所有的媒介。

"我相信他们会的。"他说。他心想，写一部小说能有多难？这么多人都写了。他喜欢小说，因为它们处理的是无法衡量的事物，那些用其他方式无法表达的事物。而他做的恰恰相反。他处理的是已经发生的事情：德国国会大厦的包装①，某位假王妃的葬礼②，失败的现场报道，以及他为了弥补失败而做的应变。

有人在短而暗的走廊尽头大声敲门，随后打开了门。他忘记上锁了。

"需要清理房间吗？"一个年轻女子的明亮嗓音问道。一道黄色灯光从外面走廊射进房间。

"不用！"杰娜大声说道，她的脸离他那么近，因为受到惊吓，突然变得不漂亮了。她的嘴看起来出奇的残酷，尽管她并不像他看到的那样特别残酷。"不用清理房间！"

"需要清理房间吗？"那声音又愉快地问了一遍，"你需要铺床吗？"

"不！"杰娜叫道，"不用。不用铺床。"

"好的。谢谢。"房门咔嗒一声关上了。

杰娜在椅子里坐了一会儿，在烛光下，她似乎非常不高兴。她的双手紧扣，嘴巴紧闭。他能感觉到她的心在紧张剧烈地跳动。他刚才很自然地以为，敲门的是她丈夫。她一定也这么以为。当然，某个时候，他终究会来的，在这件事变得重要的很久之后。"你想

---

① 1995年，美国包装艺术家克里斯托和珍妮·克劳德将柏林的德国国会大厦用织物包裹起来，使其成为一个巨大的艺术品，以纪念"二战"结束五十周年。

② 黛安娜王妃去世前已与查尔斯王子离婚，因而已失去英国王室王妃头衔。

要铺床吗？"她悲伤地说道。

他环顾这间昏暗的房间。一座高高的木质黄铜时钟带着静止不动的黄铜钟摆竖在墙边的阴影里。一个漂亮的装饰性壁炉和壁炉架。一幅镶着金色画框的复制画。卡拉瓦乔。《召唤圣马太》。他在卢浮宫看过这幅画。现在最好能有一杯红酒，他想。他向一张桌面张望寻找酒瓶，但一瓶也没见到。杰娜的衣服都放好了，好像她已经在这里住了好几个月，这是她喜欢的样子：井井有条的表面，散发着一层持久的光辉，好像一切，包括她自己，都拥有一段漫长的历史。这是她表达善意的方式：让事物呈现出坚实可靠的样子。

"你杀过人吗？"她说。

"没有。"威尔斯说。她喜欢把他想成一个间谍而不是记者。这是她让他变得捉摸不透、让她自己失衡的方式。对于他做过的事，她问得很少。起初，他们去喝一杯的时候，她很感兴趣。但之后她就没兴趣了。

"你会杀人吗？"

"不会，"威尔斯说，"你脑子里有什么人选吗？"他意识到自己还穿着外套系着领带。

"没有。"杰娜说着，微笑着睁大了眼睛，好像这是一个玩笑。

他在一个小时里第二次想起了他在阿德摩尔大街上目睹的那个女人的死，想起了那件事的进展及其结局。那个慢动作里有那么多的可能性、那么多能带来一个更好结果的机会。它应该使人能够在事件发生之前就预见到结局，以防止出现不好的结果。它应该能被应用到爱情里。

"这很让人吃惊，"杰娜说，"但那是因为你是个记者。如果你是个真正的作家，你会不一样的。"

她再次向他微笑起来，而他捕捉到一种细微而遥远的感觉，他可以爱她，他可以用那样的方式进入这个谜团，尽管这机会稍纵即逝。但是她愿意说错事，愿意自夸——他喜欢这样。她没有为经验所累，反而因缺少经验而获得了自由。

"你在欧洲做什么？"她说。

"我去看各种事情然后写一些东西。就这样。"

"你很有名吗？"

"记者不会出名，"他说，"我们让别人出名。"她对记者一无所知。他也喜欢这一点。

"有一天你得告诉我，你见过的最奇怪的事是什么然后写了些什么。我想知道这些。"

"有一天我会的，"威尔斯说，"我保证。"

做爱是一个峰回路转的过程。起初她几乎是在调戏，尽管是有选择性的，带着模糊的戏剧性夸张，仿佛驾轻就熟。然后过了一会儿——实际上是突然间——变得全神贯注、细致、毫无保留，就好像一切都是未经设想的，就进入了崭新的领地，不管他们做了什么。她能够非常自然地发现新的天地，而他被这种能和某人一起找到新生的感觉所打动：这种自我意识能带你进入完全的沉醉然后持续很长一段时间。他无所抗拒，无所放弃，在整个过程中始终与她不离不弃。这是他想要的。

做完之后他会很长一段时间无语。她已经扭亮床边的台灯，用手遮住眼睛躺着。他心里在想：这在我的人生里会走向哪里？我能怎样保持它？接着他又想：你不能。这种事无法保持。你只在它被给予时乖乖接受。

台灯下的钟显示 9：19。威尔斯能闻到她画桌上的溶剂和风信子的味道，强烈浓郁的香气飘浮在温暖的房间里。房间外面，走廊里有人说话的声音。电话响了两次。他洗了澡，在她睡着的时候走到窗前，看着那幅画好的照片，上面是两个人，他们微笑着的中西部脸部特征变了形。她一定很恨他们。然后他想起泰特美术馆收藏的培根的作品。痛苦的猩猩。

此时他愿意想起的是伦敦的葬礼日。想起这个是一种解脱。那个温和的星期六，带着夏天的余韵。他从牛津郊外的朋友家坐上火车。那个车站——帕丁顿车站——空无一人，那长长的会响起回声的站台在水一般的阳光下静谧无声，车站外的街道也如出一辙。尽管小报的头条已经竖起他们的墓志铭。**我们哀悼！我们哀伤！他们哭泣！再见。**

他住在罗素饭店，在那里，他通过电视观看了这场葬礼。不管怎么说这是一场电视的盛事——他的反应是故事。屏幕上走过的是随行车队、纪念碑、士兵、棺材、女王、王储。那个糟糕的弟弟。那两个有着完美大牙齿的男孩，他们的眼白太白了。从敞开的窗户一阵微风吹进来，他听见有人在说——是个女人，可能就在隔壁房间，和他一样在观看同样的电视节目——"这样的事再也不会发生了，是吗？"她说，"对这个你没法说太多，是吗？完全独一无二，你知道吗？好吧，我不是说她，当然。她并不是独一无二。她是个荡妇。好吧，当然，也许不是荡妇。但你知道。"

美国那时是早上五点。他不知道会不会有人起床来观看转播。

而对于这一切他的反应是：有一个王室家庭是一件多么奇怪的事。她从来不是个美人。这一切需要多少代价？死于车祸总是有点微不足道。人们冲着灵车鼓掌。人们在吊唁簿里会写些什么？他们其实只是在自我怜悯。一个月后他们会有什么感觉？一年后呢？我们通过放大一切来了解我们是不是对的。有人——这是他最终写出来的，也是它的核心，失败的现场报道文学——必须有人来告诉我们什么才是重要的，因为我们不再知道。

第二天他得知他朋友的妻子在牛津过世了。动脉瘤。非常突然。极其短暂没有痛苦。只是没有人可以送花。所有的花都被预订了，似乎在蹩脚地强调一切。"英国人啊。我们已经了解了自己的一部分，不是吗，詹姆斯？"他的朋友悲伤地说道，当时他们坐在他停在牛津站外的车里，等着其他几个朋友的到来，去赴另一场葬礼。一场更真实的葬礼。

"那是什么？"威尔斯问道。

"就是我们和下一拨人一样愚蠢。和你们一样愚蠢。这一切对我们来说都是新的，你知道。直到现在我们才真正知道这一点。"

他无法说清楚为什么这一切在此刻涌向了他。他写的故事通常不会这样。尽管后来他轻松地写了那篇演讲稿，题为"失败的现场报道：我们怎样发现所见之事的意义"。在演讲稿里他重述了他朋友妻子的死亡故事，以此作为对比。就是在那时杰娜走进了画面，他们开始抓紧时间。

透过窗口,他看着酒店的后门与车道之间的那一小块公园,这么晚了车道上还挤满了车。出租车缓缓开过,黄色顶灯显示着"有空"。一个穿着亮橙色衣服的慢跑者独自沿着水泥湖滨路跑动,那条路蜿蜒着通向林肯公园。一个男人牵着两条魏玛猎狗停下脚步,在公园的长凳上撒面包屑。这一切都在向这个夜晚发出无声的呼吸。

来到外面寒冷的大街上,他们走向她喜欢的那家餐厅。不远——沃顿街。她喜欢一次次地反复去一个地方直到厌倦然后再不光顾。风一阵阵地吹。密歇根方向的灯在闪烁。来往车流不断但比刚才稀疏了。建筑物组成的峡谷里似乎洋溢着欢乐的气氛,夜灯照耀下的白色背景以及那令人吃惊的半个月亮几乎消失在雾蒙蒙的远处。一阵雪吹上路肩。必须穿上厚大衣。威尔斯感觉很棒,很放松。无所负担。一点也不紧张。

酒店大堂里正举行一场婚宴,但没有看见那个有票的吉姆。他们走出大门的时候也没有看见私家侦探的身影。

在凛冽的人行道上,杰娜的思绪在做爱之后如一盘散沙,好像她无法把事情对号入座。她提到她丈夫和他们在做的精神治疗——都是他的主意,她说。她的脸藏在一件肯定是她丈夫花钱买的黑貂皮大衣里。她对一切都没意见,她说。但他想要更多,某种他无法形容但能清晰感觉到缺少的东西。缺少一种归属感——他的原话——她多少应该有所贡献的东西。"我以为心理医生至少能告诉我一些重要的事，不是吗？"杰娜说，"'忘记婚姻'或者'有更好的办法处理'。否则为什么要去？除非那不算在费用里。而收费可不便宜。"

威尔斯想着杰娜的丈夫，他和她丈夫会进行怎样的对话。有多大可能他们俩会互相喜欢。她丈夫无疑会认为杰娜的不理智只是因为她就是那样子——她看上去跟房地产是如此格格不入。他会很高兴有人能让杰娜感到确定；有人愿意以自欺的方式成为共谋；还有这些孩子。她情感的圈子。如果不是情感的圈子，婚姻还会是什么？

"好像真的很无望，是吗？"她大笑，笑得太大声了。

"也许没人能……"他刚要说套话又停住了。他摇了摇头："不。"这让她微笑起来。她的脸变得柔和了，即使在狂风中仍然是那么迷人，她的双唇有轻微的伤痕。她抓住他的手，他发现自己的手在颤抖。这又是做爱后的兴奋，他想。他刚才有一种冲动，一种强烈的冲动，想对她说他爱她——就在这街上。但说到一半他停了下来，再一次退缩不让自己袒露心声。她更喜欢这样。爱的誓言是不合适的，即使他真切地感受到了。

但是，他希望自己的手没有颤抖，因为现在是最好的时光，做完爱的时刻，一切似乎都是可能的、容易的，他们可以用一个眼神给对方带来惊喜，用一句随意的话改变几乎任何事情。这和袒露自己的心声毫无关系。

"你离开芝加哥后会去哪里？"杰娜问。她挽着他的胳膊，就像他们第一天晚上那样，他们走到了密歇根大街路口的交通灯前。

在这条宽阔的大街上,空气更冷了。一群年轻的修女匆匆走过,穿着她们明亮的蓝色修女服向德雷克的方向走去。她们在大声笑这寒冷的天气。杰娜对着她们微笑。

"伦敦。"威尔斯说,风钻进他的衣领。他又想起伦敦,想起他在牛津鳏居的朋友。他更喜欢经由英国重回欧洲。这是一条捷径。

"在柏林还保留着你的公寓吗?"她只是自顾自说着,没有太专心,和他在一起后,头脑还是轻飘飘的。他们正在芝加哥冬季的大街上,去吃迟到的晚餐。说出"保留着你的公寓"一定感觉很好。他也有过这种感觉。这就像在说"我们住在纽约第六大道",或者"就在伦敦国王街附近",或者"我们在马德里普拉多美术馆后面租了房子"。简单、无害的事情。

"是的。在乌兰德街。"他说。

"是在东柏林吗?"

"不是,在富人区。靠近动物园和巴黎酒吧。选帝侯大街。萨维尼广场。"她不知道这些词代表什么意思,这没什么。她能听见它们。

他们已经能看见她要去的那家餐厅了。人们正走出大门,哆嗦着穿上大衣。一离开大道,风突然消失了,空气中感觉充满春天的气息。他们走过一家灯火通明的大型书店的橱窗。人们在圆桌旁喝着咖啡大声交谈。那些书啊,威尔斯心想。那会很棒——他突然觉得——要是从盖特维克机场搭火车进入伦敦,留一个早上给自己,读一本书。纯粹只是一个想法。

"如果我问你一些重要的事,"杰娜说,"你能不能不吃惊?"

她挽着他的手臂，但在人行道上放慢了脚步，仍然停在那家书店旁边。

"我会尽量不吃惊。"威尔斯说，充满爱意地看着她。提出请求，这不像她。但这很好。是以前没有过的。

"如果我要你去杀死我丈夫，你会去吗？"杰娜抬头看着他，眨了眨眼睛。她淡褐色的双眼睁得大大的，黑色的瞳孔在眼白的衬托下似乎变大了。她的脸专注地对着他："为了我？如果我爱你？如果我愿意跟你走？至少在一起一阵子？"

威尔斯就在那一刻想到了他们的样子。一个英俊高挑的男人，穿着厚厚的骆驼毛外套；没戴帽子，头发有些许灰白；又黑又亮的德国产皮鞋。而杰娜，穿着黑貂皮大衣和羊毛裤子，戴着昂贵的厚手套；昂贵的靴子。他们在一起看上去很棒，即使在寒冷的街道上。他们是般配的一对。他们可以是恋人。

"不，我想我不会。"威尔斯说。

杰娜转身迅速回头看了大道一眼，一个司机猛踩刹车在冰冻的路面上滑行。两个警察坐在一辆蓝白色巡逻车里等在路边，看着那辆车侧身停在十字路口的中央。也许她觉得有人在跟踪她。"我们现在在做的正是我们想要的，不是吗？"她说，被路口的喧闹分了神。

"对我来说是的。"威尔斯说。

她看着他，紧张地笑了笑。他从来不知道她在想什么。也许她比她自己意识到的更像她的父母。"那只是说说而已，"她说着清了清嗓子，"不用当真。"

"很好。"威尔斯说,微笑着。

"那就相信吧,"杰娜僵硬地说道,"每个人都比别人重要。总有人排在后面。"她停顿了一下,好像还想就这一点说些什么,但是她没有说。"我们为什么不吃饭呢?"她说,开始向餐厅的玻璃门走去,就在那一刻那扇门再次对着街道打开了。

吃饭的时候她想到什么就说什么。她说他们今晚应该去跳舞,她知道一个地方坐出租车就能到。在邻近的黑人区。她问威尔斯到底喜不喜欢跳舞。他喜欢,他说。她问他喜欢蓝调吗,他说喜欢,尽管他不是非常喜欢。此刻她穿着那件黑色的高领衫,戴着珍珠项链,看上去脸色苍白。她戴着结婚戒指和一个他从未见过的巨大翡翠方戒。他们坐在靠窗的座位,喝着红酒吃着乳鸽,像恋人一样越过桌子握住对方的手。这里应该有人认识她,但她不在乎。她感觉有点放纵。这会带来什么伤害呢?

她谈起正在读的一本小说,她很感兴趣。这是关于一个英国女孩的故事,她曾经是个纯真无邪的少女。法国拍过一部很有影响力的电影,有一段时间这女孩很有名。然后一件事接着另一件事都出了错。最终,她来到布拉格定居,孤身,老迈,以前还有毒瘾。杰娜在她身上看见了自己,她说,她认为她的故事也可能发生在美国。不知何故,她的父母也可能出现在故事里。

之后她说起她的女儿,她爱她们,接着谈到更多的是她的丈夫,她刚才要他去杀掉的那个人。她说,他状态最好的时候是一个温和细心的爱人。她说起有一次她在慕尼黑擦伤了眼角膜,说起这是一次多么糟糕的经历——要找一名在美国受训的眼科医师,会说英语、懂得正确消毒器具的医师,而且他的助手必须不是海洛因吸食者或血友病患者。他意识到现在他无论说什么做什么都无法影响到她。但是如果他轻易就能影响她,她又会是怎样的人呢?和她在一起是如此愉悦。这让他感觉很棒,与世隔绝。他想再见到她。下星期。安排一下。

只是他意识到,她刚才是在通过诉说让自己对他不再感兴趣。一定是有什么让他看起来很软弱。不愿意去杀人,或者至少他应该说他愿意。她在加大筹码,一路不停地加,直到他放弃为止。

"说说你的事吧,吉米,"她说,"你今晚真的没怎么说话。一直是我在说。"她以前从没叫过他"吉米"。她面色苍白,但她的黑眼睛在闪烁。

"我今晚被人抢劫了,"威尔斯说,"在学校去拿车的时候。一个黑人在停车场拦住我,问我借一美元,我拿出钱包的时候他抓住了它。把它从我手里打到地上。钱撒了一地。"

"我的天,"杰娜说,"后来怎么样了?"

"我们扭打在一起。他试图把钱捡起来,但我揍了他,然后他就跑了。他拿走了几块钱。不多。"他隔着满桌的空盘子注视着她。

"你之前从没对我说过这些,有吗?"

"没有,"威尔斯说,"和你在一起我很快乐,没有去想这些。"

"那你有没有受伤?"她伸出手越过桌子轻轻地碰了碰他的手。

"不,我没有,"威尔斯说,"一点都没有。"

"当时你害怕吗?"她问道。她的眼睛重新燃起兴趣。她喜欢他是个会隐瞒信息的人，他可以做爱、共进晚餐、考虑跳舞，但仍然会把有些事藏在心里。她喜欢他会和另一个人打斗。挥起拳头。

"是挺吓人的，"威尔斯说，"但我记得的——其实我记得的不太多——是他的手打到我的手的感觉。那力量很可怕。跟我以往的任何感觉都不同。你同时能感受到需要和绝望。这很吸引人。我肯定永远都忘不了。"

威尔斯抿了一口红酒，注视着她。这一切发生在两个月前，他刚回到美国的时候。不是今晚。他根本没有跟这样的人打斗过，而是像他说的那样被打了，而且感受到他刚才告诉她的那种感觉。只是，不是现在。有那么一秒，他希望自己能再次感受到那股力量。那是多么令人满足的一刻。那种确定性。她喜欢这个故事。也许它能弥补些什么。

"你确定你没受伤？"杰娜说着，折起她的餐巾，眼睛低垂着。

"哦，没有，"威尔斯说，"我没受伤。完全没问题。"

"你能活着真是非常幸运。"她说，然后在搜寻侍者的间隙瞥了他一眼。

"我知道，"威尔斯说，"我会把这件事加到我的运气清单上的。"

在街上，在德雷克酒店前，他们在密歇根大街繁忙的路口附近停下，出租车在那里转弯，慢慢地开走。现在已经过了午夜，似乎暖和了点。风停了。在路肩的排水沟里，冰块正融化成浑浊的水。酒店在夜色中闪着金光。

他们只是站着。威尔斯向旁边那条通向湖的街道张望着,好像准备去拦出租车。

"我早上要回家了。"她说着向他露出微笑,把身后的头发挽到身体一侧用手握着。

"回家,回家,"威尔斯说,"那么我也要回家了。"他希望自己能待得更久。他感觉到她的房卡还在他的口袋里。这就结束了。

几乎就在他们旁边,有一个男人在街上打付费电话。他穿着礼服和一双漂亮的定制皮鞋。他刚去参加了德雷克里酒店的派对,但现在好像急着要去干什么。

威尔斯曾想过告诉她那个他目睹死去的女人,以及这件事所带来的震动,重述这整个过程——缓慢的时间、事件的庄严性、最坏的情况本可以避免的感觉、未来会以一种更平缓的方式加以改善。但现在他已经不想说出那些他可能不得不想的事情,他的思绪是如何运作的,或者他对事件能有怎样的反应。现在最好是做一个间谍,靠近她,满足于她,心无旁骛地只想着她。他知道他还无法完美地区分这些事,不确定哪些感觉是真实的,也不确定他以后会如何去思考这些事。也许,坦白自己并不那么容易。

"这些天你快乐吗?"他听见她在问。她在寒冷的人行道上对着他微笑。"这些日子很美好,不是吗?要是能有一千个这样的日子不是很好吗?"

"我很遗憾它们结束了。"威尔斯说。那个穿礼服的男人重重地摔了电话,快步离开,朝酒店亮着灯光的大门走去。"我能问你件事吗?"他问道。他感觉自己在大喊大叫。

"可以,"她说,"请问。"

"这样有给你带来什么吗?"威尔斯说,"我有给过你什么你在意的东西吗?看起来你想要从中得到一个结果。"

"多奇怪的问题啊。"杰娜说,她的眼睛闪着光,又变大了。她似乎要笑出来,但突然靠近他,踮起脚尖用力吻他的嘴,把她冰冷的面颊贴在他的面颊上,说:"是的。你给了我那么多。你给了我一切,不是吗?这就是我想要的。"

"是的,"威尔斯说,"我的确如此。没错。"他对她笑起来。

"很好,"她说,"很好。"然后她转过身,和刚才穿礼服的男人一样,匆匆走向旋转门,很快就消失不见。但是他等了一会儿,就在那黄色的大门入口外面——一个穿着棕色大衣的男人独自站在那里;等待着,直到他们分离的这一刻带给他的无论多么纷乱的感觉都充分体会到了,然后减弱,最终不再成为一个障碍。这不是糟糕的感觉,不是一个陌生的时刻,不是凄凉的开始。这只是结局。不用多久,也许在他开车回到湖边的某一刻,他就能感到一种小小的释放,一种解脱,事情完成了的感觉,这样随着时间的推移,他会越来越少地想起这件事,直到这一切,在记忆中,变得几近完美。

呼　唤

在我父亲搬去圣路易斯把我和母亲扔在新奥尔良自生自灭一年之后的一个下午，他打来电话并要求和我讲话。这是一九六一年，圣诞节前。我刚从佛罗里达的军校放假回到家。我母亲开始了她的歌唱新事业，就是在本地的学校里上声乐课，同时让她的伴奏者——一个高个黑人搬进了我们的房子也搬进了她的卧室，对邻居则谎称他是打理院子的工人。他的名字叫威廉·杜比尼奥，他和我母亲一起喝了太多酒抽了太多烟把爵士乐唱片放得太响制造出不受欢迎的噪音直到深夜，这不是我父亲在时的样子。然而，现在会这样也是因为他不在这里，而且他搬去圣路易斯是和另一个男人在一起，一个叫弗朗西斯·卡特的眼科医生，然后再也没有回来。我想对我母亲而言，鉴于这些事实她做什么或怎么生活都已经不重要了，过得糟糕透顶和过得好最终也没有什么不同。

他们现在都已经死了。我父亲，我母亲，卡特医生。那个黑人伴奏，杜比尼奥。尽管现在偶尔我还会在商业区的圣查尔斯大街看见某个男人，走进他们新建的办公大楼——一个高大英俊、大步流星、一头亚麻色头发、散发着青春气息、面带细微的讽刺表情的男人，穿着皱条纹西装，戴着领结，脚蹬白色皮鞋，他会让我想起我父亲，或者至少是这些事发生时他的样子。事实上，他的所有岁月里一定都是那个样子，直到六十多岁。新奥尔良盛产像我父亲这样的男人，或者说曾经盛产：俱乐部会员，壁球运动员，动作敏捷、风和日丽时出海的水手，软弱的圣公会教徒，他们有着进步的思想态度，受过良好教育，举止从容不迫，但是暗藏着秘密。这些男人，当你在马路上或者上城区的某个晚宴上遇见他们时，他们似乎是你能认识的最棒的老家伙。你想第二天就打电话给他们，安排一些计划。似乎你一直都知道他们的存在，他们就在这座城市里，只是你看见的不多——只是这儿瞥见一个那儿又瞥见一个。他们似乎很有异国情调，一想到一段漫长的友谊即将开始，你的平淡生活也将迎来一个新的、更好的转折，你的心就膨胀起来。所以你确实打了电话，也确实见到了他们。你们去波因塔哈拉什村钓鱼。你安排晚宴招待他们漂亮的妻子。你们在安托万饭店或指挥官饭店吃漫长的午餐并决定此后每周都这样聚会。但是午餐临近结束时你们会碰到一个尴尬时刻。片刻的沉默降临，你们眼神相遇的方式昭示着一种你从来不用诉说的对人性的深层次的理解。但是你看见，突然间——这很突然，转瞬即逝——你看见这个男人离你很远很远，远得你实际上根本意识不到。他脸上可能挂着微笑。他可能刚刚说了什么动人的或深刻的话或者对你个人的赞美之词。但接着遥远的意识开始醒悟，你知道你对他而言无足轻重，甚至可能再也不会见到他了，再也不必麻烦了。或者，要是你真的碰巧见到了他，你会在半路穿过马路，在拥挤的饭店里寻找出口，在你的汽车前座上坐上很久，来让这样一个男人转过街角或者消失在我刚才提到的那栋办公大楼里。你避开他。而这并不是因为他有什么问题，没有不舒服或者不合的地方。跟性也无关。你只是明白了他不属于你的世界。这就是结局。就这么简单。当然，如果这个男人是你的父亲，那就复杂多了。

当我走到电话机旁接起我父亲的电话时——我母亲早已接了起来，而且他们简短地说了几句话——父亲立刻开始说话。"让我们看看，来的是范·克莱本，还是米奇·曼托？"这两个都是我儿时崇拜的偶像，我总是交替着梦想成为他们中的一个，那时我父亲还没有离开我们的生活。我早已忘了他们。

"都不是。"我说。我在前厅里，放电话机的壁龛就在这里。透过玻璃门我能看见威廉·杜比尼奥蹲在我母亲的山茶花边的棕榈草里。这个位置不错，我想——一边看着我母亲的黑人男友一边和我身处遥远城市的父亲说话。"哦，当然，"我父亲说，"那些是我们去年迷恋的了。"

"是更久以前。"我说。我母亲在隔壁房间里弄出了一声响动。我吸进她的烟雾，听见折报纸的声音。她在听我们说话，而我不想对我父亲表现得很友好，不管什么情况我都没心情去那样做。我觉得他是个混蛋。

"好吧，说正事，巴克·罗杰斯[①]，"我父亲继续说道，"我打电

[①] 巴克·罗杰斯，美国广为人知的太空探险作品中的人物。

话来是为了一件关系到人类未来的重要事情。我想知道你有没有兴趣去那传说中的大湖沼泽猎野鸭。和我一起。我两天后得来城里处理一些法律事务。我的老爹有一个信赖的家臣，名叫雷纳德·泰里奥特，一个声名狼藉的老家伙。但雷纳德无疑有一手吹口哨引鸭子的本事。所以，我已经安排他的儿子，小雷纳德先生，带我们去一片安静的地方引几千只鸭子来供我们一乐。"我父亲做作地清了清嗓子，他每次用这种高高在上的腔调说话时都会这样。"当然，我的意思是如果你没有太多功课的话。"他说，然后又清了清嗓子。

"我也许会有功课。"我说，甚至连跟他说话都让我觉得奇怪。他有时会打电话到军校找我，我不得不在秩序井然的房间里同他讲话。很自然，他负责我的所有学费，给我寄来生活费，还要照顾我母亲的开销。他毫无疑问也负责威廉·杜比尼奥的薪水，而且并不介意那薪水支付的服务的真实性质。他还把这栋在上城麦克肯道尔大街的希腊复古风格的白色小别墅给了我们。（麦克肯道尔是我们家族的姓氏——我的姓。就是那样一个家庭。）但即便这样，想到和另一个男人住在遥远城市的你父亲打电话来叫你去猎野鸭仍然会让你觉得很奇怪。而且我母亲还在隔壁房间里听着，坐在那里抽着烟读着《各州纪事报》，想着她一定会想着的不管什么事。这一切对我来说实在太难以承受了。

但是，我想去猎野鸭，想坐船去沼泽地，那里是我们城市东面和南面广阔的咸水潮湿地。我一直想象着等我长大了能和我父亲一起去。现在我就已经长大了，已经在学校里学过如何使用步枪——尽管不是猎枪。还有，我们那天通话的时候，他听上去不像是那个和其他男人一起住在圣路易斯的人。他听上去就像他一直在我们的日常生活里，仿佛我还在教会学校念书，他还在海伯尼亚银行大厦里从事法律工作的时候，我们那时还是一个家庭。我想我父亲身上有某样东西——他的名字叫伯特赖特·麦克肯道尔，当时只有四十一岁——他身上有某样东西一定希望一切都能和从前一样，在他遇见他的真爱卡特医生之前。尽管你也可以说，我父亲只是不想让自己无法随心所欲地处事；他并不会认为自己做错了任何事，这些事包括导致别人的反感怨气，导致离婚或者造成那不堪的丑闻让你被你家族一百年前创立的以你的姓氏命名的律师事务所开除；以及你可以想象得到的导致你的亲生母亲在极度失望中早逝。事实上，如果他做过的任何事让其他人生活艰难，或者毁了别人的生活，或者让某人走上了人生的下坡路——那么，他基本上采取的态度是忽视它们，或者同意付钱作为补偿，之后他又尽力继续生活，仿佛这世界对每个人来说都是个好得不得了的地方，我们还都可以成为很好的朋友。这就是我前面提到的缺席，他有本事能够不在他正在的地方，但对那些根本谈不上老练的旁观者来说又像是仍然在场。那旁观者就包括，举例来说，他的儿子。

"好了，现在听着，布克先生。"我父亲在电话里说道，我猜他此刻在圣路易斯。我以前被叫作布克，现在也是，是为了和他有所区别（我们的名字一样）。我记得当时自己很紧张，好像要是答应了和他一起去——自从他在波士顿俱乐部的新年派对上和卡特医生一走了之后，第一次去见他——去做这件完全自然的事情（去打猎），我就越过了一条线，把自己置于危险之中。不是你可能认为的那种基于生理本能的危险，而是那种危险：你一开始不知道它存在直到你感觉到它在你的肚子里，就像你从陡峭的山坡上飞奔下来，而山下是深不见底的河流或峡谷，可你意识到你已经停不下来。我冒的危险就是失望，我现在知道了。但我想要我要的东西，不会让这种感觉阻止我。

"我希望你知道，"我父亲说，"我已经和你母亲都讲清楚了。她认为这是个好主意。"

我眼前浮现出他的黄色头发，他那张英俊、年轻、没有皱纹的脸，在一间高雅、阳光充足、天花板很高的房间里，充满活力地对着听筒说话，身旁是一张昂贵的法式桌子，上面放着一些精美的艺术品，他说话时会拿起来端详。在我想象的画面里，他穿着一件紫色的宽松便服，很开心地做着他正在做的事。"还有其他人去吗？"我问。

"哦，上帝，没有，"我父亲说着笑了起来，"还会有谁？弗朗西斯太文雅了没法去猎野鸭。他害怕自己漂亮的蓝眼睛会受不了的。对吗，弗朗西斯？"

想到卡特医生就和他在同一个房间里听着我们的对话，我大为震惊。当然，我母亲也还在听我说话。

"只有你、我和小雷纳德。"我父亲说，他的声音开始远离听筒。我听见另一个声音，一个温柔、文雅的声音在我父亲所在的地方说了些什么，可能是对我们计划的讽刺性评论。"哦，上帝，"我父亲用一种恼怒的声音说道，这声音对我来说同卡特医生的声音一样陌生，"别这么说。不是那种谈话。我是在和布克说话。"那声音又说了些别的，在我的脑海里，我突然看见卡特医生非常不友善的样子，我甚至无法形容。"好了，星期四早上四点你把你的身子骨叫醒，罗杰斯司令官，"我父亲装腔作势地说道，"鸭子是早起的鸟。我会来你的大房子接你。穿上你的靴子和丹顿博士睡衣，不要穿亮色的衣服。我会准备弹药。"

很奇怪我父亲会把我们以前一起住的这栋大房子，也是他的父亲和祖父从内战之后就一直住着的房子，称作我的大房子。这不是我的房子，我感觉。顶多只能算是我母亲的房子，因为她在这里嫁给了他并在之后那次匆忙的离婚中得到了它。

"顺便问一下，学校怎么样了？"我父亲心不在焉地说道。

"什么怎么样？"我很惊讶他会问这个。我父亲听上去有点糊涂了，好像他在读什么东西却突然找不到位置。

"学校，你知道的！你的成绩？你是不是全得了A？你应该得A。你很聪明。至少你有张聪明的嘴。"

"我恨学校。"我说。我喜欢我的教会学校，那里我有一堆朋友。但是我母亲让我去了桑德赫斯特，因为我父亲的离开给她造成的所有不快。在那里我得穿镶着蓝边的卡其军装裤子，还要戴一顶僵硬的蓝色门卫帽。我始终感觉像个傻子。

"哦，好吧，管他呢，"我父亲说，"你会用和我一样的方式进哈佛的。"

"什么方式？"我问，因为虽然只有十五岁我已经很想去哈佛了。

"凭相貌，"我父亲说，"南方人就是靠这个前进的。这是伟大的智慧。一旦你知道了这一点，剩下的就很简单了。这世界要靠相貌来运行。只有相貌不行的时候才用脑子。问问你母亲。所以她才会在不应该的时候嫁给了我。她现在会承认这一点的。"

"我想她现在对此很后悔。"我说。我想到我母亲正听着这场对话的一半。

"哦，是的。我相信她是的，布克。我们现在都有一点后悔。我可以作证。"他房间里的另一个声音又说了点什么，还是那讽刺的语气。"哦，你闭嘴，"我父亲说，"你给我闭嘴别管这摊事。我们星期四早上见，儿子。"我父亲说，没等我回答就挂断了电话。

和我父亲的这次对话发生在十二月十八日星期一，我们要去猎野鸭的三天前。从那天到星期四的几天里，我母亲多少有些回避我，要么待在她楼上的房间里，关着门，经常是和威廉·杜比尼奥在一起，要么就坐车出去上她的声乐课，由他开车，以司机的身份（尽管她坐在前排）。那时还是种族歧视的时代，有色人种在南方各州仍然到处遭到私刑拷打、践踏和焚烧。然而在我们的城市，一个体面的白人女子和一个黑人男子一起出现在公众场合也可能不会引起骚乱。对这种事没有任何规则或者逻辑可言。这是新奥尔良，如果你能承受你就去做。加上杜比尼奥也不介意在我们房子前的山茶花床里工作。说实话，我觉得他什么都不介意。他是在河流之间的潘特康勃县的棉花地里长大的，不知怎么进了俄亥俄州威尔伯福斯的音乐学校，去过朝鲜，在军乐队里演奏过。之后的十年他混迹于城里各种俱乐部和廉价舞厅，后来在一个社交派对上认识了我母亲，他是受雇的助兴乐手，她则向公众展示了当你丈夫为了一个富有的同性恋抛弃你之后生活仍然会继续。

杜比尼奥先生从来不和我多说话。他是在我离家去军校之后进入我母亲生活的，只不过是我回家过感恩节时发现的一个既成事实。他个子高大，骨瘦如柴，有一张阴沉泛黄的长脸和一双灰黄色湿润的眼睛，说话温柔带点咬舌，还有一双巨大、瘦骨嶙峋、粉红色指甲的手，能够在钢琴琴键上伸缩翻飞。我不觉得我母亲会认为他长相英俊，但很可能这一点根本不重要。他经常占据我们的客厅，喝着苏格兰威士忌，抽着香烟，在我祖父的斯坦威音乐会大钢琴上弹奏他即兴想出来的曲调。他会轻声哼唱嘟囔，像爵士乐手埃罗尔·加纳那样前后摇摆。他通常只是用他看起来像东方人的黄色眼睛的眼角余光看我，好像我们俩都不真正属于我家族这一尊贵的处所。我想，他知道自己不会永远在这里，并且很高兴能暂时摆脱惯常的生活，让我母亲做他的临时女友。他似乎还认为我也不会在这里久待，而这是我们的共同点。

我唯一一次记得他对我说话是在那年圣诞节我和父亲一起去沼泽地前的那几天——最终那也是杜比尼奥和我们一起过的唯一一次圣诞节。那天我走进阴暗的大客厅，钢琴就在前窗的旁边，窗前是我母亲竖起来的一棵大圣诞树，上面挂着闪烁的灯，顶端有一颗金色的星星。我拿着一本但丁的《地狱》，我决定在假期里读完，因为第二年我希望能离开桑德赫斯特进入劳伦斯维尔，那是我父亲进哈佛前念的学校。威廉·杜比尼奥又坐在钢琴前，抽着烟喝着酒。我母亲刚用她尖细漂亮的女高音唱完一曲《你变了》离开客厅去休息了，因为唱歌让她筋疲力尽。他看见我那本书的红色封面，皱了皱眉然后把头转向琴凳的另一边，一条细长腿交叉在另一条腿上面，黑色漆皮皮鞋上方露出苍白的没有体毛的皮肤。他穿着黑裤子白衬衫，但没穿袜子，这是他在这栋房子里的日常穿着。

"那是本很不错的书。"他用那温柔的咬舌音说道，眼睛直视着我，让我感觉到指责的意味。

"这是用意大利文写的，"我说，"是一首关于去地狱的诗。"

"所以你是想去那里？"

"不，"我说，"我不想。"

"'通过我，进入痛苦之城，通过我，进入永世凄苦之深坑。'我只记得这些。"他说，他在低音部弹了一个和弦，像电影恐怖桥段里的那种让人毛骨悚然的隆隆低音和弦。

我就当他是临时编出来的，虽然肯定不是。"这是什么意思？"我说。

"就是那老一套，"他说，嘴里仍然叼着香烟，"有人带领参观地狱时请小心脚下。没什么新鲜的。"

"你什么时候读的这本书？"我说，站在两扇半掩着的折叠门之间。这个男人是我母亲的男朋友，她的斯文加利[①]，她的伴奏者，引诱她的人也是腐蚀她的人（正如后来的结局一样）。他是个奇怪而强大的人，见过我从未见过的人生。我相信我既害怕他同时又害

---

① 斯文加利是法国漫画家和作家乔治·杜·莫里耶 1895 年的小说《特里比》中的人物，他引诱利用了年轻的英国女孩特里比，让她成为著名的歌手。这里叙述者是用这个角色暗指杜比尼奥同其母亲的关系。

怕他觉察到这一点，这可能让我故意摆出高人一等和拒人于千里之外的架势，导致他不喜欢我。

杜比尼奥看着琴键上方我母亲放在那里的一株红色火棘。"好吧，我可以说点难听的。但我不会，"他深吸了一口气然后很大声地吐了出来，"你看你的书。我弹我的琴。"他点了点头但没有再看我。此后我们再没有过多的交谈。那年冬天，我母亲把他支走了。他回来过一两次，但在某个时刻，他消失了。尽管那时她的人生已经发生了不好的变化，而这种变化也许是注定要发生的。

我记得，在那三天里，我母亲唯一一次直接和我说话，除了告诉我饭菜已经准备好了，或者她晚上要出去参加杜比尼奥安排的某个预约表演，我相信是她付钱让他去安排的（而且那唱歌的机会也是付钱买来的），是在星期三的下午，我那时正坐在后门廊上仔细研读劳伦斯维尔学校寄来的入学申请资料。我从没去过劳伦斯维尔，也没去过新泽西，去过最远的地方就是从新奥尔良到佛罗里达的扬基镇，我就读的军校就在那里，在一所前天主教医院（那里专收生病和发疯的神父）的建筑里。但我认为劳伦斯维尔——仅仅是这个名字本身——能把我从自以为难以忍受的困境中解救出来。去劳伦斯维尔，坐上几英里的火车，进入新泽西这个陌生而复杂的地方——再加上我父亲也曾去过那里以及我的姓氏和背景在那里意味着什么的事实——所有这些都好像在提供一种逃离和解脱，一个比我在新奥尔良家里更好的未来。

我母亲从房里走出来到后门廊上，那里四周围着玻璃，能看见后院的草地。在那片修整过的草地上放着四把阿迪朗达克椅子和一张木质野餐桌，全都漆成了粉红色。后院完全围起来了，除了邻居——如果他们想看——没有人能看见威廉·杜比尼奥脱掉了衬衫，躺在粉红色的野餐桌上，抽着烟，严肃地盯着温热的蓝天。

我母亲站在那里看了他一会儿。她穿着一套男式的白色丝绸睡衣，声音沙哑。我肯定她已经服用过那种能摧毁她理性思考的药了。她拿着一杯牛奶，那可能也不光是牛奶而是牛奶加金酒或者苏格兰威士忌或者其他什么东西，用来平息她对什么事情糟糕的感觉。

"和你父亲一起去打猎是个多好的主意啊。"她语带讽刺地说道，就好像我们在继续之前的谈话，而事实上我们对此什么都没有说过，尽管我很想谈谈，尽管我觉得我不该去也希望她不准我去。"你有枪吗？"她问，她明知我没有。她知道我有什么，没有什么。我当时十五岁。

"他会给我一把。"我说。

她朝我坐着的地方瞥了一眼，但表情没变。"我只是在想和一个与你社会地位同等的人去打猎是什么感觉。"我母亲边说边用手指捋过头发，她的头发刚染了烙金色，剪了个干净的波波头，这是杜比尼奥的主意。她父亲曾经是普莱塔尼亚大街上的一个药剂师，为麦克肯道尔这样的富裕家族提供优质服务。她曾去纽康比，通过结婚高攀上我父亲，并逐渐适应了他介绍进入的那个社交圈（尽管我始终认为她并不真的在乎新奥尔良的社交圈——不像我父亲，他在乎到最终朝着它吐唾沫）。

"我总以为,"她说,"这种冒险活动通常只会带上那些社会底层人士。搬运工,或者你俱乐部更衣室里的服务生。"她看着杜比尼奥。他一定属于她脑中的社会底层人士。她和我父亲结婚二十年,在她三十九岁的时候把杜比尼奥带进自己的生活,以抹去她过去感情的所有痕迹。我现在——就在我重述这段往事的时候——才意识到,她刚和杜比尼奥上过床,他正半裸地躺在我们的野餐桌上享受着那如梦一样的余味,她则穿着睡衣在房子里四处游荡,最后不得不来和我说话。想想就悲伤,再过一年多,我刚刚让自己适应了劳伦斯维尔她就没了。现在想到她就像是在听死人讲话。

"但是这件事我不反对你父亲。这个人反正已经走了,"我母亲说,"当然,其他事情我会反对。"她转过身,走过来坐在我身旁带条纹靠垫的柳条椅上。她放下手里的牛奶,把我的手抓在她冷冷的手里,放在她膝盖上,抵着她丝绸一般的腿。"如果我成了一名非常出色的歌手,不得不去芝加哥、纽约,甚至巴黎巡回演出,会怎么样?你会喜欢吗?你能来看我演出。你能穿上你的校服。"她抿了抿嘴,回头看了一眼院子,威廉·杜比尼奥像法老一样躺在野餐桌上。

"我不喜欢那样。"我说。我没有骗她。她现在晚上出去自取其辱也让我感到尴尬和害怕。我不会说我觉得这很好。这是个灾难而且很快就会得到证实。

"不?"她说,"你不会来看我在拉丁区的演出?"

"不,"我说,"我永远不会。"

"好吧。"她放开我的手，交叉着双腿，用拳头撑着下巴，"那我不得不接受这个事实。也许你是对的。"她转头四顾她的那杯牛奶，好像忘记把它放在哪儿了。

"你还有其他什么事情是反对他的？"我问道，我是指我的父亲。这个离开的人似乎让我受够了。

"哦，"我母亲说，"我们现在又说回他了？好吧，这么说吧，我反对他整个人。当然，这不是为了我，而是为了你。他本可以维持这个家。其他男人都这么做。他有一个情人，随便什么类型的情人，完全没问题。所以，他和其他很多男人一样差劲。但这就是我反对他的地方。我以前还真没想到这一点。他没能比大多数男人做得更好。这在婚姻里是死罪。你要再长大一些才会理解这一点。但你会理解的。"

她拿起那杯牛奶，站起身，把宽松的睡衣在瘦细的腰间系紧，走进了屋。过了一会儿我听见摔门的声音，接着是她和杜比尼奥的声音，我继续准备去劳伦斯维尔的材料，以此拯救我的人生。但是我想我明白她的意思。她的意思是我父亲只做自己想做的事，而且相信他这么做也是在允许其他人有同等的自由做任何他们想做的事。只是世界不是这样运转的，我母亲和我的人生就是活生生的例子。其他人会影响你。事实上仅此而已，没有那么复杂。

我父亲瘫坐在木板码头尽头空荡荡的小艇船头。此刻正是日出之前。他面对着巴普蒂斯河口静悄悄的、几乎一动不动的水面，在那之外（尽管我看不见）是一片空荡荡的沼泽地，一直延伸到密西西比河，在我们西面几英里远。我父亲没有戴帽子，似乎穿着一件雨衣。我有一年没有见到他了。

我们所在的地方叫雷吉奥码头，其实只是一个简陋的小小的船只营地，渔夫们在夏季亮出他们的捕鱼执照，像我们这样的猎鸭者则从这里出发通过河口进入沼泽，还有一些捕虾人在休渔期把他们的大船和网存放在这里。我从没来过这里，但我听教会学校里那些和他们父亲一起来过的男生说起过，他们的父亲租用了一小块沼泽地，装上木制百叶窗，待在路易斯安那州佛莱特的单车道路边的破败棚屋里。对我来说这是个著名的地方，就像捕猎营地总是出了名的充满神秘和危险一样，并且很罕见地把代表生活中好的那部分和未知的那部分结合在了一起。

我父亲没有像他说的那样来接我。取而代之的是一辆车顶上有盏灯的黄色出租车停在我家门口，司机来到门前摁响门铃告诉我麦克肯道尔先生让他来载我去雷吉奥——在圣伯纳区，虽然荒凉，但其实离花园区并不是很远。

"那真的是你吗？"我父亲在小艇上转过身来说道，我已经在码头这一头站了一分钟等他注意到我。有一个矮个子男人，方方的脑袋，有着波浪般的黑头发，穿着工装裤，正在把装满捕鸭诱饵的帆布包拖进船里。营地周围已经有一些动静了。汽车陆续从黑暗中驶出来，尾灯闪着光。有男人的说笑声传来。有人带来的狗在吠叫。尽管现在是圣诞节前的一周，但并不觉得冷。清晨的空气感觉沉重而柔和，有一层薄雾从河口升起，闻起来似乎混杂着石油或汽油的味道。这雾气粘在我的手上和脸上，让我感觉帽子下的头发都有点黏腻。"抱歉要让出租车载你来。"我父亲坐在铝质小船的船头说道。他在用一种夸张的方式笑着。他的牙齿很白,他看上去很瘦。他那淡色的细发剪短了,好像比我记忆中的更黄,而且边上更稀疏了。这感觉有点怪,但我记得自己当时在想——站在那里俯视着父亲——如果他有个哥哥的话,那他哥哥应该就长这样。他看上去很不好。不快乐或是不健康。当然我也意识到他在喝酒,即使是在这个时间点。穿工装裤的男人搬来三只猎枪盒放进船里。"这个船匪是小雷纳德·特里奥特先生,"我父亲说,指了指那个有着波浪般头发的小个子男人,"在新奥尔良,认识他的人管他叫法布里斯,或者狐狸,或者法布里·切。随你选。"

我不知道这些都是什么意思。但小雷纳德把枪在船里放好之后停了下来,不太友好地看着我父亲。他的眉毛浓密而且皱着,即使在微弱的天光里,暗沉的面色仍然衬得他的眼睛小而锐利。在工装裤里面,他穿着一件有金色小星星的红衬衫。

"法布里·切是个出神入化的鸣鸭人,"我父亲有点过于大声地说道,"这个,也就是说,是他众多才能中的一样。对吗,法布里斯先生?你跟我儿子打过招呼吗?他叫布克,是个非常好的孩子。"我父亲对我亮出一抹微笑,露出洁白的牙齿,而我明白他这是在嘲弄小雷纳德,后者没有跟我说话而是继续往船上装东西。我不知道他了解我父亲多少,以及如果知道了所有的事他会怎么想。

"我找不到合适的猎装。"我父亲说道,低头看了眼自己敞开的大衣前襟。他扯开来,我能看见里面穿着燕尾服和一件粉色衬衫,打着鲜红色的领结,插着一朵粉色的康乃馨。他还穿着一双黑白相间的尖头皮鞋,跟圣诞时节格格不入,而且等会儿我们一进入沼泽地,这双鞋怎么都会毁掉的。"我把猎装都留在我母亲的车库里了,"他说,好像在自言自语,"今天一早才发现把钥匙给弄丢了。"他看着我,依然笑着。"你穿棕色系非常好看。"他说。我只是穿着学校发的卡其裤和衬衫——摘掉了黄铜校徽——以及黑色网球鞋和在衣柜里找到的一件旧帆布夹克和一顶帽子。这可不是我听同学们说的猎鸭装束。我父亲甚至都没沾过床,一直在喝酒享乐。也许他现在更想待在他原先待着的什么地方,和他的那些朋友一起。

"你最近在读什么重要的书吗?"我父亲在小艇上问,我不知他为何问起这个。他向四周张望,一艘满载着猎手和我刚才听到吠叫的那条拉布拉多犬的猎鸭船缓缓驶过我们身边,向巴普提斯河口进发。他们的向导打着一盏远光灯,照在雾气重重的水面上。他们要去猎鸭了。尽管我看不见是去哪里,因为在河口对岸之外只有一片平坦的没有树木的黑色区域隐没在黑暗中。我不知道鸭子会在哪里,也不知道城市在哪个方向,甚至不知道东面是哪个方向。

"我在读《地狱》。"我说,感到在码头上说出"地狱"有点不自在。

"哦,那本书,"我父亲说,"我猜那是法布里斯先生最喜欢的书。第五篇:那些失去克制力的人。不过我觉得你应该去读读叶芝的自传。我在圣路易斯读过。叶芝在给他的朋友、伟大的约翰·辛格的信中说我们应该把斯多葛主义、禁欲主义和极乐主义结合起来。我觉得那样很好,你觉得呢?"我父亲似乎很有把握又带着挑战意味,就好像他期望我知道他说的这些是什么意思,叶芝是谁,辛格又是谁。但我不知道。我也懒得对一个穿着燕尾服插着粉色康乃馨坐在猎鸭船里的醉汉去假装自己知道。

"我不知道他们。我不知道那些是什么。"我说道，同时对自己不得不承认这一点感到很糟糕。

"它们是人生里的完美平衡。但是，我能做的就只是平衡其中的两个。也许只有一个半。你母亲好吗？"我父亲开始扣他的外衣扣子。

"她很好。"我撒谎道。

"我知道她雇了新的家政服务员。"他没有抬头，只是继续摆弄大衣纽扣。

"她在学唱歌。"我说，不提杜比尼奥。

"哦，好吧，"我父亲说，扣好最后一颗纽扣后拍了拍大衣前襟，"她一直有把不错的小声音。甜美的教堂歌声。"他抬头看向我，笑了笑，似乎他知道我不喜欢他说的话但他才不在乎。

"她现在已经好多了。"我在考虑现在就回家，但是当然现在没有办法回家。

"肯定是的。好了，现在让我们启程吧，法布里·切。"我父亲突然说道。

雷纳德就在我身后的码头上。其他载着猎手的船早就出发了。我看到它们的灯光在水面上忽明忽暗，驶离我们的船还被拴着的地方，它们舷外机柔和的噗噗声被迷雾裹住渐渐轻了下去。我跨进船里，坐在中间的位子上。但是当雷纳德快速跳上船尾时，船身猛地向一边倾斜，而此时我父亲正拿着原本在我视线之外、放在他双脚中间的一品脱酒瓶没有停顿地喝了一大口。

"可别掉下去了,宝贝。"雷纳德从船尾对我父亲说道,同时使劲拉了一下发动机线。他的声音低沉圆润,带着一丝嘲讽。"我想没人能把你捞起来。"

我想,我父亲没有听见他的话。但我听见了。而且我认为他说得很对。

我无法讲清楚那天早上是如何坐着小雷纳德的船过去的,只能说进入了那片黑暗的沼泽地,那个大湖,它属于普拉克明区,感觉就像是在地球的尽头。后来,当太阳升起雾气散尽,我看见的是一大片灰棕色的水面,点缀着一些低矮的岛屿,岛上长满黄色的荒草,散发着沥青和蔬菜腐烂分解的味道,那里的泥土呈蓝黑色,黏腻而腐臭。但在地平线上,在晨光的照耀下,可以看到这座城市的可见建筑——我父亲曾经供职的海伯尼亚银行——正好位于地球弧线上方。这感觉很奇怪,既远离文明世界又能如此清晰地看见它。

一开始的时候当然是暗的。小雷纳德身材矮小,能够站在滑行的小船船尾,用他的灯照着坐在中间的我和蜷缩在船头的父亲。父亲的金发在微风的吹拂下闪闪发光。我们沿着河口行进了一段,接着转向,缓慢地从一座木桥下穿过,然后沿一条宽广的河道驶了出去,河道两边是连着沼泽的小山丘,白鹭栖息在上面,我们想要打的第一群鸭子从船边游走,突然跳进阴影里。我父亲用手指做枪,瞄准这些受惊的鸭子,随着小船急驶过沼泽,无声地开了三枪:"一、二、三。"

自然，我非常激动能在这里——即使穿着我憎恶的军校校服，和穿着燕尾服的醉醺醺的父亲一起，而操纵小船的是那个叫雷纳德的小猴子。但是，我仍然相信，这一定是那件我向往的事的某种表现形式——和你的父亲还有一个向导去猎鸭子——而且不管你什么时候去，即使在最完美的环境里，总是会有一些不完美的地方，让你感觉不是那么美好。关键是你要让自己去习惯这种感觉，不然就可能错过那真正存在的小小幸福。

我们在黑暗光滑的湖面上快开了一阵，小雷纳德突然退到马达后面，熄掉束光灯，把船急往左打，让尾流直接把我们带进一个刚才我没看见的长满杂草的沼泽小岛。但我立刻看清了这不只是一个小岛，还是一个捕猎的隐藏点，前面是草，后面是一圈沉入泥中的木桩，里面放着一排装桃的木箱子，猎人可以坐在上面而不被飞起来的野鸭发现。当船驶进草滩时，穿着长筒防水靴的雷纳德跳到水里，把我们的船推到淤泥比较坚实的地方。"这里是鸭子的天堂。"我父亲说，接着剧烈地咳嗽起来，他那张年轻光滑的脸因为一记急喘而变得扭曲，他不得不摇摇头，把身子转向一边。

"他的意思是这里是鸭子上天堂的地方。"雷纳德说道。这是他对我说的第一句话，我注意到他的声音不太像我听过的船夫的声音，而像纽约或者波士顿那些北方城市的居民。雷纳德的声音是有教养的，低沉动人，我想，像是某个上城区的葬礼承办人或者花商。这声音似乎更适合另一个身体，而不是眼前这个大腿以下都浸泡在浑浊难闻的水里、留着一头流浪汉式长发的粗壮小个子男人。

"鸭子什么时候来？"我说，只是为了回应他。我父亲正在平复自己,往水里吐了口痰接着又拿起酒瓶喝了一口。

雷纳德偷笑了一下,他一定以为我父亲能听见。"等它们准备好的时候。就像你和我。"他说,然后开始把装着捕鸭诱饵的大帆布包拖出来,似乎完全不再注意我了。

雷纳德在茂密的草丛中藏着一只独木舟,在用草垫遮掩住我们乘坐的船后,他就用独木舟去放捕鸭诱饵,这时天色渐亮,虽然我们所在的地方仍旧一片黑暗。我父亲和我并排坐在装桃的箱子上,看着他把填充的鸭子扔出去,在我们的隐藏点前形成两组,中间留出一片开阔的水域。此时我开始明白我想象中的猎鸭地与真实的情况不一样。首先,我们周围的水域要比我想象的小。在四分之一英里外,渐渐有其他长草的小岛映入眼帘,然后是一排绿树,距离稍远,但比我想象的要近。我听到了一声汽笛声,接着是音乐声,一定是从停在雷吉奥码头上的某辆汽车里传来的,最后是太阳,一个在薄雾后面燃烧着的白色圆盘,出现在与我预期相反的沼泽地上方。但事实上,所有这些——我所处位置这些令人困惑、方向错乱、同想象大相径庭的特征——似乎都很好,因为它们让我觉得适得其所,于是我渐渐忘记了我之前对这一天、对我的人生和我的未来的感觉,而这些感觉似乎都不是那么好。

我们的隐藏地只有十英尺长、四英尺宽,木板上散落着用过的弹壳、糖纸、烟头,我父亲拿出他的威士忌酒瓶,已经喝掉了四分之三。自从我们在大木箱子上坐定,他安静了一会儿,当雷纳德布好捕鸭诱饵,爬进隐藏地等待鸭子过来时,他没对我或雷纳德说过一句话。好像有什么事击中了我父亲，一种巨大的疲倦或者不好的感觉或者思绪，使他脱离了当下以及我们要做的事情。雷纳德从枪盒里取出了枪。我的是一把老式的 A.H. 福克斯二十口径双管猎枪，它像铅一样重，我在我祖母的房子里见过很多次也把玩过很多次，清楚它的每一个细节，但从来没有开过枪。我祖母管它叫她的"女士之枪"，她年轻的时候跟我父亲的父亲一起外出打猎时就用这把枪。雷纳德给了我六发子弹，我把子弹上膛，把枪口抬起来，夹在两膝之间，望着银色的天空，等待着鸭子来试探我们的诱饵。

我父亲没有给猎枪上膛，而是瘫坐在木板条上，他的猎枪就靠在隐藏地的草堆上。我们呆望着天空，只看见一对鸭子在远离我们射程的地方游过，就这样坐了好一会儿后，听见沼泽地里的其他猎人开始射击了，有时还传来几个人突然一阵密集的枪声。然后我就看到另外两个隐藏地在我们落脚的水池对面——离我们大概有三百码远，但当我的眼睛适应了天光以及地平线上的那些突起物之后，就可以看到。我看见一只鸭子飞过天空，随着某个猎人的第一枪开火，突然直直地坠落，我听见一阵狗吠以及一个男人的声音，声调高亢，笑声穿透柔软的空气。"呼，呼，呼，好哟，"尽管有些距离，这人的声音还是很清晰，"我打中它的时候，这家伙正赶着去泰勒伯恩县[①]吧。"另一个男人笑了起来。这一切似乎就近在咫尺，尽管我们还没开过枪，只是在打量乳白色的天空。

"该死的混蛋，"我父亲说道，"抢着开枪。他们就非得这么做，

[①] 泰勒伯恩县，美国路易斯安那州东南部的一个县。

这是基因遗传的。"他看上去没在对任何人说话,只是靠在一边坐着,等待着。

"早就到射击时间了。"小雷纳德说道,他向上凝视着天空。他脖子上用皮带挂着两只鸭鸣器。他还没有吹响过任何一只,但我很想要他这么做,想要看见一群呈 V 字排开的野鸭,猛然改变方向,飞进我们的诱捕陷阱,我觉得它们应该这样。

"现在是时候了吗,油腻的法布里斯先生,法布里·切先生。"我父亲用手背抹过鼻子然后向上插进他的金发里,接着闭上眼睛又大大地睁开,似乎在努力把注意力集中在我们在做的这件事上,但又很难做到。我们待的地方很臭,还夹杂着他的威士忌以及小雷纳德黑头发上涂的什么油的味道。我父亲那双黑白相间的鞋早就沾满泥巴,布满划痕,他燕尾服的裤子上、粉红色的衬衫上,甚至他的额头上也都沾了泥巴。他的样子跟他现在所在的地方格格不入。看上去就像是在去参加派对的路上从飞机上掉到了这里。

小雷纳德没有回应我父亲叫他的"油腻的法布里斯",但他显然不喜欢这样的名字。我甚至纳闷他怎么会愿意待在这里被人用这样的语言对待。但是一定有理由让他这么做。这世上没有几件事是真正神秘的。大多数事情背后都有个多少令人失望的解释,无论一开始它们显得多奇怪。

过了一会儿,雷纳德拿出一盒烟,抽出一支放在嘴里,但没有点燃——只是含在他那湿润、厚重、性感的嘴唇之间。他的样子已经够古怪了,穿着印着星星的衬衫,头大得和身体很不相称——一个大概四十几岁、只比侏儒高不了多少的男人。

"看，这可是他们这种人的典型标志。"我父亲说。他斜靠在他的猎枪上，专注地看着小雷纳德。"注意那张太有表现力的嘴上叼着的那支没点着的香烟。如果你开车走在路易斯安那州查尔梅特市的街道上，孩子，你会看见那些男女老少，他们实际上都跟法布里斯先生有血缘关系，站在他们邮票般大小的后院里，穿着长筒橡胶靴，嘴里叼着没有点燃的廉价烟，就像你现在看到的那样。瞧，这个人！①"

小雷纳德出人意料地张开嘴，香烟粘在他那丑陋的紫色大舌头上。他瞟了我父亲一眼，身体前倾，靠近他的猎枪，然后把烟向后卷进嘴里，面不改色地吞了下去。接着他看着我——我就坐在他和我父亲之间——笑了。他的牙齿很大，沾满了咖啡色的污渍。这是个下流的动作。我不知道它怎么个下流法，但我肯定它很下流。

"别理他，"我父亲说，"这种人到处都是。哗众取宠的把戏，街头卖艺的货色，下等人。现在我要你跟我说说你自己，布克。最近有碰到什么难事吗？我近来可是处理难事的专家了。"我父亲在泥泞的地板上挪动他的尖头皮鞋，导致他的猎枪，一把漂亮的银色镶边的贝瑞塔牌猎枪，突然"咔嗒"一声，滑落在我的脚边——枪管正对着小雷纳德的脚踝。枪掉下去的时候我父亲甚至没有试图去抓住它。

---

① 原文为拉丁文 Ecce Homo，出自《圣经·新约·约翰福音》，是本丢·彼拉多令人鞭打耶稣基督后，向众人展示身披紫袍、头戴荆棘冠冕的耶稣时，对众人说了这句话。在这里，叙述者用这句话来表达对他所描述对象的鄙视。

"把它捡起来。"他生气地对我说,好像是我把枪弄倒了。但我还是照做了。我捡起枪递还给他,他用膝盖把枪顶靠在埋伏地的一侧。这个把枪放在他想要放的位置的粗暴举动,让我想起了一年前的父亲。他一直是这样一个人,行动突然,态度突变,常常会突如其来地大笑,有着强烈的情绪变化。我一直不太喜欢他这样,但我认为这就是男人的德行并接受了它。

"你想过去旅行吗?"我父亲说,完全忽略了他刚才的那个问题,抬头看着天空,好像刚刚意识到自己正身处一个猎鸭的隐藏地,至少有那么一秒钟明白了我们正在做什么。他的外套又松开了,露出里面的燕尾服,上面沾满了泥巴。"你应该想的。"我还没来得及回答他又说。

这时小雷纳德开始吹响他的鸣鸭器,然后蹲在他的桃子木箱前面。由于他这么做了,我也蹲在了我的箱子前面,而我父亲——注意到我们的举动——也蹲了下来压低头。雷纳德吹了一会儿之后,我透过草丛墙望过去,看见两只黑色的鸭子正在我们隐藏地的前面飞,飞得很低,就在我们放出去的鸭子诱饵上方。小雷纳德把鸣叫声变成了断断续续的咯咯声,而当他这么做时两只鸭子突然转向一边,开始用力飞离我们,几乎就像它们能倒着飞一样。

"你让它们看见你了,"雷纳德哑着喉咙低声说道,"它们看见你那张大白脸了。"

我蹲在他身旁,能闻到他的口气——烟草和发酸的肉味,那肉一定难吃极了。

"快吹,该死的,法布里切。"我父亲说道——事实上,是大喊道。我扭过头去看他,他笔直站着,把枪架在肩上,外套摊在地上,这样他就只穿着燕尾服。我看向我们的鸭子诱饵,看见四只小鸭子刚收起翅膀,划向雷纳德留出来的那片水域。它们的翅膀撞击水面时发出砰的一声。

小雷纳德立刻又咯咯咯地吹响鸭鸣器,他仍然蹲在桃子木箱前,脸朝下。"朝它们射击,布克,开枪。"我父亲喊道,我站起身来,把我那把沉重的枪架在肩上,还没准备好就开了两枪,两次扳机是一起扣下的,就在这时,我父亲(他不知什么时候给枪上了膛)也朝鸭子们开了一枪接着又开了一枪,鸭子们轻轻触了下水面,但已经开始偏离方向,像其他鸭子一样,一点点向上爬高,向后飞离了我们,它们伸长了脖子,它们的眼睛——或者只是对我这个从来没打过鸭子的人来说——睁得大大的,充满了恐惧。

我同时发出的那两枪打中了雷纳德的一只鸭子诱饵,把它打得粉碎。我父亲的两枪似乎什么也没打中,但其中一发的灰色填纸飘回了水面,而那四只鸭子在远处变得越来越小,直到被水池对面的其他猎人瞄准射击,其中两只掉了下来。

"这实在是太糟了。"我父亲说,穿着燕尾服站在隐藏地的一头,金发顺滑地贴着他的头,让他看上去像个孩子。他立刻打开枪,从燕尾服口袋里掏出新的子弹换掉空的弹壳。他看起来不再醉醺醺的,而是全神贯注、头脑清醒,只是他已经错过了一切。

"你们开起枪来像是一对老太婆。"雷纳德嫌弃地说道,并摇了摇头。

"去你妈的。"我父亲冷静地说道,然后气势汹汹地合上了他那把漂亮的意大利猎枪。他的蓝眼睛睁大又眯起来，我相信他可能会把枪口对准小雷纳德。他的嘴角已经聚起一些白色唾沫，脸色的表情立刻从全神贯注变得苍白、潮湿以及暴怒。"如果我需要你提供鸣鸭之外的服务，我会跟你的主人说的。"他说。

"去跟你自己的主人说吧，好事佬。"小雷纳德说，说这话时他看着我，挑起眉毛，笑了起来，那厚重的嘴唇如同猿人一样残酷地向前翻起。

"够了，"我父亲大声地说，"这真的是够了。"我以为他会越过我伸手去打雷纳德正在笑的大嘴。但他没有。他只是一屁股坐回到他的桃子木箱上，面朝前方，把刚上膛的猎枪立在两膝之间，握在手里。他那黑白相间的皮鞋正踩在他的外套上，踩得乱七八糟。那朵粉色的小康乃馨掉在油腻腻的泥土里弄脏了。

我能听见我父亲沉重的呼吸声。发生了不太好的事情，但我不知道是什么。他身体里有某种东西在升起，某种突如其来的叛逆的力量，但这力量在付诸行动之前就已经被打败了。或者在我看来是这样。当然，一些沉默的事件总是发生在我们的冲动和行动之间。但我不知道发生了什么事，只知道发生了，我能感觉到。我父亲现在看上去很累，像是在思考什么。小雷纳德不再呼唤鸭子了，只是坐在他那一头，盯着雾蒙蒙的天空，地平线上的天空正变成浓郁、温暖的亮红色，好像沼泽远处的边缘有一团火在燃烧。其他隐藏地里的枪声也停止了。一架小飞机缓缓地飞过天空。我听见一声狗吠。我看见一条鱼在我们隐藏地前的水里打着圈。我想我是看见了一条鳄鱼。蚊子出现了，这在路易斯安那州从来都不稀奇。

"你在圣路易斯做什么？"我问我父亲。这是我想知道的事。

"嗯……"我父亲若有所思地说道。他哼了一声。"高尔夫。我打了不少高尔夫。弗朗西斯有一栋大房子，对面是一个很棒的公园。我占了那地方。"他摸了摸额头，一只蚊子停在那里的一块黑色泥渍上。他用手擦了擦然后看着自己的指尖。

"你会在那儿处理法律事务吗？"

"哦，上帝，不，"他说着摇了摇头，又哼了一声，"他们要求我离开这里的事务所。你知道的。"

"是的。"我说。他的呼吸变顺畅了。他的脸色看上去很平静。他看上去英俊而年轻。不管刚才发生了什么沉默的事件现在都已经过去，而且他似乎接受了这一点。我想也许可以谈谈我想去劳伦斯维尔的事了。猎鸭隐藏地就是让人们讨论这类话题的。当然我想如果只有我们两个人没有小雷纳德在一旁听着会更好。"我想问问你……"我开始说道。

"跟我说说你女朋友的事，"我父亲打断了我，"把整个故事都告诉我。"

我知道他的意思，但并没有什么故事。我在一所军校读书，那里只有男生，对我来说这根本不是一个故事。如果我去了劳伦斯维尔，我想那倒可能有故事。身边就会有女孩子。"没有什么故事……"我刚开口说道，他再次打断了我。

"让我给你些建议，"他用食指摩挲着意大利猎枪的枪口，"永远要在你睡某个人之前就想象一下你睡过之后的感觉。明白吗？这是做所有事的关键。历史，道德，哲学。这样你会省去很多痛苦。"

他点点头,仿佛刚刚重新认识到人生智慧。"也许你已经知道了。"他说。他望着隐藏地的前方,那里的天空变得火烧一样红,然后看向我,那样子看上去很坦诚,像是要说(我是这么认为的)他喜欢我。"你有没有觉得自己在跟人交谈时说了一些你根本不相信的话?"他伸出两根手指,从我的脸颊上抓下一只蚊子。"有吗?"他心不在焉地问道,"有吗?有吗?"

我想起和杜比尼奥的谈话,还有和我母亲的几次谈话。它们就是那种交谈——即使只是因为那些我没说出口的话而令人难忘。但我对我父亲的回答是"没有"。

"那你一定是不太在意人生的便利。"他用一种友好的语气说道。

"我不知道那重不重要。"我这么说是因为我不知道便利是什么意思。这个词我从来没有机会用到。

"好吧,便利对我来说非常重要。简直太重要了,我想。"我父亲说。很自然地,我想起了我母亲对他的评价——他并不比大多数男人好。我想过分关注便利才让你成为那样的人吧,我未来的人生也会因为他是我的父亲而犯一模一样的错误。但在那一刻,我决定要确保自己不犯和他一样的人生错误。

"有只可爱的鸭子来了。"我父亲说。他看着天空,似乎很茫然。"法布里切,请允许我为自己刚才恶劣的态度向你道歉,请你呼唤它们,好吗?如果可以的话,你该是多宽容大度啊。多好啊。"我父亲奇怪地朝小雷纳德笑了笑,我一直以为后者正在沉思。

小雷纳德真的吹了起来。我没有看见一只鸭子,但当我父亲蹲坐在脏兮兮的木条板上时，他的大衣满是泥巴，我们的空弹壳散落一地，我也蹲坐了下来，并把脸对着地板。我能听见我父亲的呼吸声，能闻到他呼吸里的威士忌味，能看见他苍白潮湿的指关节在木板上支撑住他摇晃的身体，甚至能闻到他头发的味道，那是一种热乎乎的霉味。这可能是我离他最近的一次。而我明白这是必须的，甚至可能是最好的。

"现在等着，等他把它叫来。"我父亲说，蹲在湿木条板上，但用眼角的余光向上看。他的手指抓着我的手让我别动。我仍然什么都没有看见。小雷纳德在吹着长长的、高亢的、磨锉刀般的呼叫声，紧接着短促的爆裂声，使他的喉咙发出沉重的呼噜声，然后又是长长的高声呼叫。"还没到时候，"我父亲轻声说道，"还没到。等着他。"我把脸转向一边，眼睛往上瞟，看能发现什么。"不要，"父亲靠近我的耳朵说，"不要向上看。"我深吸了一口气，吸进了我父亲身上散发出的所有气味。接着小雷纳德大声说道："来啊，天啊！来啊！开枪。现在。你们在等什么？"

于是，我站了起来，尽管还不知道自己会看见什么，并在我真正看之前就把枪架在了肩上。接着，我就看到它了，慢慢地低飞过我们的鸭子诱饵，头转向一边，眼睛向下看着棕色的河水，一只孤单的鸭子。我在雾气浓重的天光里能看清它绿色的头和子弹一样的眼睛，听见它翅膀拍打的声音。我觉得它没有看见我，也没有听见我父亲和小雷纳德的叫喊声："开枪，开枪，哦，上帝，朝它开枪，布克。"因为当我的脸和枪管出现在隐藏地上方时，它并没有改变航向，也没有开始像刚才我看到的那样向后飞行——这是它自救的方式。它只是继续向下看着，慢慢地飞着，在水面和我们所有人上方的红色空气里，发出它的动静。

当我发现鸭子在我的枪管上方时，我睁大了眼睛，开这种枪就该这样，但是我心想：这只有一只鸭子。可能没有其他鸭子。把一只鸭子打下来有什么意思？在我的梦里有数百只鸭子，我和父亲对着它们扫射然后它们像雨一样从空中落下来，究竟有多少只并不重要，因为我们是一起射击的。但现在只有我一个人在做这件事，而且一只鸭子似乎是不对的，这种不对的感觉在有一百只鸭子时是不会有的，至少如果一定要我来射击的话。所以我没有开枪，而是放下了枪。

"怎么回事？"我父亲在我身下的地板上说道，他仍然穿着燕尾服四肢着地，脸朝下，等待着一声枪响。那只孤单的鸭子现在已经飞过我们，不在射程内了。

我看着小雷纳德，他坐在他的桃子木箱上，因身材矮小而不用蹲下。他看着我，做了个奇怪的鬼脸，这张脸我以前从没见过但以后永远不会忘记。他微笑着，开始快速地眨着眼睛，然后举起双手，掌心向上抬到眼睛的地方，就好像在等待什么东西落到手里。我不知道这个手势是什么意思，但我经常想起它——有时是在半夜被惊醒的时候。我想，是嘲笑；或者可能是在表示他只是不知道我为什么没有射杀那只鸭子，在等待我的答案。又或者是别的意思，某个我无法理解其意义的信号。法布里切是个奇怪的人。没人会质疑这一点。

此时我父亲已经站了起来，尽管有些困难。他把枪架在肩上，朝鸭子开了一枪，那只鸭子现在只是天空中的一个小点。它当然没有掉下来。他把枪抵在肩上，看了一会儿，直到那个长着翅膀的小点消失。

"该死的到底是怎么回事？"他说，他的脸因为下蹲而涨得通红，"你为什么不朝那只鸭子开枪？"他的嘴不满地张开。我能看见他洁白的牙齿，他一只手紧紧抓着隐藏地的一边。他似乎有摔倒的危险。毕竟，他还醉着。他的金发在雾蒙蒙的天光里闪闪发光。

"我离得不够近。"我说。

我父亲转头又看了一眼那些鸭子诱饵，好像它们能证明什么似的。"不够近？"他说，"我都听见那鸭子翅膀发出的声音了。你需要多近？你手里有把枪。"

"你不可能听见。"我说。

"听不见？"他说。他的目光从我脸上移开，发现了我身后的小雷纳德。他的嘴巴做了一个古怪的表情。他脸上的不满消失了，他突然显得很开心，潮湿的嘴角露出一丝淡淡的微笑，我敢肯定那是嘲笑，代表了他认为我在关键时刻犹豫了，犯了个错误，因此不必如此严肃对待。这嘲笑来自这个男人，他抛弃了我和我母亲，让我们自生自灭，自己则在所有认识他的人看不见的地方，毫无尊严和羞耻地寻欢作乐。

"你什么都不知道，"我突然说道，"你只不过……"我不知道自己要说什么。一些可怕而伤人的话。一些说出来会打击到他并且会让我永远后悔的话。所以我没有再说下去，没有把话说完。虽然我这么做是为了我自己，我现在想来，而不是为了他，是为了我今后不用比现在更后悔。说实话,我真的不在乎他怎么样。以前不在乎,现在也不在乎。

然后我父亲说道,他英俊的嘴角仍然挂着那带有暗示性的微笑:"好了,宝贝。我明白,你还得成长。"他伸出手,放在我因愤怒和厌恶而僵硬的脖子后面。他似乎没有注意到这一点,把我拉到他身边,在我额头上吻了一下,双臂环抱着我,直到他心里在想的什么事过去了;我们该回码头了。

一九六一年十二月大湖边的那个早晨之后,我父亲又活了三十年。从各方面的叙述来看,他在那之后度过了完整的一生。我对他做了什么和没做什么的原因和理由,以及为什么要让那天成为我人生的转折点不感兴趣,因为那天根本就不是什么人生转折点。生活早就发生了变化。那天早晨只不过代表了我今后将观察到的各种具体变化的第一个例子。和我父亲一样,我也成了一名律师。法律是一种召唤,它教会你,生活中的绝大多数事务都是某种调整,我们为适应那些发生在我们掌控之外和我们原本可能不会去寻求掌控的事情而做的调整以及重新调整。所以每当我们受到诱惑,就像我在猎鸭隐藏地里的那一瞬间,或者像我在这三十年里时常体验到的那样,让自己专注于我父亲并对他感到愤怒时,甚至当我看见某个让我想起他的男人,穿着皱条纹西装,戴着鲜艳的领结,走进某栋大楼时,我都会试图再次意识到,最好的办法就是释放自己,意识到只有我一个人在感到愤怒,而且不会有任何补偿。我们都想要得到补偿。有时候,补偿甚至是人生的全部。作为一名律师,以及一名律师的儿子和另一名律师的孙子，我清楚地明白这一点。我也知道不要对补偿有任何期待。

只是为了记录一笔——因为我之后再也没见过他——我父亲后来回到了圣路易斯，回到了卡特医生身边，我相信后者一定是个强硬的人就如同我父亲是个脆弱的人。他们在那里住了一段时间直到（我听说）卡特医生彻底退出了医学界。然后他们离开美国去旅游，先是去了巴黎，之后住进了昂蒂布①附近一幢粉刷成明亮白色的房子。事实上，有一次，我在某次出差的附带旅行中见到了这幢房子，我一看见就知道这是他的住处，仿佛我曾经梦见过一样——但之后又很难快速地忘记它，尽管当时他们俩都已经入土为安了。

有一次，在我们这儿的报纸上，在社会版的一张照片上，我看见了我父亲，他在一群面带微笑、留着平头的英俊男人中间，再一次穿着燕尾服，系着愚蠢的红色腰带，手里拿着一杯香槟。他们都是五十多岁的男人，看他们的笑容，所有人似乎都非常想变得年轻一些。

看见这张照片，我想起在我父亲带我去沼泽地猎鸭那段不愉快的经历后几天，我做过一次祈祷，那是我人生中为数不多的一次，也是最后一次祈祷。我很热忱地祈祷了好一会儿，尽管发生了这么多事，我还是祈祷他能回到我们身边，我们的生活可以回到以前的样子。接着我祈祷他死去，以一种我永远不会知道的方式死去，关

---

① 法国南部蓝色海岸地区的一个小镇。

于他的记忆将不再成为记忆,一切都会被抹去。我母亲在那之后不久就非常突然地、毫无意义地、郁郁地去世了,许多人包括我自己都把她的死归咎于我父亲。后来,我父亲也来过新奥尔良,又走了,就好像我们两个从不认识一样。

所以记忆并没有被抹去。但是因为现在我能讲述这一切,我相信自己已经超越了它,过上了比人们想象中我会过上的更好的生活。当然,我认为生活——我的生活——是他们余波的一部分,是他们冒险、挥霍然后忽略掉的一切的残留物的一部分。生活是有连通性的,这种感觉当然会发生,而且可以想象,它在某些地方要比在另一些地方更容易发生。但这是可以熬过去的。我就是证明,因为从那时起,我就再也没有想象过生活除了现在的样子还会有其他的可能。

重　逢

我看见麦克·博尔格的时候他正站在通往中央车站主大厅阳台的大理石台阶底部。那是去年圣诞节前夕，当时天气还是那么湿热，一点都没有过节的感觉。

我当时正穿过车站，从我位于四十一街的出版社办公室回家的路上经常要经过这儿。事实上那天我正要去比利餐厅和一个朋友见面。那是星期五的下午四点，车站里满是匆匆赶路的人，满载着行李和珍贵的包裹，大声说着再见和你好，挥舞手臂，拥抱，高兴地抓住彼此。而其余的人就只是站着，就像麦克·博尔格一样，目光空洞地看着周围的人群，似乎那个约着见面的人因为某个原因还没有来。麦克是个高大英俊、整体形象很好的人，似乎他看任何事物的眼光都来自某个高度。他穿着一件很合身的华达呢长大衣，上面有深橄榄色的斜纹——这是件昂贵的大衣，我想，一件意大利产的大衣。他的棕色鞋子擦得锃亮，裤子的折边恰到好处地搭到鞋面。而且由于没有戴帽子，他看上去比实际身高还要高——也许有六英尺三英寸。他双手插在口袋里，光滑的下巴轻微地抬起一点，像一个中年人通常的姿势，似乎他认为自己非常引人注目。他头发的前端有点稀疏了，但修剪得很仔细，皮肤晒得黝黑，让他的方脸和显眼的眉毛更显得沉重，几乎有些人工不自然的感觉，从某个特别的角度看，我看见的仿佛不是麦克·博尔格而是一尊漂亮的雕像，特别安放在那里来吸引我注意的。

一年半之前，有一段时间，我和麦克·博尔格的妻子贝丝·博尔格有染。奇怪的是——仅仅因为所有发生在纽约以外的事对纽约人来说都显得奇怪而且有种梦幻般的不真实感——我们的情事发生在圣路易斯市，这个很容易被忽视的由红砖组成的抽象所在既不属于西部也不属于中西部，既不属于南部也不属于北部；在我看来，这是一座迷失在中部的城市。我一直觉得有趣的是这里是 T.S. 艾略特童年的故乡，而在那之前的仅仅八十五年，这里也是西进运动的起点。我想，这应该是一个不太容易被世界忘记的地方吧。

贝丝·博尔格和我之间发生的事不太值得用文字赘述。除了从我这个当事人的近距离角度，不论从哪个角度看这都是一场普通的通奸——情绪高涨，兴奋，接着，在短暂的一段时间后，在我们几度穿越整个大陆并给尽可能多的人带来不幸、尴尬和心痛后，它变得令人失望和不光彩，并最终几乎给同样的这群人带来灾难。由于这都是真的，而且让麦克·博尔格那不讨喜的两难境地变得更复杂，也为了给他的处境投以一道同情的目光，我得说在某个时间点上他是被迫同我（还有贝丝）面对面，在圣路易斯的一家酒店房间里——一家舒适典雅的叫作梅菲尔的旧式旅舍——结果是我被打了一顿，不是很严重，在那个温暖潮湿的星期天下午被赶到了空荡荡的市区马路上，我完全不知道该怎么办，最后只能在圣路易斯机场里等待几个小时，搭乘午夜班机回纽约。除了我的尊严，我还落下了一条爱马仕棕色带流苏的丝质围巾并且再也没有见过，这是一九七一年我母亲给我的圣诞礼物，她认为这是她见过的最好的东西，对一个即将要开始图书编辑生涯的男人来说是完美的礼物。我很庆幸她不必知道我弄丢了这件礼物以及是怎样弄丢的。

我也没有再见过贝丝·博尔格，除了去年春天我们一起在剧院区喝了一杯悲伤而苦涩的酒，那是一次紧张、不舒服的会面，我们不知为何觉得必须见一面，那之后我走在四十七街上，感觉生活的一切都是悔恨交加的一团糟，而贝丝则去看了当时正在演出的《送冰人来了》。那次之后我们就再也没有见过，而且如我所说，也不值得多费笔墨赘述。

但是当我看见麦克·博尔格站在中央车站拥挤的、节日气氛浓烈的大厅里时，他看上去脑子里一片空白但很显然就是他自己，似乎离多年前中部的会面是那么遥远，我突然产生了一种奇怪的冲动——那就是直接穿过旅行者的人流去和他说说话，就像跟任何一个你偶然认识而且不期而遇（谈不上不愉快）的朋友说话一样。并不是要达到什么目的，也不是要触发任何特定的举动（比如澄清一下历史，或者消除旧时误会），而仅仅是在机会消失之前制造一个事件。而且不是一个不愉快的事件，或者挑衅。只是一次没有实际意义、没有影响的交谈，一次接触，从任何方面来看都是无足轻重的。生活里鲜有这样的时刻——其余时刻都被可预见性和义务性所占据。

对于麦克·博尔格在那次梅菲尔酒店半暴力式面对面之后的生

活，我是有一些了解的。四月份我和贝丝在艾斯贝利亚酒吧那次糟糕的会面时她很高兴地告诉了我。当然我们——贝丝和我——的情事只是她和麦克婚姻长期冷淡和衰退的一段插曲。这一点我一直都明白。他们有两个孩子，麦克为了他们的利益和未来一直疯狂地努力着，贝丝则是一名人像摄影师，在家工作，但同时又极度渴望接触大学城以外的广阔世界——以最糟糕的方式渴望着，所以她基本上对生活里的任何事都不满意。在我突然离去后，她搬出了他们的房子，在大拱门附近租了一间公寓并和一个年轻得多的情人住了一段时间。麦克则在这场家庭剧变中最终辞去了一家大型农产品公司的主管职务，曾考虑学习成为一名牧师，也曾考虑去塞内加尔或者法属圭亚那传教，也短暂地有过一个年轻的情人。他们的一个孩子因为入店行窃被捕，另一个被布朗大学录取。几个月来，双方彻夜对峙，有一些是对抗性质的，有一些充满了爱意和反省，还有一些则充满嘲讽和挖苦。直到一切能说的、能表达的以及能威胁的都说了、表达了以及威胁了，两人陷入了僵局，都住在郊区的大房子里，有各自的时间安排，见各自不同的新朋友，偶尔一起吃饭，去看歌剧，甚至偶尔睡在一起，但看不见什么好转的希望（当然是贝丝这么认为的）——会比我们那次毫无乐趣可言的喝酒和此后她去观看奥尼尔的戏剧时更好。当时我猜想那天晚上贝丝约了什么人见面，她在纽约有了一个她感兴趣的人，对此我完全没有问题。

"这真的很奇怪，不是吗？"贝丝说，用她那几乎纯白的修长手指在她那杯皇家基尔香槟鸡尾酒表面搅动着，眼睛没有看我而是盯着玻璃杯的边缘，粉红色的酒液几乎要溢出来了。"我们曾经那么亲密，"她抬起眼睛看着我，然后像个小女孩一样地笑了，"我是说，你和我。现在，我感觉自己在跟一个老朋友说这些事。或者是跟我哥哥说。"

贝丝高高的个子，脸色蜡黄，骨架粗大，一头金灰色头发；她抽烟，头发经常垂到眼前，像个四十年代的好莱坞女明星。这个样子可能很有吸引力，尽管经常让她看上去像是在偷听她自己的谈话。

"是吗，"我说，"你有这种感觉很好啊。"我隔着黑色的小咖啡圆桌回以微笑。当时这样很好。我已经抛开这段往事往前走了。当我回首我们所做的一切，除了我们在床上的那部分，没有一件事能让我感觉生活是美好的，或者觉得那段经历是值得的。但我无法抹去这段经历。我不相信过去可以被修补，过去只能被超越。"有时候，在这类事情上，我们追求的无非就是友情。"我说。尽管这么说，我承认，我并不真的相信。

"麦克就像一条狗，你知道。"贝丝说，轻轻地把头发从眼前拨开。她此刻想到他。"我踢他，他就试图给我东西。这很可怜。他现在对探索式性爱很感兴趣，不管那是什么。你知道那是什么吗？"

"我真的不喜欢听这个，"我愚蠢地回答道，尽管这是真话，"这听上去很残酷。"

"你只是害怕我也会这么说你，强尼。"她笑了笑，用湿湿的指尖碰了碰嘴唇，那是美妙的嘴唇。

"害怕，"我说，"还真不能用害怕这个词来形容，不是吗？"

"好吧，那不管那个词是什么。"贝丝快速地移开目光示意侍者结账。她不知道如何面对别人的反驳。这始终让她恐惧。

但这就是全部。我已经说过我们的会面并不令人满意。

麦克·博尔格的浅灰色眼睛捕捉到正在走向他的我，就在我预料他会看见我之前。我们只见过两次面。一次是在一位作家举办的华丽鸡尾酒会上，我去圣路易斯就是为了使尽浑身解数拿到他的一部书稿。也是那一次我遇见了他妻子。还有一次，就是在梅菲尔酒店，他把我甩到墙上用手背打我的脸而我则笨拙地甩手还击。也许你不会忘记你打过的人。这让他们在你的人生里占据了一个位子。我——我自己发现，当别人出现在不属于他们的地方时，我就很难认出他来，而麦克·博尔格属于圣路易斯。当然，他是个例外。

麦克的目光盯着我，接着又移开，不自然地扫视人群，然后在我走近时又发现了我。他那张被晒得黝黑的大脸露出岩石般毫不吃惊的表情，好像他知道我在车站的某个地方，我们之间已经开始了某种形式的交流。但是，如果真的要说有什么的话，他脸上写着的是屈从——屈从于我，屈从于这个世界强加给你的处境；屈从于他自己。实际上屈从是我们的共同点，即使我们找不到语言可以表达它。所以出乎意料地，当我走到他面前时，我对他感到的竟然是同情——同情他此刻不得不面对我。如果可以，我会转身离开，让他一个人待着。但是我没有。

"我刚看见你。"我在人群中对他说，在离我预期说话还有十英尺的地方。我的声音并不大，那个播报波基普西市来的火车停靠在

34号轨道的夸张的、带着鼻音的男声似乎把我的声音盖住了。

"你有什么特别的事要对我说吗？"麦克·博尔格说。他的目光再次扫过带穹顶的大厅，圣诞节的购物人群和负载过多的乘客正在向四面八方移动。就在那一刻，我突然——震惊地——意识到他是在等贝丝，再过一会儿我就要在这里面对他和贝丝两个人，就像我们在圣路易斯那样。我的心在胸腔深处急促地跳了两下，然后似乎有一秒钟几乎停止了。"你的脸还好吗？"麦克不带感情地说，眼睛仍然扫视人群，"我没有把你伤得太重吧，有吗？"

"没有。"我说。

"你留胡子了。"他的眼睛没有向我眨一眨。

"是的。"我说，尽管我已经完全忘记了这一点，而且不知为什么我感到羞愧，好像胡子让我看上去很可笑。

"好，"麦克·博尔格说，"很好。"他的语气是那种你在邮局和排在你边上的人说话的语气，某个你不会再见到的人。但是，从他的话语里你还是能注意到一丝我们通常所说的情绪，有某种细微但无法忽略的湿润感在他的 s 音和 f 音里。这很不幸，因为这让他失去了几分严肃。在我们之前几次不得不对话的过火时刻我没有注意到这一点。

麦克再次看着我，双手插在他昂贵的意大利大衣口袋里，那大衣有着沉甸甸的暗色骨质纽扣和长而宽的翻领。对他来说太时髦了，我心想，对他这样一个结实的人来说。麦克和我几乎一样高，但他从各方面看感觉都比我高大，而且似乎在俯视我——可能是他抬起下巴的方式造成了这种效果。这跟贝丝看我的方式正好相反。

"我现在住在这里。"麦克说,并不像是在对我说话。我注意到他有着长长的几乎是女性化的眼睫毛,以及小巧的形状完美的耳朵,他的新发型很好地展示了这一点。他应该有四十岁了——比我年轻——看上去更像还在服役的年轻军官。一个少校。我想起贝丝给我看过的一封信,是麦克写给她的,里面有这样一句:"我想吻遍你的全身。是的,我想。爱你的,麦克林。"贝丝给我看的时候翻了个白眼。还有一次她和我赤身裸体地躺在床上时,她和麦克打电话。那一次,她也是不停地翻白眼,无论麦克说了什么——我猜可能是他工作上遇到的困难。有一次我们甚至在她和他打电话的时候做爱。我能听见话筒里他那细小的、嗡嗡作响的、令人烦躁的声音。但现在这些都过去了。贝丝和我做的一切都过去了。剩下的只是——在这个火车站里的几个瞬间,只有这几个瞬间好像是正确的、扎实的、几乎是符合典型人物性格的,好像只有这多年之后的见面才是真正重要的,而之前那些短暂的、激情四溢的、纠结但现在遥远的时光只是次要的。

"你买房子了吗?"我说,突然感觉到体内有一片广大的空虚被彻底打开了。说这话真是荒谬可笑极了。

麦克的目光慢慢移向我,他的面无表情,刚才在我看来像是在表现出屈从,现在则开始传达出一些不一样的意思。我知道这一点是因为他的下巴上出现了一道小裂缝。

"是的。"他说道,目光停留在我身上。

人们从我们身旁走过。我能闻到周围某个女人浓重而温暖的香水味。音乐在圆形大厅里响起,让此刻变得喧闹、令人窒息:"我们东方三王，带着礼物远道而来……"

"是的。"麦克·博尔格又说了一遍，带着强调的语气，从他那亮白得几乎无瑕的齿间吐出这个词。他在内布拉斯加的农场长大，拿着橄榄球奖学金上了明尼苏达州的一所小学校，然后在沃顿商学院读了MBA，干得不错。这所有的生活、所有的经历，现在都体现在他的自我控制和尊严上。很奇怪会有人说他像条狗因为他根本就不像。他非常令人钦佩。"我在上东区买了套公寓，"他说，睫毛眨得很快，"我九月份搬出来的。有了份新工作。我现在一个人。贝丝不在这儿。她在那让她受苦的巴黎——或者说我希望她那样。我们在办离婚。我在等我女儿从寄宿学校回来。这样可以吗？这样对你来说可以吗？这样满足你的好奇心了吗？"

"是的，"我说，"当然。"麦克并没有发怒。相反，他的身上没有愤怒，或者至少愤怒已经远离他，只有某种接近于疲惫的情绪，让你只会说出你唯一能说的真话。而我自己则没有过这种感觉。对我来说总还有另一个选择。

"你明白我的意思吗？"麦克·博尔格那运动员式的浓眉皱了起来，好像他在研究一个他不完全理解的生物，某种怪物，也许我就是这样的怪物。

"明白，"我说，"我很抱歉。"

"那就好。"他说，看上去有点尴尬。他的目光移向别处，越过人群移动的头和脸，好像他感觉到有人来了。

我朝他似乎在看的方向看去。但没有人向我们走来。没有贝丝，也没有女儿。什么人都没有。也许，我想，这是个谎言，或者甚至可能是我，在一瞬间失去了意识，这个人根本不是麦克·博尔格，我只不过是在做梦。

"你觉得你现在可以去别的地方了吗？"麦克说。他那张黝黑的英俊大脸看上去像是在筋疲力尽地哀求。有一次贝丝说麦克和我长得很像。但我们不像。那只是她的幻觉。他说——没有再看我一眼："我会很难向我女儿介绍你。我相信你能想象这一点。"

"是的。"我说。我再次环顾四周，这次我看见一个漂亮的金发女孩站在人群中，离我们几步之遥看着我们。她手提一只红色的尼龙背包。有什么东西让她站在那里没有靠近。可能是她父亲示意她不要靠近。"当然。"我说。不知怎的，我的话让女孩的脸上绽出一个大大的笑容，我认得出那笑容。

"这里什么也没发生。"麦克出乎意料地对我说道，尽管他正看着他女儿。他从大衣口袋里拿出一个白色的小盒子，上面系着一个红色的蝴蝶结。

"对不起？"人们嘈杂地从我们身边走过。音乐声好像更响了。我正准备离开，但我想也许我误解了他的意思。"我没听见你说的话。"我说。我不由自主地笑了。

"今天什么也没有发生，"麦克·博尔格说，"不要以为这里发生了什么。你和我之间，我是说。什么都没发生。我很后悔我曾经遇见你，就是这样。后悔我不得不打了你。你让我感到羞耻。"他的 s 音里仍然带着那不幸的潮湿感。

"好吧，"我说，"好的。我能理解。"

"你能吗？"他说，"那么，非常好。"然后麦克就这样走开了，开始和站在人群中微笑的金发女孩说些什么。他说的是："哇哦，孩子，哦，孩子，你看你多厉害啊。"

而我继续向比利餐厅走去，走向那个会把我带入这个夜晚的约会。当然，我错误地理解了不同时刻之间的联系，错误地理解了什么是次要的、什么是主要的。这是个错误，我不会再犯这样的错误了。这一切没有一点点是好的。尽管这是一座如此大的城市，比圣路易斯大得多，我知道我不会再见到他了。

小　狗

去年初春,有人在我们家后门留下一条小狗,然后再也没有回来。这件事发生的时候我正每个星期在家和圣路易斯之间来回奔波,我妻子则在紧张地参与组织艾滋病马拉松赛事,颇为讽刺的是,这场比赛正赶上新奥尔良的征税时节,这通常也是许多灵魂感到痛苦和挣扎的时候,当然,这些痛苦和挣扎都会不可避免地因善意和奉献精神而得到化解。

我这么开场无非是想说明我们的房子在一天的大部分时间里都没人,这就使得任何人都可以把小狗留在我们那里。我们住在一个时尚的历史街区的角上。我们的房子很大很旧也很显眼——典型的法语区[①]的风格——花园大门离房子的后门有一段距离,中间隔着厚厚的女贞树丛。所以把一条小狗穿过铁栅栏放进来然后不惹人注意地溜走并不难,我想也不难。

"一定是那些孩子。"我妻子说,双臂环抱于胸前。她和我一起站在法式大门的后面,盯着外面的小狗,它坐在砖砌的人行道上,

---

① 法语区(French Quarter)是新奥尔良最古老、最著名的街区。这座城市就是在这个街区基础上发展起来的。

似乎带着一种粗野的好奇心看着我们。它个头很小，有着光滑的短毛，除了腹侧面有几块三角形的黑斑，几乎是白色的。它站起来时尾巴会警觉地翘起来，让人觉得它可能有猎犬的血统。没有什么特别的理由，我估计它大概有三个月大，尽管它的腿很长，白色的脚掌也比你想象的要大。"一定是附近那些穿黑色衣服的人，"萨丽说，"不管你怎么称呼他们。反正到处都是他们，愚蠢，住在走廊里。他们总是牵着条狗。"她用指甲敲了敲方窗格，吸引小狗的注意。它开始费力地抓挠耳朵，但又停下来，黑色的小眼睛盯着门。它已经从后门楼梯下拖出一把红色塑料扫帚，这把扫帚现在就躺在花园中央。"我们得处理掉它，"萨丽说，"可怜的小家伙。那些熊孩子一定是厌倦它了，就把它扔给了我们。"

"我会想办法安置它的。"我说。我刚从圣路易斯回来，才到家五分钟，都还没来得及把手提箱放进前厅。

"安置它？"萨丽抱起双臂，"安置在哪里？怎么安置？"

"我会在周围贴些告示，"我说，碰了碰她的肩，"也许是哪个邻居把它弄丢了。或者是什么人发现了它，为了不被车碾到，就把它放在这里。会有人来找它的。"

这时小狗叫了起来。有什么（谁知道是什么）吓到它了。它突然站起来，对着我们身前的门大声而凶恶地吠叫，好像它感觉到我们想要做的事并对此非常痛恨。然后它就跟刚才一样突然停了下来，黑色的小眼睛仍然盯着我们，坐蹲下来，在砖路上撒尿。

"这是它的又一个把戏。"萨丽说。小狗尿完后仔细地嗅着自己的尿液，然后试着舔了一下。"它要是不对着你撒尿就会跳上来乱抓乱叫。今天早上我发现它的时候，它就冲着我叫，然后跳到我身上，把尿尿在我脚腕上，还抓我的腿。我只是想逗逗它，想对它好一点。"她摇了摇头。

"它也许只是害怕。"我说，禁不住有点欣赏这条狗的小硬骨头，还有它尖尖的耳朵，以及简单、不复杂的猎犬毛色。纯白，纯黑。这是条小公狗。

"可别对它产生感情，鲍比，"萨丽说道，"我们必须把它送到狗栏去。"

我妻子来自亚拉巴马州的韦塔姆卡。她的祖上是野心勃勃同时又忧郁冷硬的路德教派瑞典人，她家族的南迁是由于她的曾祖父偶然发明了一种轧花工艺的过滤棉膜，最终帮人们省下数百万美元的成本。所以在仅仅一代人的时间里，来自瑞典隆德的霍尔姆伯格家族就从沮丧的、受到歧视的移民变成了有钱的上流阶层，有着傲慢的共和党态度和强烈的权利意识。在韦塔姆卡有过一家狗栏，人们总是担心流浪狗会传播疥癣和外来热病。我去过那里，知道那是怎么回事。一个捕狗人开着一辆两边装着百叶窗的通风的卡车，带着一个大捕狗网四处巡游。当一条无证犬在谁家门口的绣球花周围嗅来嗅去时，一个电话就会让它永远消失。

"现在已经没有狗栏了。"我说。

"我是指收容所，"萨丽轻声说道，"名字叫爱护动物协会（SPCA）——他们那里对狗很好。"

"我更愿意先试试其他方法。我会去贴告示。"

"但你明天不就要走了吗？"

"只去两天,"我说,"我会回来的。"

萨丽点着脚指头,这是她不安的表示。"我们别把这事拖太久了。"那条小狗开始向院子后面慢跑过去,然后消失在一大盆海桐花后面。"我们让它留得越久,就越难摆脱它。事情就会变成那样。我们最终还是不得不处理掉它。"

"走一步看一步吧。"

"等时候到了,我会让你把它送去狗栏的。"她说。

我带着歉意笑道:"可以。到那个时候,我会的。"

我们的对话就结束在这里。

我是联邦上诉法院的长期执业律师,主要是为大型复杂的过失案件辩护,在这些案件中,上诉人是某家洲际酒店或连锁餐厅,他们被雇员或往往是不幸事故的受害者成功起诉。大多数情况下我都打赢了官司。萨丽也是学法律的,但她不喜欢像我这样当执业律师。她成了一名资源专员,主要是为一些进步的公益事业筹集资金:帮助无家可归者、遭到家暴的妇女、遭受家庭虐待的儿童,以及营养问题,等等。这跟她在亚拉巴马的暴发户家庭的价值观可算是大相径庭。我来自密西西比州的威克斯堡,一个还算殷实但非常普通的家庭。我父亲是家保险公司的律师。萨丽和我相识于耶鲁法学院,那时是七十年代。我们一直认为自己是生活中的幸运儿,但说到我们的人生目标或成就,完全谈不上出众。我们只是来自殷实的、支持我们的南方家族,有幸接受了良好的教育然后又回到家乡准备融入既定的生活轨道。我们认为,总得有人按照这种基本的人类冲动行事,否则生活就会缺乏坚实的基础。

千禧年元旦后的一天,萨丽对我说——那是在中央大道的佩里戈尔餐厅,我们最喜欢的餐厅:"你还记得吗,"——她想了一会儿——"我们在塞布鲁克老城买的第一幅水彩画?那艘倾斜的帆船,在白色的天空背景里几乎认不出来。"我当然记得。它挂在我位于圣查尔斯广场的事务所里,珍贵的青春记忆。

"怎么了?"我们坐在餐厅有遮阳的花园里,能闻到某种向阳植物的甜香味。小小的野生鹦鹉在橡树叶子间拍打着翅膀然后叽叽喳喳地叫着飞走了。我们在吃一盘冷蟹汤。

"这么说吧……"她说。萨丽有着淡淡的、近乎动物般的蓝色眼睛和半透明焦糖色的北欧人的肤色。多年来她一直远离日晒。她留着剪得很随意的中分发型,如同六十年代伯格曼电影里的角色。她四十七岁,非常美丽。"这完全微不足道,"她继续说,"但是我们那个时候怎么知道自己有什么品位。我根本不在乎,你知道的。你在很多方面都比我更有品位。但是我们又怎么能确定我们选的那幅小画不是个糟糕的选择呢?给我解释解释。要是我们的朋友们看见后都在背后嘲笑我们怎么办?你有这么想过吗?"

"没有,"我说,我的勺子悬在汤上方,"我没有这么想过。"

"你是说这没有意思?还是说,最终我们会自己摸索出更好的品位?"

"两者都有点吧,"我说,"这不要紧。我们的品位不错而且一直都不错。我办公室里还挂着那艘小船呢。人们经过时看见,一直都表示很欣赏。"

她笑了起来，有种内在的愉悦。"我们的朋友当然不是问题的重点。如果我们喜欢表情忧伤的小丑或者喜欢给椅子套上椅罩，我想知道我们现在的生活是否会不一样，甚至更糟糕。"她说。她低头看着排列整齐的刀与勺子。"这个想法很吸引我。从我们的经历来看生活是如此脆弱。"

"你想说什么？"我必须赶快回去工作了。不管怎么样我们现在已经没几个朋友了。这是很自然的事。

她皱起眉头，用食指挠了挠后脑勺。"说一小部分的改变会如何让一切都改变。"

"一颗星星偏离了轨道，突然就没有北斗七星了？"我说，"我觉得你不是这个意思。我觉得你不会因为生活中事情可能会有不同的发展就变得焦虑。"我承认这话让我想笑。

"你这样看倒真够轻松的。"她低头看着自己那碗还没动过的汤，用勺子边缘碰了碰汤面。"但是，是的，我就是那个意思。"

"但这不是真的，"我说着抹了抹嘴，"一切还会是原来的样子。北斗七星或者你在意的不管什么东西。你只需忽略那颗坠落的星星，而集中注意那些在正确位置的星星。我们的生活还会完全一样，即使那是幅糟糕的画。"

"你是个律师，对吗？"这口气有点居高临下，但我认为她不是故意的，"你只是忽略了那些不符合的东西。但情况会不一样的，我很确定这一点。"

"不，"我说，"不会完全一模一样。但差不多。"

"北斗七星只有一个。"她说着笑了起来。

"据我们所知，到目前为止。没错。"

我重述这段对话只是为了说明我们在一起是什么样子——什么看起来重要什么不重要。以及我们怎样让潜在的困难哼着小曲进入遗忘的空间。

小狗出现的那个下午，我坐在我们家餐厅的皮面书桌前，我通常在那里支付账单，认真地写下那些告示，你会在自助洗衣店的告示板上看到这类告示，它们还会被钉在电话线杆上，和那些按摩疗法、同性恋健康问题以及当地摇滚演唱会的广告贴在一起。"小狗"，我用黑色记号笔写道，后面是我办公室的电话号码和日期（三月二十三日）等常规信息。我用萨丽的复印机复印了二十五份。然后我找出了她用来装订艾滋马拉松宣传海报的订书机，上楼从我的衣橱里拿出一条旧的皮带，下楼到花园里把小狗带走。带上它一起去张贴那些关于它的告示应该很不错。有人可能会认出它来，或者只是看它一眼知道它很吸引人而且唾手可得，就当场认领了。这种事可能发生，至少在理论上。

我找到它的时候，它正在远角的女贞树丛后面睡觉。它已经在棕色的砖土上忙活，不停地抓挠挖刨，为自己挖了一个小坑，深到足以让它一半的身体藏在地面下。它还弄断了几根树枝，剥掉树叶，咬碎树枝的一头，直到把灌木丛弄得支离破碎。

当感觉到我靠近时，它在坑里缩成一团，发出小狗特有的吼叫声。接着它突然从土里坐起来，咄咄逼人地冲着我吠叫，那样子——如果它是条大狗的话——会吓到我并让我后退。

"小狗？"我说，想让这话听起来富有同情心，"出来吧。"我仍旧穿着西装裤白衬衫，系着领带——我在法庭上的装束。小狗继续低吼着然后对着我大叫，一点点地往后退，直到退进将我们和街道隔开的砖墙的阴影里。"小狗？"我又耐心地叫了一声，语带哄骗，低身探进那厚厚的绿树丛里。我用皮带打了个结，伸手套在它头上。但它一感受到皮套的重量就往后退得更远了，并出乎意料地尖叫起来——像是人类的尖叫声。然后它转过身，开始抓挠砖墙，又抓又跳，爪子使劲刮擦着，小尾巴翘着，同时放松膀胱，直到砖头上沾满了它热腾腾的惊吓的尿液。

这自然让我狠不下心来，因为即使是为了它好，强迫它就范似乎也很残忍。不管它以前的主人是谁，很显然对它不太好。它完全不信任人类，即使它需要我们。把它带上街只会让它更受惊吓，也会吓得人们不敢把它带回家给它更好的生活。最好让它留下，我拿定主意。在我们的花园里它很安全，可以有几个小时的平静时光。

我伸手想把皮带套取下来，但它突然露出牙齿猛咬一口，小白牙差一点咬到我的大拇指。我决定不再纠缠，自己一个人上街去贴告示。

我很快就把所有的告示都贴了出去——巴拉克街的自助洗衣店、熟食店、法式甜品店的门口、咖啡店里面，以及迪凯特街上的成人新闻报亭。方圆四个街区内的所有电话线杆上我都贴了。在一些电话线杆和所有的留言板上，我看见其他人也丢失了宠物，大多数都是猫。希洛奇走丢了。我们心如刀割。如有线索，请致电杰米或希拉姆……或者是：我们想念我们的小手套。请致电我们或给她一个温暖的家。跪求！在贴告示的每个地方，我都会停留片刻看别人贴的告示，看有没有人丢失了小狗。但是（出乎我意料）没有。

在法国市场斜对面一个名声不太好的小街区，有一片杂乱的小店集中地带（几家成人用品商店、T恤商店和一家切片比萨连锁店），在那里，我看见了一伙萨丽所说的丢弃我们那条小狗的年轻人。他们就像她说的那样，坐在一家空商店的门廊里，穿着笨重破旧的黑衣服和厚底靴子，戴着各种项链和镶有饰钉的手环，他们所有人——两个男孩和两个女孩——身上都打着孔，文着马耳他十字或滴血的刀锋、纳粹标志，全都脏兮兮的，无所事事，但散发出阴郁乖戾的气息，具有明显的暴力倾向。这些年轻人身边有一条黑狗，用白色绳子拴在其中一个男孩的厚底靴子上。他们喝着啤酒，抽着烟，除此之外就是坐着，甚至不说话，只是充满恶意地看着街道或者不知道的什么东西。

我觉得没什么好害怕的，就在他们面前停下，问他们或者他们认识的人昨天有没有丢失一条带简单斑点的黑白相间的小狗，因为我捡到了一条。有一个男孩似乎是年纪最大的，他身材高大，胡子拉碴，头发染成明亮的紫色和绿色，剪了个锅盖头——也就是把狗拴在靴子上的男孩——这个男孩抬头面无表情地看着我。接着他转过头，看向那两个看上去非常邋遢、身材丰满、皮肤苍白、蹲在后面肮脏的门廊台阶上抽烟的女孩中的一个（这个女孩额头上文着一个粗糙的十字架，就像杀人犯查尔斯·曼森会文的那种），问道："你有没有丢失一条带简单斑纹的黑白相间的小狗，萨曼莎？我觉得没有。你觉得呢？我不记得你今天有这么一条狗。"这男孩有着意想不到的青春嗓音，鼻音很重的中西部口音，就是我那个星期在圣路易斯听到的口音，尽管说话的是一些收费高昂的律师。我一点都不了解年轻人，但我突然想到这个男孩可能是那些律师中某人的孩子，你可能会在牛奶盒子或者专门寻找离家出走的孩子的网站上看到他的头像。

"啊，没有。"女孩说，突然失声大笑。

那个紫绿色头发的大个男孩抬头看着我，露出一丝轻蔑的微笑。他的眼睛是那种最深邃最坚硬的蓝色，你看不透他，但知道他很聪明。

"你们坐在这里干什么？"我想对他说，"我知道是你们把狗丢在了我家。你们应该把它领回去。你们现在全都应该回家。"

"很抱歉，先生，"男孩嘲弄地说道，"但是我们没法给你如此重要的搜寻提供什么帮助。"他冲着他的三个朋友得意地笑。

我准备离开，但又停了下来，递给他一张告示，说："拿着，万一你听说哪里走丢了一条小狗。"

他接过告示的时候说了些什么。我不知道是什么，也不知道我走后他怎么处置那张告示，因为我没有回头看一眼。

那天晚上萨丽筋疲力尽地回到家。我们坐在餐桌旁喝了杯红酒。我告诉她我已经把告示都贴了出去，她说她看见了一张，看上去还不错。然后她安静地哭了一会儿，因为那天下午她在艾滋病临终关怀医院里所见所闻的烦心事，还因为马拉松赛事的一些组织者表现出来的各种态度——她认为这是典型的新奥尔良人的态度——看上去非常冷漠，让人感觉做了正确的事却是为了错误的理由，所有这些都让这个世界看起来——至少在她眼里——是一个罪恶的所在。我有时会想，如果我们选择生孩子，或者生不出孩子，在新奥尔良之外的某个地方定居，某个不那么狭隘和排外的地方，一个像圣路易斯那样的城市，在广阔的中西部——在那里你不用那么频繁地亲自参与各种事务但仍然能发挥所长——她也许会更快乐一些。新奥尔良在许多方面看都是个小地方。我们是外来者。

我没有跟她提那条小狗对女贞树丛做了什么，也没有提我在法国市遇到的那些孩子，还有她对他们的描述完全正确。相反，我谈到了我在布朗罗-梅森奈特上诉案中的工作，圣路易斯的律师都是出色的同事，他们如何让我在他们低调的办公室里感到温暖如家，以及这种关系将如何让我们在第八巡回法院的陈述中结出重要的成果。我谈到了适用于公共承运人的过失定义，以及自尼克松一系列最高法院大法官提名争议之后那意想不到的日后对一般侵权行为判例的重新划定。然后萨丽说她想在晚饭前小睡一会儿，便起身上了楼，很明显她被白天的工作以及刚才的哭泣弄得心灰意冷。

从我认识萨丽开始，她就一直深受她所说的战争噩梦的折磨——暴力的、横冲直撞的、古怪的、具有破坏性的、彩色电影般的噩梦，没有情节或连贯的场景，纯粹是突如其来地降临在最深的睡眠中，伴随着肢解的尸体四处飞散、爆炸和强光闪烁，不知名军队的士兵被推出活板门绞死，或者从飞机的炸弹舱被扔到一个空旷的、充斥着尖叫的地方。这些我连听都不想听的可怕场景，任何人都会吓得魂飞魄散。她从这些梦里醒来后通常会有点委顿，但精神上并不特别感到困扰。因为这一点，我相信她本质上是个非常坚强的人。我曾经说服她去梅勒·麦基医生那张著名的沙发上坐几个星期，让他试着弄清楚这些噩梦的根源。她心甘情愿地去了。但是一个半月后梅勒告诉她——也在网球俱乐部私下里告诉了我——萨丽在精神上和道德观上都跟赛马一样强健，有些事情的发生真的是没有说得清的理由，不管弗洛伊德博士怎样看。就萨丽而言，她的噩梦（总是断断续续的）只是她面对现实时纷繁复杂的背景音乐而已，根据他的观察，并不代表她有压抑的、受到父母虐待的童年记忆，或者是某种她不愿意在白天面对的个人灾难。"怪诞也是人类的一种精神状态，鲍勃，"梅勒说，"我们周围充满了怪诞。你也可能沾染到一些。你不是来自密西西比吗？""是的。"我说。"那我可不想把你弄到我的沙发上来。我们可能得永远待在那里。"他假笑着，就像一个自作主张的管家。"是的，我们不需要那样做。"我说。"是的，先生，"梅勒说道，"我们真的不需要。"然后他露出一个大大的笑容，就这样结束了这场心理治疗。

萨丽睡着后，我又站在法式大门那里。天色将暗，她挂在桂樱树上像节日装饰品一样的小白灯泡随着定时器的设定亮了起来，给花园增添了几分圣诞的光亮和美好。在法语区，黄昏时分是一个充满魔力的时刻——天空是如此明亮湛蓝，街道显得华丽而影影绰绰。小狗回到了花园中央，把尖尖的小鼻子放在有斑点的前爪上。我看不见它那双凶狠的眼睛，但我知道它正盯着我，看着我站在这里看它，身后是枝形吊灯的黄色灯光。它脖子上仍然套着那个皮套。它看上去很安详，似乎从来没有像现在这样放松。我在一个塑料盘子上放了几根维也纳香肠，旁边还放了一个装满水的红色塑料碗——我知道它一定能找到这两样东西。我猜它在出现之前已经吃完这些东西并且睡过一觉，现在已经是晚上了，它是为了提醒我它还在，也可能是为了表示它越来越适应这里的环境。我忍不住想，这对于它来说是多么陌生而不可预测的经历啊，一个初来乍到的新生命，没有基本的防御能力，对事物全无控制力。但我不再想下去，原因显而易见。我意识到，就在我站在那儿的时间里，我对这条小狗的感情已经起了变化。也许是萨丽瑞典式的硬心肠影响了我，或者是小狗看似不可驯服的天性；又或者是我在留言板和电话线杆上看到的其他告示，它们似乎以一种欢快但又无可奈何的方式表明，命运无处可躲，性格、个性、意志，甚至是桀骜不驯的天性，都只是意外的副产品。我看着那小小的、越来越模糊的白色身影，在渐渐变暗的砖地上一动不动，心想：好吧，是的，你现在就在这里，我能帮你的就是这些。极有可能，会不会有人打电话来，或者会不会有人来把你带走从此让你过上快乐漫长的生活，其实都并不重要。重要的只是我们所做的选择，一个受时机和机遇支配的选择，以及我们如何说服自己坚持下去，直到其他强大的力量超过我们。（我们总希望这力量是积极的、健康的，但它可能不是。）毫无疑问这是作为一名律师要接受的另一种看法——特别是像我这样在诉讼程序已进入后期阶段才介入的律师。然而，我很庆幸萨丽不在这儿，不知道这些想法，因为这只会让她觉得这个世界是个无情的地方，而实际上并非如此。

第二天早上我乘坐环球航空公司的班机赶回圣路易斯。尽管前一天晚上有人打电话来问我告示上走失的小狗是否接种过各种危险疾病的疫苗。我不得不承认我不知道，因为它脖子上没有项圈。它看上去很健康，我告诉那个人。（突如其来的狂吠和无意识的小便似乎并不是很严重的事。）很明显，打来电话的是个上了年纪的黑人妇女——她说话带有浓重的克里奥尔口音，有一两次还称呼我"宝贝"。但除此之外她没有表明自己的身份。不过，她确实说过，如果小狗接种过疫苗并由兽医证明健康，会更有可能吸引愿意领养的家庭。然后她告诉我上城区有一家私人机构，专门为老年人和孤僻的人寻找做伴的狗，我负责地记下了这家机构的名字——"宠物伙伴"。在我们时间过长的交谈中，她一直说让小狗接受检查并给它注射狂犬病疫苗能证明想要爱护这只动物的善意并且增加它被收养的可能性。过了一会儿，我开始认为这个老太太也许完全是个疯子，每天只是忙着给她在自助洗衣店看到的告示上的号码打电话，喋喋不休地谈论走失的小猫、流苏编织课、铃木钢琴课，这些她第二天就不会记得的事。也许她就住在我们附近，尽管现在法语区已经没有那么多黑人女性了。但我还是告诉她我会考虑她的建议并感谢她的关切。当我真诚地询问她的姓名时，她冒出一句令人吃惊的脏话然后挂断了电话。

"我会去处理掉它，"第二天早上萨丽对我说，当时我正在把两件干净衬衫放进行李箱准备去机场飞回圣路易斯，"今天我有一些时间。我不能让这种马拉松式的焦虑占据我的生活。"她又一次从楼上的窗户望向花园。我不确定我想要怎样处置这条小狗。我想我是希望它能被某个人领走吧。但是它还在花园里。我们没有讨论过下一步计划,尽管我提过那家"宠物伙伴"机构。

"可怜的小家伙。"萨丽担心地说道。她在我行李箱旁边的床上坐下,双手垂在膝盖之间,眼睛盯着地板。"我早上出去想跟它玩,我想让你知道这一点,"她说,"是在你洗澡的时候。但它不知道什么是玩。它只是吠叫、撒尿,然后恶狠狠地来咬我。我猜它之前的主人一定认为它这样的表现很好玩。这是犯罪,真的。"她似乎对此感到很悲伤。我想起那个阴险的蓝眼睛黑衣服的男孩,他和他的三个党羽蹲坐在法国市场斜对面肮脏的门廊里,拴着那条新弄来的小狗。他们似乎就是萨丽某个战争噩梦里的人物。

"宠物伙伴的人也许能帮上忙吧。"我边说边在浴室镜子前系鞋带。现在圣路易斯仍然很冷,跟当下的季节特征相反,我穿着我的羊毛西装,尽管在新奥尔良已经很像夏天了。

"如果他们帮不上忙,也没有人打电话来,"萨丽严肃地说,"那等你回来后一定把它送去宠物收容所。你同意吗?我看见它对那些植物干的事了。植物可以换掉。但它真的不该是我们的问题。"她转身隔着床看着我,她那瑞典的祖母就是在这张床上度过新婚之夜的。萨丽圆圆的脸上表情阴郁,但她已经打定了主意。她愿意试着关心这条小狗是因为这举动契合她当时的感受,也因为我要出差她想让我感觉好一点。这是种令人钦佩的人类特质,毫无疑问,大多数善行的发生都是因为,你正处在某个特定的情境里,没有什么强有力的理由让你不这么做。但我意识到她并不是真的关心这条小狗会发生什么。

"这样很好,"我说,并对她微笑,"我希望有个好结果。我很感激你能照顾它。"

"你还记得我们去罗伯特·弗罗斯特的小木屋的那次吗?"

"是的,我记得。"我很肯定地答道。

"那么等你从密苏里回来后,我想我们能再去一次罗伯特·弗罗斯特的小木屋。"她羞涩地对我笑着。

"我想我可以,"我说,关上我的行李箱,"听上去很棒。"

我提着行李从床边走过时萨丽探过身来凑上她光滑完美的脸庞等着被亲吻。"我们可不要抛弃它。"她说。

"我们永远不会。"我回答道,靠过去吻了她的嘴。然后我听见房子前面等我的出租车的喇叭声。

罗伯特·弗罗斯特的小木屋是我和萨丽之间的美好回忆。那是我们在纽黑文第一年的那个春天,当时我们开始互相朗读弗罗斯特的诗,用来缓解阅读赎回没收财产的案例、反对永久持有权的规定以及关于意图和过失的理论所带来的疲惫和痛苦——这些都是法学院学生考试时惯常的沉重桎梏。我现在只记得那些诗歌的一小部分了,在二十六年之后。"宁可有尊严地走下去 / 把买来的友谊带在身边 / 也比一无所有好。供养,供养。"我们以为我们明白弗罗斯特的意思:你要在这个世界和生活中走出自己的路——一路到底——尽你所能。所以在学年结束时,天气开始转暖,我们的课程也结束了,我们坐上我父亲送给我的那辆老克莱斯勒温莎,开车前往我们读到的弗罗斯特在佛蒙特的山间小屋。据说州政府把它作为圣地保留了下来,但是你必须穿过长长的、蚊子成堆的树林,走过一条蜿蜒的伐木工的小路才能找到它。我们想坐在弗罗斯特的前门门廊上,坐在他坐过的质朴椅子里,为对方朗读更多的诗歌。作为在北方受教育的南方年轻人,我们觉得弗罗斯特代表了一种老派但毫无争议地道的美国精神,这是重要的揭示,因为种族问题,也因为对南方本身荒谬的偏见,我们从小就被剥夺了这种认识。但是我们一直在渴望那重要的揭示,并认为它代表了践行中的诚实、不言而喻的智慧,以及一种对艺术真诚的热爱所表现出来的公正感。(我后来听说弗罗斯特根本不是这样的人,他刻薄、吝啬,他憎恨的东西远多于他爱的东西。)

但是,当萨丽和我来到春天树林里的小木屋跟前,却发现大门紧锁,空无一人。事实上,那里看上去就像从来没人来过一样,尽管州政府的门牌标识显示这就是我们要找的地方。萨丽绕着木屋走了一圈透过窗户向里窥探,直到发现一扇没有上锁的窗。她告诉了我,我说我们应该爬进去探个究竟,朗读我们想读的诗,直到有人来赶我们离开。

但等我们进去了,才发现里面比外面冷得多,仿佛冬天和弗罗斯特真正的灵魂都被木头和水泥捕捉住并储存在里面。没过多久我们就停止了朗读——在冰冷的壁炉前读了《设计》《补墙》和《雇工之死》之后。部分是为了取暖,我们决定在弗罗斯特的床上做爱,那张床就像是按照他多年前离开时的样子布置的。(事后我们突然想到,也许在这间木屋里什么事都没发生过,也许我们甚至进错了屋子,在别人的床上做了爱。)

但这就是那个故事。这就是萨丽所说的去罗伯特·弗罗斯特的小木屋的意思——是对我的一种邀请,邀请我回来后和她做爱,这一行为有时会被生活里的事件和岁月的流逝压倒,没有人关注。那一次,在某个恐慌的时刻,我们以为听到了山路上有声音传来,就急匆匆套上衣服跑出去,不小心把我们的弗罗斯特诗集留在了冰冷的木屋地板上。当然,没有人出现。

那天晚上,在和密苏里的律师们(他们的客户有充分的理由担心自己会因为两亿五千万美元的集体诉讼判决而破产)紧张准备了一整天后,我从圣路易斯给萨丽打电话。但是,她能说的除了坏消息还是坏消息。一些业主正试图禁止整个艾滋病马拉松比赛,因为路线的改变意味着赛事过于靠近他们富裕的奥杜邦广场社区。另外,最初的马拉松组织者之一现在正濒临死亡(这并非意外)。她更多地谈到她临终关怀医院的同事们因为错误的理由而做的好事,还谈到一些不喜欢马拉松比赛、想要艾滋病消失的有钱人所做的一些明目张胆的坏事。还有,我们把小狗送到上城区"宠物伙伴"的计划也不顺利。

"我们去打过针了,"萨丽悲伤地说道,"兽医把它放在手术台上时它表现得非常好。但是等我开车把它带到普里塔尼亚的'宠物伙伴',那个女人——梅耶斯女士,那是她的名字——打开我买的笼子上的铁丝小门,准备看一看它。它向她扑过去,对着她咬并开始狂吠。就那样吠个不停。梅耶斯女士看上去很害怕,她说:'它到底是怎么了？''它害怕了，'我告诉她，'它只是条小狗。有人抛弃了它。它什么都不懂。你以前没见过这样的吗？''当然没有，'她说，'而且不管怎么说我们这里不接收被遗弃的小狗。'她看着我，好像我想从她那里偷东西一样。'可你们这里不就是干这个的吗？'我说。我肯定我对她抬高了音量。"

"你一点都没错，"我在异常寒冷的圣路易斯说道，"我也会抬高音量的。"

"我对她说：'你们这里到底是干什么的？如果这狗不是被遗弃的，我为什么会在这里？我根本就不会来，对不对？'

"'好吧，你得明白，我们真的在努力安置那些更成熟的狗，它们的主人因为某种原因无法继续饲养，或者正准备转让。'哦，上帝，我恨她，鲍比。她就是那种贱人，厌倦了在波士顿俱乐部插花和玩纸牌的贱人。我真想把狗扔在店里一走了之，或者给她一拳。我说：'你是说你不会接收它？'当时小狗在笼子里非常安静和温顺。'是的，抱歉，它还没被驯化。'这个邋遢的、愚蠢的女人说。'没被驯化！'我说，'它是条被遗弃的小狗，看在你他妈的老天的分上。'

"她只是看着我，好像我突然制造了一个炸弹，在跳来跳去。'也许你现在最好离开。'她说。我大概才在店里待了两分钟，她就命令我离开。我说：'你到底什么毛病？'我知道我当时对着她大吼了。我太愤怒了。'你根本就不是什么宠物伙伴，'我吼道，'你是宠物的敌人。'"

"你只不过是生气了。"我说，很高兴没有在现场。

"我当然生气了,"萨丽说,"我生气是因为我想吓吓这个可恶的女人。我想让她知道她有多愚蠢以及我有多恨她。她确实四处张望着电话,好像在考虑拨打911。就在这时,我认识的一个人走了进来。艺术联盟的汉斯利太太。所以我就离开了。"

"这很好,"我说,"我一点也不怪你。"

"是的,我也不怪我自己,"萨丽吸了口气然后用力地呼在话筒上,"但是我们必须处理掉它。现在。"她沉默了片刻,然后说:"我试着用你的皮带牵着它在附近散散步。但是它不知道该怎么散步。它就在那里挣扎吼叫,然后对着所有人吠叫。要是你试着安抚它,它就小便。我看见几个穿黑衣服的孩子坐在路边。他们看着我,就像在看一个傻子似的,其中一个女孩发出类似亲吻的声音,说了句好听的话,小狗就坐在人行道上,盯着她看。我说:'这是你的狗吗?'他们有四个人,他们互相看了看,都笑了。我知道是他们的。他们还有一条狗,一条黑狗。不过我们只需要把它送到狗栏,等你明天一回来。我现在正看着它呢,在花园里。它就像希区柯克电影里那样坐着,瞪着你看。"

"我们会带它去的,"我说,"我想没有人打电话来吧。"

"没有。我看见有人贴了新的告示,把你的撕了下来。我什么都没说。我已经受够杰瑞·德弗兰科快要死了这件事,还有我们的禁令。"

"太糟糕了。"我说,因为那就是我的感受——实在太糟糕了,竟然没有人出现并出于好心收养这条小狗。

"你觉得这会是某人留给我们的一个信息吗?"萨丽说。她的声音听上去很陌生。我想象着她在厨房里,前面的墨西哥瓷砖吧台上有一杯刚泡好的茶。她把法律放到一边是件好事。她做事太情绪化了。适当的距离是必要的。

"什么信息?"我问。

"我不知道。"她说。真奇怪,圣路易斯此刻竟下起了雪,小小的干燥的雪花——从我酒店的窗户望出去——映衬着空荡荡的、亮着琥珀色灯光的城市景观以及宏伟的银色拱门的顶端曲线。这是一座热情友好的城市,尽管没有任何与众不同之处。"我不知道是不是有人觉得我们是照顾小狗的合适人选,或者只是在发表声明以表达对我们的蔑视。"

"都不是,"我说,"我想说这是随机的。放入我们的大门很容易。就这样。"

"这有没有让你感到困扰?"

"困扰什么?"

"随机性。"

"不,"我说,"我觉得这令人感到安慰。它解放了思想。"

"对我来说没有什么是随机的,"萨丽说,"一切似乎都在透露背后有某种计划。"

"明天我们会把这一切都解决的,"我说,"我们会带狗去那里,然后一切都会好起来的。"

"你的意思是指我们会好起来?我们之间有什么问题吗?我只是今晚有这种不好的感觉。"

"不,"我说,"我们之间没什么问题。但是我们关注的的确是我们。好了,现在晚安,亲爱的。"

"晚安,鲍比。"萨丽顺从地说道,然后我们挂了电话。

那天晚上在梅菲尔酒店,房间的百叶窗敞开,迎着奇怪的春雪和橘色灯光映照下的黑暗,我经历了自己的噩梦。在梦里我去了我们城市周围的那片沼泽地猎鸭。那是一个冬天的清晨,天还没亮,有人把我带到猎鸭的隐藏地。事实上,这些事我现在也做。但是当我在隐藏地拿出猎枪,我发现我身旁的长木凳上坐着我事务所的一个合伙人,他把猎枪夹在两膝之间,穿着奇怪的红色帆布猎装——你绝不会在猎鸭隐藏地这样穿。他还带着那条小狗,那条在我们家后花园等待着不管什么命运降临的小狗。我的合伙人和一个女人在一起,她是演员丽芙·乌尔曼,或者长得很像她。这个男人叫保罗·汤普森,(在我的梦境之外)我有足够的理由相信他曾经和萨丽有染,这次婚外情差一点让我们连讨论都没有就分道扬镳,但是保罗——他年纪比我大,身材高大粗犷,突然死了——实际上就死在一个猎鸭的隐藏地,一次可怕的心肌梗死。在射击的激动时刻这种事有可能发生。

在我的梦里,保罗·汤普森开口对我说:"萨丽好吗,鲍比?"我说:"她很好,保罗,谢谢。"因为我们都在假装他和萨丽没有事情,我雇了个侦探来证实这件事——几乎得到了完全肯定的证实。那个像丽芙·乌尔曼的女人什么都没说,只是靠坐在木头椅背上,一脸的悲伤,一头金色的长直发。那条黑白相间的小狗坐在地上瞪着我。"我们体验到的生活非常脆弱,鲍比。"保罗·汤普森——或者是他的鬼魂对我说。"是的。"我说。我想他是在说他和萨丽干的事。(有一些可疑的照片,但是老实说,我不认为保罗真的在乎萨丽。他这么做仅仅是因为他能这么做。)与此同时,那条小狗继续瞪着我。然后那个丽芙·乌尔曼嘲讽地笑了笑。

"谈论真相往往会抹杀真相,对不对?"保罗·汤普森对我说。

"是的,"我答道,"我相信你说得对。"然后突然之间,好像是那条小狗说出了保罗的话。我能看见它的小嘴巴随着那些话在动。接着这个梦慢慢淡去,变成另一个梦,里面有千禧年元旦前夜的烟火表演,这个梦并没有像保罗·汤普森的那个梦那样留在我的脑海里,直到今天都还在。

对这个梦我没有像对萨丽的噩梦那么当回事,尽管我敢肯定梅勒·麦基会有很多话要说。

第二天下午我回到城里的时候,萨丽来机场接我,开着她的红色旅行车。"我把它带来了,就在车里。"我们走向停车场的时候她对我说。我意识到她说的是那条小狗。"我想在我们回家之前把它送去收容所。这样会方便些。"她看起来像一度很焦虑但现在不焦虑了。她穿着沙滩短裤和宽松的粉红色衬衫,露出了她漂亮的肩膀。

"有人来过电话吗?"我问。她走得比我快,因为我拎着行李箱和一盒子文件资料。我在一个寒冷、不熟悉的城市里做了一上午艰难的法律工作,现在已筋疲力尽,并且感到很闷热。我更想来一杯伏特加马蒂尼而不是去动物收容所。

"我给柯尔斯滕打过电话，问她知不知道有人愿意收养这可怜的小东西。"萨丽说。柯尔斯滕是她的姐姐，住在亚拉巴马的安达卢西亚，和丈夫一起经营一家花店，她丈夫是一家大型棉花集团的律师。他们两个我都不喜欢，主要是因为他们头脑简单的政治观点，包括支持悬挂南方的邦联旗帜、在公立学校祈祷以及废除平权法案——我对这些观点的不满毫不避忌。然而，萨丽有时会忘记自己上过曼荷莲学院①和耶鲁大学，当她和姐姐或表兄妹聚在一起时，又变回一个可爱、健谈的南方女孩。"她说她可能确实知道有什么人需要，"萨丽继续说道，"所以我说会安排把小狗送到她家。就今天。今天下午。但接着她又说这似乎太麻烦了。我告诉她这不会给她带来任何麻烦，我会自己做或者安排妥当。然后她说会给我回电话，但她没有。这就是我家人典型的责任感。"

"也许我们应该再打给她？"我们快走到她的车前时我说道。我们车上有电话。我现在可不想去爱护动物协会。

"她早就忘了这事，"萨丽说，"打给她只会让她紧张。"

我透过萨丽的吉普车后窗看进去，小狗的铁丝笼子放在后备厢里。我能看见它白色的小脑袋，面对着后方，朝着它来的方向。它可能在想什么呢？

"兽医说它长大了会是条很大的狗。它的大脚显示了这一点。"

萨丽坐进车里。我把行李箱放在后座以免惊扰小狗。它叫了两声，是那种绝望的小狗会发出的尖厉叫声。它可能认出我来了。尽

---

① 曼荷莲女子学院是美国一家著名的倡导女性独立自由的文理学院。

管我意识到它绝不是容易和人亲近的小狗。我父亲有一个聪明的习惯，他总是通过逆向思考来考量经手的事务。如果一件事看上去会带来一个明显的结果，他会想象这结果的反面是什么；如果一项生意有一个明显的受益方，他会问还有谁受益却看似没有受益。不用说，这些是律师的宝贵技巧。但是我发现我自己也在想——只不过我没有对萨丽说——尽管我们以为我们试图为小狗找个好人家是在帮它的忙，也许我们其实是在帮自己的忙，让我们自己表现得是会做那种事的正派人。比如说我就是这样一个人，会在车流交会的路口停下车把趴在路中央的乌龟移到一边，或是在商场的停车场捡起蝴蝶把它们放回树丛里得到更大的生存机会。我知道这些都是毫无意义的慷慨举动。但是每次我这样做完回到车里，都会对自己增添一丝好感。（之后我也经常会把自己想成一个骗子。）但是另一种选择是让蝴蝶躺在地上等死，或者让大乌龟在迈向池塘的路上遭遇灭顶之灾；这样做会让我深受折磨，指责自己太残忍，随后产生深深的负罪感。可能，任何人都会争辩，这些事情太微不足道，不值得严肃思考，因为不管你做不做，你都会在五分钟内忘得一干二净。

除了我上午和鲁格、托德、詹宁斯律师的会谈以及萨丽成功地改变了周六就要开赛的艾滋病马拉松的路线这样令人厌倦的谈话，我们在开往爱护动物协会的路上没有多说什么。萨丽显然事先研究过地址，因为她从一个我从没走过的出口下了州际公路，一下子把我们带到了一条宽阔的林荫大道上，老旧的汽车停在隔离带上，报纸垃圾堆在马路一边棕色的住宅区前，黑人在他们房门前的马路上危险地游荡。路边有几家看起来脏兮兮的烧烤店和咖啡馆，还有两家轮胎修理店，店员就在马路上工作。一个小个子黑人站在桃木箱子上，在给坐在路边餐椅上的人理发，顾客的身子裹在报纸里。还有一些上了年纪的人在草地中央搭了张牌桌，在大太阳底下打牌。这里看不见一个白人。事实上，这是城区里白人不敢踏足的地区。但这不是一个坏区域，住在这里的黑人毫无疑问把世界看成一个没有希望的地方。

萨丽在林荫大道上拐错了弯，来到一条破败的住宅区街道，街道两旁是粉彩色的"猎枪式"房屋，穿着肥大裤子和黑色大头运动鞋的黑人青年在无目的地玩着篮球。男孩们看着我们开过但什么都没有说。"我开错路了。"她心不在焉、犹豫不决地说道。她单独面对黑人时会感到不舒服——这是她在亚拉巴马优越的成长环境中留下的影响，在那里所有的事物和所有的人都属于某个适当的位置并需要保持在那里不动。

她在下一个拐角处放慢车速，向两边看去，前面是一条类似的小街，也是猎枪式房屋。那里有更多的黑人在外面洗车或者在公车站等车。我注意到这里是克莱夫·科尔街，报纸上说这里每年都会发生数量高得不同寻常的谋杀案。当然，所有案子都发生在夜间，而且都是黑人为了买毒品的钱而杀害其他黑人。现在是下午四点四十五分，我感到非常安全。

小狗在笼子里又吠了一声，叫声柔和、充满期待，然后萨丽把我们带到下一个街区，立刻就看见了她一直在寻找的那条街——卢梭街。住宅楼在那里销声匿迹，破旧的一层和两层楼高的工业建筑开始出现：一家向海的管道工厂、一家冷冻海鲜公司、一家关闭的废品回收中心，人们继续把垃圾装进塑料袋扔在那里。还有一栋小小的没有窗户的立方体建筑，里面有一家诊所，专门接待从外国船只上下来的水手。我认出它来是因为我们事务所曾经在一起人身伤害诉讼案中代表过它的房主，我记得这栋建筑的模糊照片，当时我想我永远不需要近距离地观察它。

在这个街区的尽头就是爱护动物协会，它占据了一栋长长的、死气沉沉的、看起来像仓库的红砖建筑，临街挂着一个小小的红色标识，还有一个小型的碎石停车场。这地方让人觉得房主不太想让人轻易发现。

爱护动物协会的入口就是建筑一头的一扇没有窗的金属门。没有灌木丛，没有残疾人通道，没有指示牌标示方向，只有这座低矮的、不祥的平顶建筑，它长长的天窗面对着停车场和海鲜公司。后面搭着一个更为老旧的木头棚。有一块小牌子，它的位置实在太低了，我一开始没看见，上面写着：你必须拴狗绳。所有的动物必须牵着。动物大小便后请自行清理干净。如果你的狗咬伤了工作人员你要负责。多谢。

"你拿着笼子把它带进去，"萨丽说，指了指那栋建筑，她变得非常有效率，"我进去办理书面手续。我已经给他们打过电话了。"她没有朝我这里看。

"好的。"我说。

我们下车的时候我再次惊讶于这里有多么热，空气有多么潮湿、黏糊。夏天似乎是在我离开的那一天到来的，这在新奥尔良不算奇怪。我闻到意料之中的浓重的动物臭味，混杂着鱼腥味和某种金属的味道，辣辣地刺激我的鼻子。而我刚进入这闷热凝滞的空气中，就听到建筑里面传来的狗吠声。我想那是由汽车到达的声音引发的狗吠声。这些狗训练自己对汽车的声音抱有期望。

在爱护动物协会的街对面，还有一些我刚才没注意的猎枪式房屋。年迈的黑人坐在门廊前的金属草坪椅上，观察着我整装待发。在这里生活可不容易，我心想，需要花一些时间来适应这里的嘈杂声以及进进出出的动物们。

萨丽已经消失在那扇不友好的小门后面，我打开车后门，把小狗连同笼子一起拎了出来。我抓住笼子的铁丝抬起来时它跟跄跌倒在笼子的一边，然后焦虑地叫了几声，让人心焦的叫声，开始用爪子抓铁丝和我的手指，我的指关节被狠狠地抓了一下，笼子几乎从我手中掉下去。即使有小狗关在里面，笼子还是非常轻；我的脸离它很近，我能闻到它的尿味。"你还在里面。"我说。

出于某种原因，我抓着笼子，环顾四周，看了看街对面的黑人，他们在默默地看着我。我没有什么想对他们说的。我确信，他们对正在发生的事情深表同情并认为这比残忍要好。我已经开始流汗了，因为我还穿着西装。我尴尬地朝他们挥了挥手，但是当然，没有人回应我。

当我抓着笼子走到那扇金属门附近时，不知为什么我向左边看了看，看到了爱护动物协会和水手诊所之间脏乱的小巷，那里有一个圆形的钢罐，通过几根大的波纹铝管连接到爱护动物协会的建筑上；它黑乎乎的，看起来很新。我相信这是处理动物尸体的装置，尽管我不知道它的工作原理。可能是某种不需要排出阀或烟囱的焚烧装置——非常有效率的装置。这是个非常邪恶的东西,让我想起多年前听说过的可怕的真空室和毒气室,用来处理不受欢迎的动物。那些可能都不是真的。现在,当然,只需要打上一针。它们就会睡去,相信自己会醒来。

一进到爱护动物协会里面,立刻就感受到了凉意,萨丽已经差不多把所有手续都办妥了。我在外面听到的狗叫声并没有停止,但是动物的臭味被一股强烈的消毒水味道取代了。接待前台是一个小隔间,里面有几张金属书桌,头顶是天花板吊下来的荧光灯,墙上挂着日历,画面上是一条站在麦田里的金毛猎犬,嘴里叼着一只死掉的野鸡。两个高中生模样的女孩在前台服务,其中一个正在帮助萨丽填写文件。这些女孩一定都很爱动物,放学后来这里帮忙,并立志成为兽医。书桌后面的墙上贴着一条标语:安置小狗是我们的首要任务。这句话在这里,我想,是为了让像我这样的人对遗弃小狗感觉好一点。让遗忘来得更容易一点。

萨丽正靠在书桌上填写一份厚厚的绿色文件,她环顾四周看见了我时,一个年纪大一些的、表情严肃、穿着白色实验室大褂和黑色橡胶靴的女人从边门走了进来。她的脸和双手有一种南方女人常见的鼓胀而粗糙的质地——太多阳光和酒精,太多烟。她的头发浓密,呈暗淡的红棕色,厚重地包围着她的脸,让她的头看上去比实际的要小。不过,这个女人非常友好,很容易微笑,尽管我看她的外貌和穿着就知道她不是兽医。

我拿着笼子站着,直到其中一个高中女生从桌子后面走过来看了看，说这条小狗很可爱。它叫了起来，笼子在我手里摇晃。"它叫什么名字？"她说，并露出梦幻般的微笑。她是个身材敦实的女孩，面色苍白，左眼无神。她的指甲涂成了鲜艳的橘色，看上去不太整洁。

"我们还没给它取名。"我说，笼子开始有点拿不住了。

"我们会给它取个名字。"她说，把手指伸进铁丝笼子里。小狗伸出爪子挠她，接着舔她的手指，当她拿开手指时还发出轻轻的呜咽。

"他们安置百分之六十五送来的动物。"萨丽边填表格边说。

"赶上节假日真是太糟了。"穿实验室大褂的女人嗓音沙哑地说，看着萨丽填写完。她的口音听起来像来自阿查法拉亚湾，似乎以前是说法语的。"这地方一到了圣诞节就像个鬼城，你知道吗？"

那个逗弄小狗的女孩打开一扇门走了进去，里面是一条长长的水泥走廊，放满了金属笼子。狗儿们立刻又吠叫起来，动物的臭味几乎是令人震惊地涌入房间。到这里来工作可真是奇怪，我心想。

"你们会让它们留在这里多久？"我问道，同时把小狗的笼子放到水泥地板上。那些狗在门背后狂吠，有一条狗的叫声特别大，尽管我看不见它。一只黄色的虎斑猫显然可以在办公室里随意走动，它走过萨丽还在填写表格的桌面，蹭了蹭她的手臂，让萨丽皱了皱眉。

"五天，"那个鼓着脸的法裔女人说道，像是被逗乐似的笑了笑，"我们总是尽量帮它们找到领养的人。一直都有人来这里，找合适的小狗。小狗要是没什么问题的话很快就会被领走的。"她的目光找到了放在地板上的笼子。她对着小狗笑了笑，仿佛它能听懂她的话。"你这个小可爱。"她说道，然后发出一种干涩的亲吻的声音。

"通常怎么样算不合格？"我问道，萨丽回头看着我。

"太有攻击性，"女人说道，赞许地看着小狗，"如果没办法让它在家里好好听话，人们会把小狗送还给我们。这可不太好。"

"也许它们只是害怕呢。"我说。

"有一些是。但有一些就天性如此。这样的狗一个小时就能看出来。"她弯下身子，双手放在膝盖外的实验室大褂上，看着我们的小狗。"你怎么样？"她说，"你是天生小野狗吗？还是只是个小淘气？我相信我看见的是个小淘气。"小狗坐在铁丝笼子里，冷漠地盯着她，就像刚才盯着我一样。我以为它会叫，但是没有。

"办完了。"萨丽说道，转过身来，试图给我一个热情的眼神。她把钢笔放进手袋。她以为我可能会改主意，但是我不会。

"你们需要做的就是这些了。接下来就交给我们吧。"管事的女人说道。

"费用多少？"我问。

"不用交费，"女人微笑着说，"写遗嘱的时候记得我。"她在笼子前蹲下，好像要把笼子打开。"小狗，小狗。"她说，接着双手放在笼子的两边，站起来时毫不费力地把笼子举了起来。她发出一些咕噜声，但她比我想象的强壮得多。此时另一个帮忙的金发女孩（左脚上戴着金属支架），走过来快速打开通向狗舍的门，主管从她身边走过，手里握着笼子，长长的阴暗走廊里立刻响起狗儿们疯狂的吠叫。

"笼子我们就捐赠了。"萨丽说道。她想离开这里，我也想。我又站了一会儿，看着那个穿实验室大褂的女人带着我们的小狗消失在一排排畜栏间。然后绿色的金属门关上了，整件事就这样结束了。没有什么特别的仪式感。

在开回市区的路上，我们两个很自然地陷入了一种模糊、失落的沉默之中。从开上州际公路开始，两边现代化的南方城市的生活景观以及取代了曾经低矮温柔的老旧沿河城市风貌的野心勃勃的新式建筑群现在显得特别阴森而无望，可能在萨丽眼中也是同样的感觉。对于在那些高耸入云、由金属和玻璃构成的巨型怪物中工作的我（实际上我可以看见我在圣查尔斯广场办公室的窗口，那个小小的、毫无特色的长方形在高处闪闪发光，还有无数个同样的长方形）来说，眼前的景观感觉同历史以及我自己的脾性特别格格不入。在那些小方窗后面，人们在书写、讨论、准备案件；而在其他楼层，人们在做组织切片、X光扫描、钻补蛀牙，向等待的人们——客户、病人、合伙人、配偶、孩子——传达受欢迎和不受欢迎的消息。事实上，这个下午，就有人在等着我回来，他们急切地想知道布朗洛-梅森奈特案的情况——事情进展到哪一步了，我们的前景如何，我对案子的总体看法如何，以及我们达成庭外和解的希望有多大（我的大部分"看法"是并不那么有希望）。很快，我就会进入他们毫无乐趣的公司，并忘记此刻在高速公路上的自己，因为一条无足轻重的小狗的命运而近乎绝望地向外看着这个世界。

坦白说，这让我感觉很傻。

萨丽突然说话了，似乎就在我不快地沉思的时候，她一直在构思着什么："你还记得新年过后的那一天，我们坐在一起，说起一件事的改变会让其他一切都变得不同吗？"

"北斗七星。"我说道，此时我们的车来到一个熟悉的出口，很快就带我们穿过另一个贫穷街区来到与之毗邻的我们所居住的高档街区。随着离家越来越近，一切似乎都变得更容易掌控了。

"对啊，"萨丽说，好像北斗七星这个词是在责备她，"但是你知道，你会觉得这很疯狂。也许确实如此。但是昨晚我躺在床上，开始想这条可怜的小狗是一股不祥的力量，把我们生活里的一切都置于危险之中。我们在某种程度上正处于危险之中。这想法吓到我了。我不想这样。"

我转头看向萨丽，看到一颗水晶般的泪珠从她的眼中流出，顺着她柔软、圆润、漂亮的脸颊滑落。

"亲爱的，"我说，并握住她放在方向盘上的手，"这没什么不对。你让自己承受了很多，而我不在身边。你只是需要我在你身边做更多的事。没什么好害怕的。"

"我想是吧。"萨丽坚定地说道。

"就算现在事情不太顺利，"我说，"它们很快就会好起来的。你会再次以你的方式迎接这个世界的挑战。我们都会好起来的。"

"我知道，"她说，"对于那条小狗我感到很抱歉。"

"我也是，"我说，"但是我们做了正确的事。也许它会没事的。"

"我很抱歉有些事威胁到了我,"萨丽说,"我以为它们不会,但还是影响了我。"

"我们所有人都受到威胁,"我说,"没有人能全身而退。"这就是我那时想到的一切。我们看得见我们的房子了。我真的不想再谈论这些话题了。

"你爱我吗?"萨丽问道,很出乎意料。

"哦,是的,"我说,"我爱你。我非常爱你。"这就是我们所说的全部内容。

一个星期前,在一本我只为自娱而看的庭审律师行业杂志上,有一篇为了使栏目空间显得合理而插入的有趣的填充文章,我读到了两件真正让我感兴趣的事情。这些内容总是因为对法律进行诙谐的评论而被选中,而且经常既让人忍俊不禁又很真实。我读到的第一条新闻是这么说的:"科学家预言五千年后地球将被吸入太阳。"接着又说,"所以现在差不多是时候提高你的医疗事故保险金额了",或者诸如此类的无聊话。但我得承认,这则关于地球的新闻让我感到莫名的不安——就好像我有什么重要的东西将会在这场不可避免的、遥远的毁灭中失去一样。我也说不出这重要的东西是什么。没有人能想到五千年之后的样子。而且我相信没有人能对那一天有任何感觉,除了以某些模糊的宗教的方式。只有我有感觉,而我远不是一个信教的人。我的感觉很像那句老话所说的:"有人刚踏上你的坟墓。"似乎有人,如其所说,在五千年后踩上了我的坟墓,这感觉很不好。我很难过会有这种感觉。

我看到的另一条杂闻在接近杂志封底的"法律市场状况"栏目的后面，上面说天文学家发现了目前已知最古老的星星，他们认为它在五千万光年之外，出于显而易见的原因，他们把它命名为千禧星，尽管实际上的千禧年早已过去，而我注意到事情几乎没有发生任何变化。当被要求描述千禧星的化学成分时（当然没人能看见它），发现它的科学家说："哦，我不知道。你不可能探知到那么远的时间。"而我——坐在我的办公室里，布朗洛-梅森奈特案的文件散落在周围，新奥尔良炙热的阳光照进我的窗户，那天我和萨丽把小狗交付其命运之后开车回来时看到的窗户——我想："时间？为什么他要说时间，他的意思其实是指空间？"我的感觉和刚才读到地球在冲向太阳时的感觉很像——感觉在所有的时间里、所有的空间里有那么多事在发生，而我们只知道可笑的、无足轻重的一小部分。

我们从爱护动物协会回来后的几天里发生了很多事。萨丽的同事杰瑞·德弗兰科不出意料地死了。尽管他患有艾滋病，但他是死于自己沮丧的双手，在他位于克莱勒里街的顶层公寓，在马拉松比赛的前一天深夜，我想，这样做是为了让他的人生及其终结被看作意志战胜了无情的环境。

另一方面，布朗洛案的上诉人突然出乎意料地决定接受庭外和解，以避免面对经年的超高律师费以及承受巨大损失的可能性（尽管可能性不太大）。这正是我所希望的，所以我把它视为一场胜利。

在其他方面，马拉松比赛如期举行，而且是按照萨丽希望的路线。很不凑巧,我正好在圣路易斯,错过了比赛。同一天下午,在离爱护动物协会不远的一家快餐店发生了一场大屠杀,我们认识的一个人——一名黑人律师——被杀害。在此期间,我开始收到关于出任联邦法官的初步意向征询,我自己知道绝无可能得到这个职位。这种事总是会拖上几个月甚至几年,各方面的人物都被告知要做好准备,当时机成熟时,出于完全错误的理由,选择了一个错误的人,这之后一切就变得很清楚,没有什么可怀疑的。法律是一种奇怪的召唤。而新奥尔良是个特别的地方。不管怎么看,我要成为现在的管事人太温和了。

最终有几个人看到了我的告示,打电话来询问小狗的情况,我让他们去找动物收容所。我出去转了一两次查看我贴的告示,有几张仍然和艾滋病马拉松的传单贴在一起,这让我很满意,但不是非常满意。

每天早上我都坐在床上,想象那条小狗,等待着有人走过一排排笼子看见它独自在那里发呆,然后把它带走。出于某种原因,在我的想象中,没有人选择它——没有患有自闭症的孩子,没有孤独、沮丧的老人,没有刚刚丧偶的寡妇,也没有有着淘气孩子的年轻家庭。一个也没有。穷尽我的想象,它一直待在那里。

萨丽没有再提起这个话题,尽管她姐姐星期二打来电话,说她在安达卢西亚认识一个叫海斯特的人愿意领养小狗,然后她们两个激烈争吵,我不得不走过去挂掉了电话。

在某些下午,在等待那暂定的五天过去的期间,我会想起小狗,并为把它送到收容所而感到自己极度阴险无耻。但是,在其他时候，我会觉得我们给了它一个更好的机会，否则它会独自流浪街头，或者和以前的主人在一起。当然，我从来没有把它当作一种需要驱散的不祥力量，或者是对任何重要事物的威胁。对我来说，生活没有那么脆弱。如果要说有什么的话，它只是我们对生活中模棱两可的事物的同情心和容忍极限的一个牺牲品。尽管萨丽也许是对的——小狗是留给我们思考的一个信息：它是某人认为我们会做的事，某人觉得我们需要知道的事。至于是谁，或是什么，或以什么样的方式这可能是真的，我无法想象。当然，我们每个人都与别人的生活有所牵连，不管我们是否确切地知道这一点。

星期四晚上，小狗在收容所最后一天的前一晚，我又做了一个奇怪的梦。梦总是意味着一些明显的事，所以我总是努力忘记我的梦。但不知为什么这一次我记住了，我又梦见我那死去的合伙人保罗·汤普森和他善良的妻子朱迪，一个漂亮丰满的金发女子，她学过歌剧，在一些市政府投资制作的演出里担任花腔女高音。在我的梦里，朱迪·汤普森正就她发现的一张女人名单——和保罗有过情事的女人，甚至他爱过的女人——大声斥责保罗。她对他说他是个混蛋，伤了她的心，她要离开他（这在现实里确实发生了）。在那张名单上，我仿佛穿过一层迷雾，突然间看到了——萨丽的名字。当我看到时，我的心开始怦怦地跳，怦怦地跳，怦怦地跳，直到我在黑暗中从床上坐起来大声说道："你知道你的名字在那张该死的名单上吗？"外面，在我们房子外面的街上，我能听到有人在吹小号，一首非常缓慢、深情的《和你走得更近》。萨丽就在我身旁，熟睡着。我当然知道她做了，应该在那张名单上，也许真的有这样一张名单，考虑到保罗·汤普森是个多么鲁莽的人。如我所说，我从来没跟萨丽提起过这件事，直到刚才，我一直都相信我已经把整件事抛在脑后了。但是现在，我必须说我错了。

第二天，这个梦仍然在我脑海里萦绕，到了晚上，我又做了同一个梦。由于这个梦占据了我的思想，直到星期六午饭后，我坐在客厅的椅子上打盹时，我才意识到自己前一天忘记了小狗，星期五已经过去了那么多个小时，小狗一定已经到达了它的终点，不管那终点是什么。我很惊讶自己竟然在这么关键的时刻忽略了这件事，而在此之前我想了那么多。我为此而难过，因为我意识到，我最终还是没有像我以为的那样关心它。

护　雏[①]

菲斯没在开车，她母亲艾丝特在开。

车里坐着他们五个人。一家人正在开往雪山高原的路上，去滑雪。从俄亥俄的桑达斯基，到密歇根北部。现在是圣诞节——或者说，快到圣诞节了。没人想一个人过圣诞。

五个人包括菲斯，电影公司律师，从加利福尼亚回来；她的母亲艾丝特，六十四岁，这些年来变得太胖了；还有罗杰，菲斯的妹妹黛西分居的丈夫，桑达斯基市JFK学校的辅导员；以及罗杰的两个女儿：简和玛乔丽，分别是八岁和六岁。两个女孩的妈妈黛西还在，但是没有一起来。她在一个既不是芝加哥也不是底特律的中西部大城市的戒毒所里。

车外，在广袤的、没有树的白色冰封的冬日景观之外，密歇根湖突然变得清晰可见，一片淡蓝色，金属般的湖面上有一层薄薄的雾。女孩们在后座闲聊。罗杰坐在她们身边阅读《滑雪者》杂志。

佛罗里达会是个更好的度假选择，菲斯心想。女孩们可以去

---

① 这篇小说名原文为Crèche，这个法语词除了指托儿所，在动物学中也指某些群居动物尤其是鸟类照看非亲生后代的行为。

迪士尼乐园。航天中心。卫星海滩。新鲜的鲳参鱼。大海。现在她要为所有人的行程买单而她根本就不喜欢滑雪。但对所有人来说这都是艰难的一年，总得有人来付账。如果他们去佛罗里达，她会破产的。

菲斯看着左边那个看上去像核电站的建筑物，心想，她性格中最根本的优势也就是让她成为一流律师的特质：始终相信事情总是有可能变得更好，还有就是做事时彻底干脆的坚持。如果公司里有谁，例如市场部副总，想要推脱某项完全有约束力但做起来难受的责任——比如说，一份法律合同——那么菲斯就是他要找的人了。菲斯是个行动派。菲斯是个聪明的金发美人。你最好的乐观主义者。客户梦寐以求的人选，还有一对奶子。她自己的奶子。只要给她一天时间来处理你的问题。

她的妹妹黛西就是能证明这一点的完美案例。黛西终于承认她有吸食冰毒的问题，但只是在她的摩托车手男友文斯被俄亥俄州政府请去调查之后。这时就需要菲斯上场了，她先是打电话给律师，申请限制令，然后报警，让警察把文斯铐走。吸毒成瘾、浑身是伤的黛西在确信自己不会被杀后，最终被证明是一个可信的证人。和母亲一起在黛西的公寓里寻找她可以在戒毒所里穿的体面衣服时，菲斯发现了自慰器；总共六个——有一个甚至在厨房的水槽下面。她把这些装进大联盟超市的塑料袋，扔在邻居家的垃圾桶里，不让母亲看见。她母亲能跟上潮流，但对自慰器可不一定能理解。至于黛西的衣服，她们最终选定了一套漂亮的深色卫衣和一些新的白色阿迪达斯。

菲斯性格中不好的地方，也就是非律师的那一面，她自己清楚，就是她快三十七岁了，生活里还是没有牢靠的东西。她非常有耐心（对待混蛋们），非常善于在幕后帮忙（和混蛋们一起）。她的杯子永远只有半满。忍受痛苦并慢慢改善是她的座右铭。预见变化。法律方面的技能和生活的需求只有部分匹配。

车子左边闪过一根高耸的银色烟囱，顶部闪着白光，周围环绕着几个灰色喇叭状的冷却罐。每个罐子里都飘出浓厚的白烟。远处的密歇根湖看上去像一片蓝白色的沙漠。已经连续下了三天雪，但现在停了。

"那个大家伙是什么？"简——也可能是玛乔丽问，看着后座车窗的外面。菲斯为这次旅行在克利夫兰机场租了一辆红莓色的旅行车，车里太暖和了。两个女孩都在嚼西瓜味的口香糖。所有人都可能晕车。

"那是一艘准备发射到外太空的火箭飞船。你们想上去搭个便车吗？"菲斯的妹夫罗杰对女儿们说道。罗杰像是家庭情景喜剧中友善又有趣的邻居，尽管他并不那么有趣。他个子矮小，长得还算英俊，理着小平头，戴一副黑色角质边框眼镜。他令人讨厌——尽管在某些微妙的细节上，他有点像菲斯认识的某些电视演员。他也是三十七岁，喜欢穿彩色羊毛衫和暇步士牌皮鞋。黛西曾对他非常非常不忠。

"那不是火箭飞船。"大一点的孩子简说，她把额头贴在雾气蒙蒙的车窗上，然后靠回去看着自己在上面留下的印迹，思考着什么。

"那是个酸黄瓜。"玛乔丽说道。

"闭嘴,"简说,"这真是个恶心的说法。"

"不,才不呢。"玛乔丽说。

"这个词是你妈妈教你的吗?"罗杰假笑着问道。他和她们一起坐在后座。"我猜是的。这是她留下的遗产。酸黄瓜。"《滑雪者》杂志的封面是奥地利滑雪运动员赫尔曼·迈耶的照片,他穿着红色滑雪服,从珠穆朗玛峰上纵身滑下。标题写着:冲破极限。

"那个不是。"菲斯的母亲坐在方向盘后说道。她已经把座位向后调,好容纳她的肚子。

"好吧。再猜两次。"罗杰说。

"那是个原子能基站,他们用来发电,"菲斯说道,回头对两个外甥女笑了笑,她们两个盯着烟囱,已经没有了兴趣,"我们用它来给我们的房子供暖。"

"但是我们不喜欢它们。"艾丝特说道。艾丝特在环保成为风尚之前就很有环保观念。

"为什么?"简问道。

"因为它们对我们珍贵的环境构成威胁,这就是为什么。"艾丝特说。

"'我们珍贵的环境'是什么?"简并不那么真诚地问。

"我们呼吸的空气,我们站立的大地,我们喝的水。"艾丝特曾经教过八年级的科学课,但那已经是好多年前的事了。

"你们这帮孩子在学校什么都没学到吗?"罗杰翻着《滑雪者》。菲斯注意到,出于某种神秘的原因,罗杰的皮肤晒得很黑。

"她们的父亲想教的话总能教她们的，"艾丝特说道，"他可是教育工作者。"

"是辅导员，"罗杰说道，"但真是一针见血。"

"一针见血是什么？"简问，皱了皱鼻子。

"这是击剑里的一个术语。"菲斯。她非常喜欢这两个女孩，很高兴有机会惩罚一下罗杰用这种嘲讽的口吻对她们说话。

"什么是击剑？"玛乔丽问道。

"这是密歇根州的一个小镇，他们那里出产宝剑，"罗杰说，"击剑镇，密歇根州。靠近兰辛市。"

"不，不对。"菲斯说。

"好吧，那你告诉她们，"罗杰说，"你什么都知道。你是律师。"

"这是一种用剑进行的运动，"菲斯说，"只不过没有人会被杀。很有趣。"从各方面来说，她都鄙视罗杰并希望他能待在桑达斯基。但她没法带上两个女孩却不叫他。让她支付所有的费用就是罗杰说谢谢的方式。

"好了。你们现在知道了，孩子们。你们在这里第一次听到这个词，"罗杰用一种好听但藏着坏心眼的语调说着，继续看他的杂志，"你们以后都会记得自己第一次是在哪里听到击剑这个词，又是谁向你们解释的。等你们去哈佛读书的时候……"

"你不知道这个词。"简说。

"这可不对。我知道。我当然知道，"罗杰说，"我只是在找些乐子。圣诞节是个快乐的节日，你们不知道吗？"

菲斯的感情生活一直不顺。她一直想要结婚生子，但这两样都没有发生。要么是她喜欢的男人不喜欢孩子，要么就是爱她并愿意给她想要的一切的男人似乎不值得她这么做。因此，为一家电影公司处理法律事务占据了全部精力。时间就这样过去了。一个接一个谦恭有礼的男人进入她的生活又离开了——都是因为这个或那个原因：结婚了，受到惊吓，离过婚，或者三者兼而有之。"幸运"是她对自己的基本看法。她每天都去健身房，开昂贵的汽车，一个人住在洛杉矶威尼斯海滩一栋租来的房子里，屋主是个十来岁的电影明星，他是她朋友的弟弟，感染了艾滋病毒。这是一笔交易。

去年晚春她遇到了一个男人。股票市场的红人，在楠塔基特岛有栋房子。杰克。杰克坐自己的私人飞机从城里飞去楠塔基特，大约四十六岁却从未结过婚。她去过东部几次，和他一起飞过去的，见了他看起来严厉的妹妹们和漂亮的社交名流妈妈。他们有一栋蓝色的海滨大别墅，面朝大海，配有玫瑰花篱，有沙滩小路通向隐秘的沙丘，在那里你可以裸泳——她特别享受裸泳，尽管他的妹妹们都很震惊。他父亲也在那儿，但病得很重，来日无多，所以生活和计划基本都被搁置了。杰克在伦敦有很多生意。钱不是问题。也许等他父亲去世后他们可以结婚，杰克差不多是这样建议的。但在那之前，她可以随时和他一起旅行——如果稍稍降低预期的话。他想要孩子，能经常去加利福尼亚。和他在一起可能有戏。

一天晚上有个女人打电话来。她说她叫格雷塔。格雷塔和杰克在谈恋爱。她和杰克吵了一架，但他仍然爱着她，她说。格雷塔手上有菲斯和杰克在一起的照片。谁知道是谁拍的？也许是小鸟。一张是菲斯和杰克从杰克位于贝克曼广场的大楼里出来。另一张是杰克帮菲斯开门从一辆出租车走出来。有一张是菲斯独自一人在公园大道咖啡馆吃烤剑鱼。还有一张是杰克和菲斯在一辆无法辨认的汽车前座上接吻——也是在纽约。

杰克喜欢用某些特别的方式做爱,格雷塔在电话里说。她猜菲斯现在应该已经知道了。但是"最好不要有什么长久打算"基本上是她要传递的信息。她还打过几次电话,在语音留言箱里留言,通过联邦快递寄来照片。

当被问起时,杰克承认是有一个麻烦事。但他会解决的,马上(尽管她得理解,他眼下正集中精力照顾濒死的父亲)。杰克是个高个、皮肤光洁、有一头红棕色头发的英俊男人。像一个服装模特。他一笑,所有人的心情都会变好。他读的是公立中学,大学是哈佛,平时打壁球,练过划艇,参加过辩论赛,穿着棕色西装和老式皮鞋的样子很帅。他是值得信赖的。和他的事仍然有戏。

但是格雷塔打来更多的电话。她寄来自己和杰克在一起的照片。是近照,都是菲斯认识他之后照的。杰克承认解决这件事比他想象的要难。菲斯需要耐心。毕竟,格雷塔是他"曾经很在意"的人,甚至可能和她结婚的。他不想伤害她。她有问题,是的。但他不会就这样把她甩掉。他不是那样的男人,而这一点,她——菲斯——从长远来看,应该感到高兴。他同时还要面对生病的父亲。还有母亲。还有妹妹们。已经够多烦心事了。

雪山高原是一个小而美的滑雪胜地。只是家庭旅游,不需要奢华。菲斯的母亲在《伊利湖周刊》上看到那里是个"假日好去处"。整个套餐包含一套公寓、周末滑雪票，以及在巴伐利亚式木屋里享用三天瑞典式自助餐的餐券。但这个套餐仅限于两人使用。其余的人必须另外付钱。菲斯会和她母亲睡在"主人套间"。罗杰可以和两个女儿住双人间。

两年前，当妹妹黛西开始对摩托车手文斯感兴趣的时候，罗杰什么都没做就"退出"了。她和罗杰的性生活很久以前就不再兴奋了，黛西私底下坦白。一开始，他们在桑达斯基郊区过着模范夫妻的婚姻生活，但最终——几年后，有了两个孩子——幸福结束了。黛西被文斯打动了，后者喜欢安非他命，更重要的是还贩卖它们。文斯的到来让性变得美妙无比，黛西说。菲斯相信黛西一直羡慕她在电影界的人脉和电影式的生活以及那辆捷豹敞篷车，为了模仿菲斯的生活，她基本上抛弃了自己的生活（至少在进戒毒所之前），只不过她选的是一个摩托车手。最终，黛西离开了家，原本就很丰腴的身材又胖了四十五磅。去年夏天，在米德尔巴斯海滩，当菲斯建议黛西减肥、跟文斯分手并考虑搬回家里住时，黛西愤怒地给了菲斯当胸一拳。后来她认为，这个建议说得不够圆滑。"我不像你，"黛西在沙滩上尖叫道，"我做爱是为了开心，不是为了生意。"然后她摇摇晃晃地蹚进伊利湖不算大的浪花中，穿着带褶皱裙边的粉红色连体泳衣。那个时候，法院已经把两个孩子判归罗杰抚养。

现在在公寓里，艾丝特刚才一直在看肥皂剧，但她已经停下来玩纸牌接龙了，并且在大大的落地窗边享用了一杯红酒，透过窗户可以俯瞰拥挤的滑雪道和溜冰场。罗杰正带着简和玛乔丽在初学者滑雪道上,不过从这里很难分辨出他们来。红色滑雪衫。黄色滑雪衫。很多爸爸带着孩子。所有这一切都没有声音。

菲斯刚蒸了桑拿,现在正想着给杰克打电话,不管杰克在哪儿。楠塔基特。纽约。伦敦。她没有特别的信息要留。后来她计划在月光下去北欧滑道滑雪。只是想投入这次旅行,做个好榜样。为此她带来了在洛杉矶买的装备:抓绒防水厚呢滑雪裤、产自喜马拉雅的绿棕红三色毛衣、产自挪威的袜子。她绝不想被冻到。

艾丝特在飞快地玩两副牌,她粗短的手指不停地翻牌甩牌,似乎她痛恨这个游戏,想要快点结束。她的目光很专注。她戴上了奶油色的颈托,因为紧张的驾驶加重了她工作时的旧伤。她现在穿着一件宽大的橘色夏威夷印花长袍。菲斯不知道她穿这样的长袍有多久了。二十年,至少。自从菲斯的父亲也就是艾丝特的丈夫一脚归西以后。

"也许我会去欧洲,"艾丝特一边说一边用力翻着牌,"那会很棒,对吗?"

菲斯站在窗前看着下面的专业坡道。一片平整宽阔的雪地,周围是成片的漂亮云杉。几个滑雪者正以"之"字形滑下来,尽力让自己看起来时髦漂亮。多年前,她和她高中时的男朋友艾迪——绰号"快手艾迪"——来过这里,艾迪在某些方面的确比较快。他们两个都不喜欢滑雪,都没有从床上起来去试一试。现在,滑雪让她想起高尔夫——一个雪做的高尔夫场地。

"也许我可以把女孩们带出学校,犒赏我们自己一次威尼斯之旅，"艾丝特继续说，"罗杰肯定会松口气的。"

菲斯看到了在初学者滑雪道上的罗杰和女孩们。三个人分别穿着蓝色、绿色和黄色的滑雪服。他用手指着女儿们，详细指导她们如何滑雪，就像任何一个父亲一样。她觉得自己看到了他在大笑。很难把罗杰想象成一个普通父亲。

"她们去威尼斯还太小。"菲斯说，把漂亮的小鼻子靠近意外暖和的窗玻璃。她听到外面传来雪铲的沙沙声和人低沉的声音。

"那么，也许我可以带你去欧洲，"艾丝特说，"也许等黛西戒毒成功后我们三个可以一起去欧洲。我一直想要这么做呢。"

菲斯喜欢她的母亲。她母亲并不傻，但是仍然试图表现出宽容大度。但菲斯无法想象她自己、发福的母亲和黛西一起在香榭丽舍或威尼斯大运河的画面。"这是个很棒的主意。"她说。她站在她母亲的椅子旁，低头看着她的头顶，听着她的呼吸。她母亲的头不大。上面的头发是深灰色的，短而稀疏，不太干净。她的接龙游戏已经连成很大一片了。她母亲看上去就像马戏团里的胖女人，但是戴着颈托。

"我正在读一些如何活到一百岁的文章，"艾丝特说，一边把她肚子前玻璃台面上的牌整理干净。菲斯开始想杰克，想他是怎样一个奇特的物种。杰克·马修现在还穿着大学时定做的牛津鞋。难看、做作的英国鞋子。"那些文章说你必须积极锻炼身体，"她母亲继续说道，"你必须做个乐观主义者，我正是。你必须有喜欢的事情，我差不多也有。还有你必须很好地处理失落。"

菲斯努力不去想自己是否符合所有这些要求。"你想活到一百岁吗？"

"哦，是的，"她母亲说，"你只是无法想象，就是这样。你还太年轻。太漂亮，也太有才。"没有讽刺的意思。讽刺不是她母亲的专长。

在外面，可以听见某个铲雪的男人说："嗨，我们是气象频道。"他在和某个从另一套公寓的窗户看着他们的人说话。

"这天比掘井人的屁还要冷，"另一个男人的声音说，"这是今天的天气预报。"

"屁，屁，更多的屁，"她母亲愉快地说，"就是这个，不是吗？男性用具。一切的神秘来源。"

"我听说是这样。"菲斯说道，想起了快手艾迪。

"但她们全是女人。"她母亲说。

"谁？"

"所有活到一百岁的人。你可以满足所有其他要求。但你仍然需要是个女人才能活到那岁数。"

"对我们来说是好消息。"菲斯说。

"对。我们是那幸运的一小撮。"

这将是两个女孩第一个没有圣诞树也没有母亲的圣诞节。但是菲斯仍然试图想办法弥补，她把礼物藏在小客厅一面空墙前的那棵塑料橡胶大树下面。那棵树早就在那儿了。她带来了几个圣诞球、一颗金色的星星和一串保证能闪烁起来的灯泡。"马尼拉圣诞节"可以是一个主题。

外面，天色正暗下来。菲斯的母亲在打盹。给孩子们上完滑雪课后，罗杰去暖房要了一杯香料热葡萄酒。两个女孩并排坐在沙发上，穿着"萨尔斯堡的兰斯"牌法兰绒睡衣和配套的笑脸猴子拖鞋。衣服的颜色仍旧是一个绿一个黄，但上面印着白色的雪花。她们在菲斯的监督下一起洗了澡，然后坚持要早早地穿上睡衣。她们看起来就像完美的天使，但是被她们的父母彻底浪费了。菲斯决定将来要支付她上大学的费用。即便是哈佛。

"我们现在知道怎么滑雪了。"简一本正经地说。她们在看菲斯装饰那棵塑料橡胶植物。先是那些闪烁的灯，但是没有足够近的电源插座，然后是六个圣诞球（每一个代表家里一个人）。最后是金星。菲斯明白自己做得太多了。但是为什么不多做一点呢。现在是圣诞节。"玛乔丽想去参加奥运会。"简加了一句。

简在电视上看过奥运会，但是玛乔丽还太小。这给了简权力地位。玛乔丽面无表情地看着姐姐，好像没有人能看到她的凝视。

"我肯定她能赢一枚奖牌回来。"菲斯说，她双膝跪地，摆弄着那串她已经知道不会亮起来的小尖头灯泡。"你们两个愿意帮助我吗？"她对她俩笑了笑。

"不行。"简说。

"不行。"玛乔丽立刻跟着说。

"我不怪你们。"菲斯说。

"妈妈会来这里吗？"玛乔丽眨着眼睛，然后把她小小的、苍白的脚踝交叉在一起。她困了，可能会哭。

"不会，宝贝，"菲斯说，"今年圣诞节妈妈要为自己做点事。

所以她不能和我们在一起了。"

"那文斯呢？"简用权威性的口气说道。此前，文斯的问题已经被小心地讨论过好几次。女孩们的心理医师阿根布莱特小姐为文斯的事费了不少心思。女孩们知道文斯的底细但她们总是想再听一遍，因为她们喜欢文斯胜于她们的父亲。

"文斯现在是俄亥俄州立政府的客人，"菲斯说，"你们还记得吗？就像他去上大学一样。"

"他不在大学里。"简说。

"他在的地方有圣诞树吗？"玛乔丽问道。

"没有真正意义上的圣诞树，至少不像你这样的，"菲斯说，"我们来谈些比我们的朋友文斯更快乐的事吧，好吗？"此刻她正在把灯泡串起来，依然双膝跪地。

房间里没有什么家具，有的也都是丹麦现代简约的风格。有一个浮雕式的带金属顶的红色珐琅壁炉，上面贴着公寓业主写的纸条，警告房客如果有烟雾造成损坏，他们将失去押金，并将面临法律诉讼。艾丝特打听到，公寓业主都是格罗斯庞特农场的居民，俄国后裔。当然房间里也没有柴火，除了那些丹麦家具。所以不可能会有烟。护墙板提供了一切所需。

"我想你们俩可以猜猜会得到什么圣诞礼物。"菲斯说，小心翼翼地把亮不起来的灯泡挂在橡胶树的塑料枝干上。极为耐心。

"单排滑轮。我早就知道了。"简说着，也像妹妹一样交叉着脚踝。她们是扮成观众的陪审团。"但是，我可不想要戴头盔。"

"你确定吗？"菲斯扭头对她们微微一笑，就像她见过的一个电影明星对陌生人微笑那样,"你很可能会想错哦。"

"我最好猜对了。"简不高兴地说,皱起了眉头,就跟她妈妈一个样。

"圣诞老人会给我一个CD播放器,"玛乔丽说,"它会装在一个小盒子里。我都认不出来。"

"你们两个实在太聪明,装礼物的袜子瞒不过你们了。"菲斯说。她很快就把圣诞灯泡挂好了。"但是你们不知道我给你们带来了什么。"她确实买了一台CD播放机和一双昂贵的单排滑轮鞋。它们都在旅行车里,会一起回到洛杉矶的。她还带来了电影录像带,一共二十部,包括《星球大战》和《睡美人》。黛西给她们两个各寄来五十美元。

"你们知道吗,"菲斯说,"我记得很久很久以前,我和爸爸还有你们的妈妈会走到树林里砍一棵圣诞树回家。我们不买圣诞树,我们用斧头砍一棵树回家。"

简和玛乔丽看着她的样子,就好像她们在哪里看过这个故事。

房间里的电视没有打开。菲斯想,也许,她们不明白别人跟她们说话是什么样子——真实的现场对话有它自己独特的连贯问题。

"你们想听这个故事吗?"

"是的。"妹妹玛乔丽说道。简坐在绿色的丹麦沙发上沉默地观望。在她身后,白墙上挂着一幅镶了框的勃鲁盖尔《猎人归来》印刷品,非常有圣诞气氛。

"好吧,"菲斯说,"你们的妈妈和我——那时她只有九岁,我十岁——选了一棵我们非常想要的树,但是我们的爸爸说不行,那棵树太高了，没办法放进我们的屋子。我们得再找一棵。但我们都说：'不，这棵很好。这棵最好。'它绿意葱葱，很漂亮，就是完美的圣诞树的样子。所以我们的爸爸用斧头把它砍倒了，我们把它拖出树林，绑在汽车顶上，带回了桑达斯基。"现在两个女孩都困了。她们太兴奋了，或者还不够兴奋。她们的母亲在戒毒所。她们的父亲是个混蛋。她们在一个叫密歇根的地方。谁不会困呢？

"你们想知道后来发生了什么吗，"菲斯说，"我们把树搬进家的时候？"

"想。"玛乔丽礼貌地说道。

"它太大了，"菲斯说，"太高太高了，甚至没法在我们的客厅里立起来。而且它太粗了。爸爸对我们两个发了很大的火，因为我们为了一个自私的理由杀死了一棵美丽的、有生命的树，也因为我们没有听他的话，自以为我们什么都知道，只因为我们想要得到它。"

菲斯突然不知道为什么她要给这两个纯真的小甜心讲这个故事，她们不需要再上一堂实例课。所以她干脆停了下来。当然，在真实的故事里，她父亲把树扔在了门外的后院，在那里放了一个星期，树变成了棕色。有很多哭泣和指责。她父亲直接去了酒吧把自己灌醉。后来，她们的母亲去吉瓦尼斯俱乐部买了棵合适的小树，她们三个在没有父亲的帮助下把树装饰好。然后是等待，所有的灯都亮着，等她父亲喝得烂醉回到家。这个故事总会让人感到有幽默的地方。这一次幽默似乎缺席了。

"你们想知道这故事的结局吗？"菲斯说，为了照顾这两个女孩而露出灿烂的笑容,但心里感觉很失败。

"我想知道。"玛乔丽说。简什么都没说。

"后来,我们把它放在后院里,挂上灯,这样邻居也可以和我们一起分享这棵大树了。我们在吉瓦尼斯俱乐部买了棵小一点的树放在屋子里。这是个悲伤的故事,结局却是好的。"

"我才不相信呢。"简说。

"你应该相信,"菲斯说,"因为这是真的。圣诞节是很特别的。只要你给它一个机会并且发挥你的想象力,它总会变得非常奇妙。"

简摇摇头,玛乔丽点点头。玛乔丽愿意相信。而简,菲斯心想,是一个典型的大孩子。就像她自己一样。

"你知道吗?"——这是格雷塔留在她洛杉矶家里电话语音信箱里的一条留言——"你知道杰克讨厌——**讨厌**——别人给他口交吗?是痛恨。你当然不知道。你怎么可能知道?他总是对这一点不说实话。哦,好吧。但要是你在疑惑为什么他总是达不到高潮,这就是原因。这可是一盆大大的冷水。我个人认为这是他母亲的错,当然不是说她对他做过这种事。顺便说一句,上个星期五的裙子不错。奶子很棒。我能看出来为什么杰克喜欢你了。保重。"

七点钟,女孩们从瞌睡中醒来,大家都饿得不行,菲斯的母亲提出由她带这两个充满敌意的小印第安人去吃比萨,然后去溜冰场玩,罗杰和菲斯可以去木屋使用那两张瑞典式自助餐券。

很少有食客选择待在长长的、灯光昏暗的、味道不好闻的蒂罗尔餐厅里。大多数客人都在室外等待"灯火盛会",每晚滑雪巡逻队的成员会举着火炬从专业滑道滑下来。这是美丽的景观,但需要等很长时间才开始。山顶上一棵巨大的挪威云杉按照圣诞节的传统被灯照亮了,就像菲斯那个不真实的故事版本里那样。所有这些都能从蒂罗尔餐厅里透过一面大景观窗看到。

菲斯不想和罗杰一起吃饭,他刚喝了热红酒,打了个盹,还宿醉未醒。很容易出现让她觉得受到冒犯的对话;关于她妹妹,两个女孩的母亲——罗杰的(现任)妻子。但她在努力维持圣诞的节日气氛。为了其他人。

她知道,罗杰不喜欢她,可能是嫉妒她,但同时也被她吸引。有一次,几年前,他向她坦白他非常想把她干到爽。他当时喝醉了,而黛西刚怀上简不久。菲斯想了个借口没特别搭理他。后来他对她说他认为她是个同性恋。让她知道这一点也许是个好主意。这个罗杰是个人才。

长长的餐厅里充满回声,天花板上有纵横交错的横梁,漆成了粉红色、淡绿色和紫色,显然是非常契合巴伐利亚的组合。餐厅里面摆放着漆成绿色的长桌子和粉色、紫色的塑料折叠椅,以增强休闲好时光和合家欢的氛围。菲斯相信,这里肯定有个更好的用餐的地方,不接受餐券,装潢也绝没有粉色和紫色。

菲斯穿着一套亮黑色莱卡紧身衣裤,外面套着她的抓绒厚呢滑雪裤和挪威袜子。她看上去棒极了,她相信。除了罗杰,和任何人在一起都会很有趣,至少会挺热闹。

罗杰坐在长桌对面,离得太远,不方便说话。在一个能容纳五百人的房间里，散落着大约十五个食客。没有人是全家一起来的，都是一个人或者两个人。年轻的餐厅雇员们戴着纸帽阴沉地等在长长的自助餐台后面。闪着橘色光芒的金属加热灯在持续地加热牛肋条，罗杰已经盛了一大盘。菲斯只选了几片绿色生菜叶、一个甜菜根、两小勺玉米，没有加沙拉酱。蒂罗尔餐厅难闻的味道让人几乎无法进食。

"你知道我在担心什么吗？"罗杰说道，同时用一把小得可怜的刀锯一块三角形的灰色烤牛肉。他的语气听上去就好像他和菲斯经常在这里一起吃饭，而他只不过是重新说起之前他们说了一半的话题；就好像他们俩并没有从心底里看不起对方。

"不知道，"菲斯说，"是什么？"她注意到罗杰还特意留着他那张红色的自助餐券。规定是你必须把餐券放在面包条旁边的篮子里。聪明的罗杰。她突然很纳闷，罗杰为什么晒黑了？

罗杰笑了，好像他担心的不管是什么事，里面都有某种淫荡下流的成分。"我担心黛西在戒毒所里被治得太好，忘记了发生过的一切，还想要再次结婚。和我，我是说。你知道吗？"罗杰边说边咀嚼着食物。他想要表现得真诚，他的笑是那种严肃的、哀求的、空虚的笑。这是罗杰在坦白。罗杰在说心里话。

"那也许不会发生，"菲斯说，"这只是一种感觉。"她不想再看她零碎的沙拉了。她没有饮食紊乱，永远不可能有。

"也许不会，"罗杰点了点头，"但是我想尽快摆脱指导员的工作。开始新的生活。翻开新的一页。"

说实话，罗杰长得并不难看，只不过平庸得吓人：小下巴，小鼻子，小手，小小的牙齿——除了棕色的眼睛过于狭长，好像他有乌克兰血统之外，没有任何特别的地方。黛西嫁给他——她说——是因为他那硕大的话儿。在她看来，这一点——或者更重要的是，缺少这一点——是许多婚姻失败的原因。当其他的一切都消失了，那话儿还在那里。她跟菲斯说过，文斯的甚至更大。就这样。黛西把人生都投入对这种特殊事物的追求中。是那话儿，而不是大学。

"你接下来到底想做什么？"菲斯说。她心里在想，要是黛西从戒毒所出来后真的忘记了过去发生的一切，那该有多好。回到一切都还正常的时候似乎是个不错的解决方案。

"这个嘛，可能听起来会很疯狂，"罗杰说，嘴里嚼着食物，"在田纳西州有家公司专门把喷气式客机拆成废品卖。这里面有很多钱。我想电影业就是这么开始的。都是些不用脑子的计划。"罗杰用叉子戳着通心粉沙拉。他的盘子里还有一颗瑞典肉丸。

"这听上去不疯狂。"菲斯在说谎，然后她渴望地看向自助餐台。也许她终究还是饿了。但是瑞典式自助餐是指桌子上放满食物还是指吃这些食物？

她注意到，罗杰很随意地把餐券塞进了口袋。

"那么，你觉得你会这么做吗？"菲斯问的是把喷气式飞机拆掉赚大钱的天才计划。

"孩子们要上学，这很难。"罗杰清醒地承认，故意忽略了那最明显的一点——这根本不是个天才计划。

菲斯的目光再次望向别处。她意识到这间大厅里没有人穿成她那样，这提醒了她自己是谁。她不是雪山高原（即使她曾经是）。她不是桑达斯基。她甚至不是俄亥俄。她是好莱坞。一座堡垒。

"我能带她们一阵子，"她突然说，"我真的不介意。"她想起甜美的玛乔丽和甜美、不快乐的简穿着她们甜美的睡衣和猴脸拖鞋，坐在丹麦现代沙发上，看着她装饰那棵塑料橡胶树。与此同时，她想到罗杰和黛西在从戒毒所胜利归来的路上死于一场交通事故。你无法控制自己的想法。

"她们要去哪里上学？"罗杰说道，对某个意想不到的情况警觉起来。他可能会喜欢的情况。

"抱歉你说什么？"菲斯说，对着罗杰——有着大阳具、眯缝眼的罗杰第二次露出电影明星式的微笑。她因为刚才想到他适时的死亡而有点分心。

"我是说，她们要去哪里上学？"罗杰眨了眨眼。他就是那么警觉。

"我不知道。好莱坞中学，我想。他们在加利福尼亚有几所学校，我能找到一所。"

"我得好好想想。"罗杰果断地说谎道。

"好吧，好好想想。"菲斯说。既然现在她说出了口，虽然之前连想都没想过，这就成了日常现实的一部分。很快她就能成为简和玛乔丽的家长。就这么简单。"等你在田纳西安顿下来后可以再把她们接回去。"她语气不确定地说道。

"到那时她们可能不愿意回来了，"罗杰说，"田纳西似乎很无聊。"

"俄亥俄也很无聊。但她们喜欢。"

"这倒是的。"罗杰说。

在商量这个新安排的时候,没有人想到要提及黛西。虽然黛西,也就是两个孩子的母亲,在别的地方专心于下一个人生阶段。而罗杰需要重新开启新的生活,需要把"指导员"抛到脑后。要紧的事先做。

现在外面的灯火盛会已经开始了——一条飘动的火炬光带无声地从专业滑道上滑下来,就像人肉火山岩浆在流动。透过全景窗看出去,一切都清晰得不可思议。一大群观众聚集在滑道底部的雪栅栏后面,许多人举着纸卷的蜡烛,就像在"感恩而死"乐队的演唱会上一样。所有的人造灯光都熄灭了,除了山顶上那棵圣诞云杉。那些年轻的自助餐侍者,穿着围裙,戴着纸帽,聚集在窗前,再次见证这项活动。有人在窃笑。有人还记得把蒂罗尔大厅的灯关了。晚餐暂停。

"你做过高山速降滑雪吗?"罗杰问,在半明半暗中俯身在他的空盘子上。出于某种原因,他在轻声低语。事情可能真的会变好,菲斯明白他心里的想法:跟女儿们说再见。拆除大量喷气式飞机。只要表现得友好,这样的事就会发生。

"没有,从来没有,"菲斯说,做梦般地看着火炬手从一边滑向另一边,平缓地、蜿蜒地、毫无戏剧性地向下滑行,"这让我感到害怕。"

"你会习惯的。"罗杰出乎意料地把手伸过桌子,伸向她放在没有吃完的沙拉两侧的手。他碰到了其中一只,然后拍了拍。"顺便说一声,"罗杰说,"谢谢。我是认真的。非常感谢。"

回到公寓,一片寂静。艾丝特和女孩们还在溜冰场。罗杰走去了暖房。他在克林顿港有个女朋友,以前是中学辅导员,现在离婚了。他会打电话给她,告诉她他的田纳西新计划,并补充说他多么希望此时能和她一起在雪山高原,而他的家人可能就去了卢旺达。她叫鲍比。

现在绝对应该给杰克打个电话了。但菲斯还是决定先把新装饰的橡胶树移到窗边,那里有一个电源插座。当她插上电源,大多数小白灯都快乐地亮了起来。只有几个没亮,盒子里还有灯泡可以替换。这是进步。等到明天,她们可以一起把星星粘到树顶上——这是她父亲最喜欢的仪式。"现在是星星时间,"他总是说,"智者之星。"她父亲是个音乐家,木管乐器专家。一个有才华的男人,当然也是个酒鬼。一个研究自己妻子之外的女人的专家。他在一所专科学校全心全意地教学,养活这个家。他希望菲斯成为律师,所以她很自然地成了律师。他对黛西没有什么特别的规划,所以她很自然地成了酒鬼,并在一段时间之后,又变成一个精力充沛的花痴。最后他死了,死在家里。一家之长。从那时开始,而不是到那时为止,她母亲开始发胖。"当然,还有我穿得下的尺码。"她通常会这么说。她把这看成是必然的事:人生失去某些重要东西后的自然结果。

但是,现在要不要打电话给在伦敦或是纽约的杰克(他肯定不在楠塔基特,而且除了工作时间他从来不带手机)。杰克会在哪里？伦敦现在已经过了午夜。纽约的时间和这里一样。八点半。要留言说什么呢？她可以只说她感到孤单；或者说她胸口疼，或者某个测试结果令人担心（这些问题事后都会神秘地消失）。

还是先打给伦敦吧。他的公寓在斯隆巷，离地铁站只有半个街区。他们在奥里尔餐厅吃过早饭，然后杰克去金融城工作而她去泰特美术馆，培根是她的最爱。那儿离雪山高原是如此遥远——这让她拨电话时感到很刺激——一通跨越了很长很长距离的电话。

丁零零，丁零零，丁零零，丁零零，丁零零。没有应答。

还有一个号码，只能留言，但她忘记了。再打一遍，万一刚才拨错了。丁零零，丁零零，丁零零……

那么打给纽约吧。东五十街。非常东面。有一小片漂亮的河景。是他从上大学起就住的避难所。他大学一年级的成绩单装裱好挂在了墙上。一九七一年。她费力把卧室重新装修了一遍。一切都是白色的。一张她坐在船上的照片，面带微笑，皮肤被晒得黝黑，用红色皮革装裱起来。还有一张他们两个在卡波海滩上的合影。这些都离雪山高原很远很远。

丁零零，丁零零，丁零零。然后是哒的一声。"嗨，我是杰克。"——她几乎要回应说"嗨"——"我现在不在家，等等，等等。"然后是哔的一声。

"圣诞快乐，是我。嗯，菲斯。"她卡住了，但完全没有慌乱。她可以就这样把一切都告诉他。今天发生的一切：原子能烟囱，塑料橡胶树，灯火盛会，自助餐，几年前的艾迪，女孩们搬到加利福尼亚的计划。所有契合圣诞节的事情。"嗯，我只是想说，我……

很好，我相信——应该说希望——希望你也很好。我会在圣诞后回家——海滩边的那个家。我很想——应该说希望——听到你的消息。我在雪山高原。在密歇根。"她停下来，在心里和自己讨论还有没有其他值得说的。没有了。然后她意识到（已经太晚了）她对着他的电话留言机说话就像对着自己的录音机一样。没办法修改。太糟了。她的错。"好吧，再见。"她说，意识到这听起来有点僵硬，但没办法改了。反正对他们来说，一切都结束了。谁在乎？她喊道。

北欧一号滑道上亮着灯，跟公寓里那棵圣诞树差不多柔和的白色灯光，一串串地挂在精心挑选的冷杉大树枝上——既明亮得不会让你在黑暗中迷路，但也昏暗得不会破坏那神秘的黑夜气氛。

她实际上也不喜欢这种滑雪方式。真的不喜欢。不喜欢吃力地打蜡，不喜欢硬邦邦的租来的靴子、长长的不方便的滑雪板、汗湿的内衣，最后还有可能感冒以及错过工作。健身房更好。大量出汗，然后很快洗干净，回到车上，回到办公室。回到电话前。她喜欢运动，但绝不是运动疯子。不过，现在这样也吓不倒她。

晚上北欧一号滑道上没有其他人，灯火盛会把其他滑雪者都吸引过去了。两个日本人在滑道的起点处交谈，黄皮肤的小个子男人，穿着明亮的黄绿色莱卡滑雪服——光滑而严肃的脸，粗壮的大腿，鼓鼓的、没有赘肉的手臂——开始挑战严酷的滑道，"猛兽"，北欧三号滑道。他们头上戴着煤矿工人的那种小头灯，用来照亮前行的路。他们一转眼就不见了。

这里的雪几乎随着她的每一下滑行而嗡嗡作响。当她在几近漆黑的树林里大步向前滑时，一轮满月从镶着金银边的云彩后面升起来。她能听到风吹动着最高的松树和铁杉的树梢，但地面上感觉不到一丝风，只有从金属般的雪地上反射上来的寒冷。实际上，只有她的耳朵感觉到寒冷，还有沿着发际线冒出来的汗珠。几乎感受不到心跳。她很健康。

有一瞬间她听见了远处的音乐，在乐队伴奏下的歌声。她停下来细听。音乐穿过树林传来。奇怪。那可能是罗杰，在几个深呼吸的间歇，她心想；罗杰在卡拉OK厅登台演唱，在黑暗中对着其他孤独的灵魂唱着他最拿手的金曲。《蓝色河湾》《雷拉》《汤米》《努力回忆》。罗杰在安全距离之外。她意识到，她的头发在月光下闪闪发光。如果有人在看她，她至少看上去很美。

她透过树林向下俯瞰暗夜，突然看见某座亮着光的多层木屋在山下，光透过窗户照出来，像某部保罗·穆尼电影里有着异国情调的赌场，这不是很浪漫吗？优雅的滑冰者在亮着灯的溜冰场上滑冰。一台装饰着花环的升降机仍在缓慢地上升，几个最后的登山者在熄灯前做着最后的攀登。山顶上的那棵大树闪闪发光。

只是，这里不是密歇根最漂亮的地方。没什么可看的东西——只有黑暗的树干，冰冷的枯枝，云杉树枝上挂着厚厚的积雪。

她的身体越来越僵硬。就那么快。新的肌肉在拉伸。最好不要滑得太远。

她的妹妹黛西出现在她脑海里。黛西很快就会带着全新的人生观走出医院。她在里面当然经受过那十二步针对匮乏和悔恨的惯常疗程。一定有某个人，在某个地方，在某个时间，甚至可能是几十年前，在黛西最柔弱的年纪，以某种不正当的、有损她身心健康的方式碰过她，而且在一连好几年可怕的沉默中，不止一次，是许多次。这个罪犯可能是年长几岁的、可疑的邻家青年——一个孤僻的人——也可能是一个过分慈祥可亲的学校图书管理员。甚至是她们的父亲，也要接受死后的审视（一如既往，过去的事情总是无法证明，因而也无可争辩）。

自然，每个人都会被要求牺牲一定的尊严，因为这个来自过去的劲爆新闻：那是一个比任何人想象的致命得多的世界，一切都不是我们想象的那样；有么多事情隐藏在视线之外；要是有谁知道，就可能说出来，打开沟通渠道，可以信任、倾诉，等等。她们的母亲肯定什么都不怀疑，但无疑应该怀疑的。也许黛西自己都会暗示菲斯是同性恋。这是雪球效应。没有人是安全的，没有人是无辜的。

在前方的暗影中，在离开滑道一英里的地方，一号避风亭坐落在北欧一号滑道的右边——一小块空地上的黑暗树丛，一个供人休息和等待其他人（如果有其他人的话）追上来的地方。一个转身回去的完美地点。

一号避风亭毫无特色，只是一个用原木搭建而成的乡村校车一样的围栏，一侧敞开着。外面的雪地上扔着一些面包皮、一块比萨、一些揉成一团的纸巾和三个啤酒罐——招待森林动物——每一样都在白色的表面投下小小的影子。

但是，坐在里面阴暗长凳上的不是学生，而是她的妹夫罗杰，穿着粉蓝色的滑雪套装和登山靴。他居然没有在唱卡拉OK。她注意到滑道上没有靴子的痕迹。罗杰比起初看起来更有本事。

"这里冷得够呛。"罗杰在一号避风亭的阴影里说。他现在没有戴黑框眼镜，只勉强看得见，但是她能感觉到他在笑——他的棕色眼睛甚至更细了。

"你在这里干什么，罗杰？"菲斯问道。

"哦，"罗杰在阴影里说，"只是随便上来走走。"他交叉着双臂，并把登山靴伸进雪光中，就像某种高中生的小流氓。

"来干什么？"她的膝盖在滑过这段后变得打结虚弱。她的心开始怦怦直跳。嘴唇上冒出的汗在变得冰冷。气温在零下二十度左右。在冬天，最普通的地方也会变得致命。

"没有什么风险嘛。"罗杰说。他在嘲讽她。

"我要从这里折回去了，"菲斯壮胆说道，"你想和我一起下山吗？"她现在希望有更多的光。更多的光。亭子里有个灯泡就好了。在黑暗中发生的坏事，在灯光下是不可想象的。

"生活会把你带到一些非常有趣的地方，不是吗，菲斯？"

她想要报以微笑，不去感受罗杰的威胁，此刻他应该和女儿们在一起。

"我想是的。"她说。她在干燥的空气中闻到了酒精的味道。他喝醉了，在胡言乱语。糟糕的巧合。

"你很漂亮。非常漂亮。大律师，"罗杰说道，"你为什么不进来呢？"

"哦，不了，谢谢。"菲斯说。罗杰令人厌恶，但他还是家人，她手足无措，不知道该怎么办——这是最不寻常的情况。她希望自己在滑雪板上能更加敏捷，向上一跃，就发现自己转身滑走了。

"我一直在想，在适当的时候，我们可以找点真正的乐子。"罗杰继续说。

"罗杰，这不是一件好事。"不管他要做什么。她想瞪他一眼，接着就发现自己的膝盖在颤抖。她感觉自己在滑雪板上非常非常高，非常容易被够到。

"这是一件好事，"罗杰说，"我来就是为了这个。找些乐子。"

"我不希望我们在这里做任何事，罗杰，"菲斯说，"可以吗？"她意识到，这就是恐惧的感觉——就像你午夜在某个停车场，或者独自一人在废弃的工厂区慢跑，或者在凌晨进入房门前摸索着你的钥匙时的感觉。这感觉触手可及。然后，突然，一个人出现了。答对了。一个普通得让人受不了的、没有计划的男人。

"不，不。这绝对不可以。"罗杰站了起来，但仍在暗影里。"大律师。"他又说道，仍然咧着嘴笑。

"我要掉头了。"菲斯说，开始很不稳定地把长长的左滑雪板移出小路，然后靠在滑雪杖上，抬起右滑雪板。她感到眩晕，小腿很疼，而且不让两支滑雪板的顶端碰在一起还挺难的。但保持站姿很重要。跌倒就意味着投降。那个滑雪术语是怎么说来着？泰勒[①]……泰勒什么。她希望她能用泰勒什么。用该死的泰勒什么技

[①] 原文是 Tele。菲斯没想起来的这个滑雪术语是泰勒马克滑雪（Telemark skiing），是一种起源于挪威的滑雪转弯的屈膝技术，也叫"屈膝转弯"。

术离开这里。她的大腿在灼烧。她心想，在加利福尼亚，她是一名法庭官员。一名公职人员，宣誓维护法律——尽管不是执法者。她是善的力量。

"你站在那里看上去很傻。"罗杰很傻地说。

她不想再多说什么了。没什么可说的。此刻说话是要付出代价的，而她正非常努力地集中精力。有一瞬间，她想她又听见了音乐，远处的音乐。不可能。

"等你转过身来，"罗杰说，"我想给你看样东西。"他没有说是什么。她在心里——滑雪板一次移动几英寸，她的脚踝沉重——在心里说："然后呢？"但她没有说出来。

"我真讨厌你那该死的家庭。"罗杰说。他的登山靴在雪地上发出嘎吱嘎吱的响声。她侧头看了一眼，但不敢直接看他。他在靠近。她会跌倒，然后发生戏剧性而令人遗憾的事情。罗杰做了一个他可能认为很戏剧化的动作——尽管她看不到——拉开了他滑雪衫的拉链。他故意让她听见这声音。她已经转过了大半个身子。如果她想，她可以越过左肩看到他。看一眼，看看他为什么这么激动。她在流汗。她里面已经湿透了。

"是的，生活会把你带入一些非常有趣的境地。"他在重复自己的话。又传来拉拉链的声音。这就是在罗杰的世界观里的大乐子。

"是的，"她说，"的确是。"她现在已经几乎全部转过身去。

她听见罗杰笑了一声，一声不怎么幽默的"哼哈"。然后他说："差不多。"她听见他的靴子发出嘎吱嘎吱的声音。她感觉到那个实实在在的罗杰就在她身边。这无疑可以帮他强调他有多么恨她的家庭。

有人的声音——救命的声音——从她身后传来。她忍不住回头越过自己的左肩头看去，看向前方延伸进黑暗树林的滑道。有点光，跟着是另一点光，像星星从空中掉下来。人声，话语，她听不太懂的语言。日语。她没有看向罗杰，而是滑了一步，她的左腿，向前进入滑道，让她的右腿跟着找到自己的位置，用力撑住滑雪杖。就用这点力气，她抓住这么短暂的一点时间离开了。她好像听见罗杰说了什么，又一声"哼哈"，低沉的嘟囔，但她不确定。

公寓里所有人都睡了。塑料橡胶树上的灯在闪烁。灯光映在窗上，窗户正对着滑雪场，那里现在一片漆黑。她注意到有人（是她母亲）花时间更换了坏的灯泡，让整棵树完全亮了起来。那颗金星，引领智者的星星，像海星一样躺在咖啡桌上，等待着被安放在恰当的位置。

年纪小、更可爱的孩子玛乔丽在绿色沙发上睡着了，就在勃鲁盖尔的风景画下面。她离开自己的床睡在树旁边，还带来了粉红色的被子。

很自然，菲斯把罗杰锁在门外。罗杰可以在雪地里寒冷而孤独地死去。或者睡在门廊里，或者睡在雪山高原综合设施的某个热气管旁边，他可以自己向保安人员解释。罗杰今晚不会和他的两个漂亮女儿睡在一起。她现在就插手管。这两个女孩是她的。但是她多么天真，竟然没有想到罗杰会马上把她领养这两个女孩的提议理解为邀请他和自己上床。她在加利福尼亚待得太久，已经不了解中部的美国人。真奇怪，罗杰也会说"该死的"。他可能还把圣诞说成"耶诞"。

溜冰场上，有两支队伍在高亮的白色灯光下打冰球。红队对黑队。球门搬了上来，大溜冰场被隔成了冰球比赛场的形状和大小。一些观众站在那里观看，是球员的妻子和女朋友们。博因城队对佩托斯基市队，凯迪拉克队对希博伊根队，诸如此类。女孩们的白色溜冰鞋堆在门边，而门现在被她锁死了。

把这颗星星放上去应该会很不错，她心想。"现在是放星星的时间了。"谁知道明天会发生什么？智者的到来不会伤害什么。

于是，菲斯拿着那颗薄薄的星星，用光亮的铝箔纸做成的又大又轻的金色五角星，站在丹麦餐桌椅上，把开槽的扣件安在橡胶树最上面的叶子上。不完全妥帖，树顶没有可以固定的小树枝，所以星星不是立着的，而是耷拉在顶端，有点悲伤，又有点好笑，但仍旧带着胜利的意味。（这样装点这棵树可能是菲律宾的树木种植者从未想象过的。）明天其他人可以给这棵树加点什么，用荒谬或能激发灵感的原材料发明出一些装饰物。明天罗杰会自行恢复，成为所有人的好朋友。除了她。

玛乔丽的眼睛睁开了，但她仍旧躺在沙发上没有动。有那么一会儿，也只那么一会儿，她看上去像死了一样。"我睡着了。"她柔声说，眨了眨棕色的眼睛。

"哦，我看见你了，"菲斯微笑着说，"我以为你是另一件圣诞礼物呢。我以为圣诞老人之前来过这里，把你留给我了呢。"她小心翼翼地坐到纺锤形的咖啡桌上，紧靠在玛乔丽身边——也许孩子有什么担忧要说，或讲述一个噩梦。恐惧。她用手轻抚着玛乔丽温暖的头发。

玛乔丽深吸了一口气，又从鼻孔里平顺地呼出。"简睡着了。"她说。

"你现在想到床上去吗？"菲斯轻声说。也许她听见了一声轻轻的敲门声——那扇被她锁死的门。那扇她不会打开的门。世界和所有麻烦都等在外面的门。玛乔丽的目光循着声音的方向看了看，又陷入梦乡。她很安全。

"让树亮着灯。"睡意蒙眬的玛乔丽指示道。

"当然，好的，当然，"菲斯说，"树会一直亮着。我们让树亮着。"

她把手臂伸到玛乔丽身下，而玛乔丽习惯性地伸手抱住了她的脖子。一瞬间菲斯就把玛乔丽抱在怀里，粉红色的被子和所有的东西，毫不费力地把她抱进了昏暗的卧室，她的姐姐正睡在其中一张小床上。她小心地把玛乔丽放到空床上，重新给她盖好被子。又一次，她想她听见了轻轻的敲门声，但是声音停止了。她相信今晚不会再响了。

简面向墙壁睡着，她的呼吸声深沉而清晰。简睡得很好，玛乔丽就不那么安稳了。菲斯站在黑暗的、没有窗的房间中央，在两张小床之间，闪烁的圣诞灯光萦绕着以如此大的代价换来的寂静。房间里弥漫着潮湿发霉的味道，仿佛它关闭了好几个月，只是为了这个目的、这个夜晚、这些孩子才打开来。要是她能短暂地记起她曾经认为属于自己的圣诞该有多好。"好的，"她轻声说着，"好的，好的,好的。"

菲斯在主人套房里脱衣服,累得连澡也洗不动了。她母亲睡在大床的一边。她像座小山,能看得见她在被子下面呼吸。床头柜上放着一杯喝了一半的红酒,旁边是她的颈托。床头的墙上挂着一幅画,画上是平静的蓝色大海上的一艘白色帆船。菲斯半掩上门开始脱衣服,那闪烁的圣诞灯光就像是屏障。

今晚她会穿上睡衣,为了她母亲。她已经买了一套新的。白色,真丝的,像水一样顺滑。蓝色的丝质绲边。

她在廉价的波浪形门镜中意外看见了自己。一切都很好。只是左胸上有一道苍白的小伤疤,那是摘除囊肿留下来的,没有人会看见的、无关紧要的伤疤。但效果仍然不错。纤瘦坚硬的大腿。扁平漂亮的小腹。男孩子般的臀部。整个形象无可挑剔。

她需要喝杯水。她上床前总要喝一杯水,从不喝红酒。当她经过客厅的窗户,走向厨房时,她看见冰球比赛结束了。已经过了午夜。球员们在冰面上互相握手致意,其他人则在绕着大圈滑行。溜冰场上方的专业滑道上,灯又点亮了。开着前大灯的机器以陡峭的角度、冒着极大的风险清扫着积雪。

她看见了罗杰。他在从溜冰场到公寓的半路上,穿着粉蓝色的滑雪衫往回走。他刚刚看完冰球比赛,毫无疑问。罗杰停下来,抬头看向她站的位置,她穿着白色睡衣站在窗前,灯光闪烁的圣诞树是她的背景。他驻足凝视。他找到了他的黑框眼镜。他的嘴在动,但他没有做任何手势。这家旅馆里没有地方留给罗杰了。

躺到床上，她的母亲显得更加庞大。一个巨大的热源，菲斯触碰到她的背脊时感到隐约的潮湿。她母亲穿着蓝色的方格棉布睡衣，它和她白天的那件袍子没什么区别。她散发着一种意想不到的好闻的味道，很强烈。

菲斯心想，她有多久没和母亲睡在一起了。一百年？二十年？但是好在现在还是感到很自然。

她开着卧室的门，以防女孩们叫她，以防她们醒来后感到害怕，以防她们想念父亲。门廊外圣诞树的灯光在欢快地闪烁。她能听见雪从屋顶滑落的声音，一辆带防滑链的汽车在某个看不见的地方驶过，轻轻地叮当作响。她本想打电话留言但最后放弃了。

她心想，她母亲纤瘦漂亮的样子是多久以前的事了？六十年代？事实上，不是很久之前。她那时还是个小女孩。它们——六十年代——似乎总是那么近。尽管对她母亲来说可能不是。

闪烁，闪烁，闪烁，灯光闪烁。

婚姻。是的，现在她自然会想到这一点。不过，也许婚姻只是一片广袤的自我揭示的平原，而在这平原的尽头，还有一个并不了解你的人。这就是她可以给杰克留的信息。"亲爱的杰克，我现在知道了，婚姻是一片广袤的平原，它的尽头有这个那个，等等。"你总是太晚才想到这些事情。菲斯听到什么地方传来微弱的音乐，《身陷马槽》，演奏得非常和谐。这是能听着入睡的音乐。

明天会怎样呢？不是那个永恒的明天，而是眼前的、现实的明天。她的大腿感觉很僵硬，但她正在慢慢放松。她的母亲，身边的这座大山，正面朝别处。明天，罗杰真的会恢复正常吗？是的，是的。明天会有棋盘游戏。换上新外套。打完该打的电话。她会找时间问她母亲小时候家里有没有人遭受过虐待，然后高兴地发现没有。异样的眼神会在她们俩之间以及所有人之间传递。为了大家好，某些名字和话语会避而不谈。女孩们将再次学习如何滑雪并乐在其中。会说笑话。他们会感觉好些，重新成为一家人。圣诞节一切都会好的。

视线之外

开车去尼克尔森家晚餐的路上——这是一段时间以来他们的第一次——玛乔丽·里夫斯告诉丈夫史蒂芬·里夫斯,一年前她和乔治·尼克尔森(他们要赴宴的主人)有过一段婚外情,但现在一切都结束了,她希望他——史蒂芬——不要为这事太生气,能够照常生活。

说这事的时候,他们正沿着奎克大桥路行驶,离开了帕金斯大森林路,开始接近香尼普塞特水库,水库隐藏在暗影里,在晚春的暮光中静谧地映射出来。右边是茂密的小树,山毛榉和树叶青嫩的桤木树苗,地面潮湿松软。青蛙在有水的低地里叫唤着。他们离苹果园小道的那个转弯口还有一英里。

听到这个消息后,史蒂芬开始慢慢地、非常小心地驾驶他们的车——一辆有着黄色头灯的棕褐色奔驰休旅车——离开奎克大桥路,开上了杂草丛生的潮湿的路肩,这样他可以在继续前行之前妥善地消化这些信息。

他们非常年轻。史蒂芬·里夫斯二十八岁。玛乔丽·里夫斯小一岁。他们并不富有,但他们比较幸运。史蒂芬在帕克-威尔斯公司工作，那是家为汽车工业服务的小型预加工企业，他在其中一个大部门里的小部门当头，在那里任何对聚合流程的突然改动，甚至是可能要改动的传闻，都会颠覆整个重要的需求模式，从而影响许多重要客户职位的风险度和舒适度。他的工作就是关注各种深奥难懂的石化行业刊物，参加技术研讨会，飞到各地参加供应商大会，然后撰写详细的状况报告，以便他的上司们随时了解市场动态。他曾经获得贝兹学院的奖学金，主修化学，是缅因州佩马奎德市一个贫穷但正直的捕虾家庭的独生子，并且表现优异。他在帕克-威尔斯的老板们都喜欢他，在他身上看见了自己的影子，还看见了他们从未真正拥有的品质——金发瘦弱的毛头小子很容易在工作中受骗上当，但是他的谨慎、机敏和不折不扣的韧性支撑着他。他很机灵。这是他在这家公司工作的第七年——他的第一份工作。他和玛乔丽已经结婚两年，没有孩子。这辆车是两年前的圣诞奖金。

车缓缓停下后，史蒂芬让发动机空转着坐了一分钟，橙红色的仪表盘灯光照亮了他的脸。收音机一直在轻柔地播放——最后一条新闻，然后插进一段法国圆号。对任何信号都没有什么反应，他关掉了收音机，同时关掉了点火装置，只让车头灯照耀着空旷无人的乡间小路。车窗开着，让春天的新鲜空气进来，当发动机的声音停止时，夜晚的环境声在等待着。蛙声。几码外翅膀拍打灌木丛的声音。某样东西掉进水里的声音。小树苗丛后面就是西面，透过昏暗的树干看，那里的天空仍然因白日的光线泛着亮黄色，而奎克大桥路这边已经接近全黑了。

玛乔丽说刚才那番话时，一直目视前方，看着车头灯在黑暗中打出来的一条光的小路。也许她看了史蒂芬一眼，但话说完后，她就把双手放在腿上，继续看着前方。她是个漂亮的、没有坚定信念的金发姑娘，有着娇小端庄的五官——娇小的鼻子，娇小的耳朵，娇小的下巴，尽管笑起来时嘴唇会变得令人吃惊的丰润，她对所有人都这样笑。她喜欢在派对上喝得微醺，压低嗓音，坐在花纹图案的矮凳或者粗木桌面上，拿着一杯什么酒，露出过多的大腿或不恰当地展示她小小的胸部。她在印第安纳长大，在普渡大学学习艺术。史蒂芬是在纽约的一个派对上认识她的，当时她在一家专为某大型玩具制造商制作儿童广告的公司工作。他喜欢她的短发、柔弱娇小的五官、半透明的肌肤和轻微沙哑的嗓音，这嗓音让她显得比实际年龄更成熟，但也让她自以为真的很成熟。在他们位于哈特福德东部的社区，认识玛乔丽的女人都认为她是个荡妇，和可爱的史蒂芬·里夫斯的婚姻维持不了太久。他的第二任妻子才会真正适合他。玛乔丽只是开胃品。

然而，玛乔丽并不这么想自己，她只不过喜欢男人，和男人在一起让她感到快乐和自信，并认为史蒂芬会没有意见，从长远来看有一个漂亮热情、无人能轻易归类的妻子对他的事业会有帮助。为了让自己与众不同并对社区产生兴趣，她去哈特福德的一家儿童中心当义工，那里全是黑人。正是在哈特福德，她有机会遇见乔治·尼克尔森并在红屋顶旅馆跟他睡了，直到他们两个都厌倦为止。在她看来，这种事再也不会发生了，因为已经有一年没有发生了。

有两分钟,也可能是五分钟,他们在这凛冽的傍晚坐在奎克大桥路的路肩,任由春天的噪声从车窗里飘进又飘出,玛乔丽什么也没说,史蒂芬也什么都没说,尽管他意识到自己不说话是因为一个字也说不出来。他意识到,失语意味着在听到刚才的事情后,脑海中似乎没有什么有趣的事情可说。他知道他是个新手——在某些方面还是个孩子——但是他不蠢。在贝兹学院,他上过苏多夫斯基博士讲解《尤利西斯》的课程,结束的时候对讽刺和幽默有了新的认识,相信真正的知识是一个精神历程,是一种追求,而不是储存干巴巴的事实——就像自由,你只有在实践中才能充分体验到。他也打过冰球,知道知识和攻击性是一对微妙的、令人吃惊的、不寻常的组合。他在帕克-威尔斯公司实践着这两样。

但是在这阴冷沉重的半明半暗中,有那么短暂而恐惧的一瞬间,就在他开始体验到失语时,他进入或者至少是几乎陷入了一种虚弱的恍惚状态,他开始恐惧自己也许再也说不出话来;某件事(工作疲劳、震惊、玛乔丽的坦白带来的失望)在那一刻让他脱离现实、逃离当下,事实上他开始失去理智,变得疯狂,有可能会开始像黑猩猩一样胡言乱语,或者只是靠在带坐垫的门上慢慢倒向一边,很久很久——几个月——都不说话,然后只有借助药物才能说出一些密码般的简单语音,最终只能在达马里斯科塔母亲家的照顾下度过余生。一个可怕的念头。

所以为了避免这样——为了挽救自己的生命和理智——他突然蹦出一个词,他能够在这辆散发着香气和微光的车里说出的任何一个词,他妻子显然在期待他对她不愉快的坦白有所表示。

不知道为什么，他说出来的这个词——确切地说是个短语——是"地面杂波"。他在他们穿着打扮准备出发时从电视天气预报里听到的一个说法。

"嗯？"玛乔丽说，"那是什么？"她把那张漂亮、娇小的脸转向他，她的珍珠耳环正好被某个未知的光源照亮。她穿着一件绿色的酒会小礼服、一双绿色的缎面鞋，露出她纤细得令人难以置信的脚踝和苗条的棕色小腿。头上戴着两个绿色的小蝴蝶结。她闻上去甜甜的。"我知道这不是你想听到的，史蒂芬，"她说道，"但是我觉得应该在我们到达乔治家之前告诉你。我是说尼克尔森家。一切都结束了。绝不会再发生了。我向你保证。没人会提这件事。去年搬家的时候我昏了头。我很抱歉。"她把手指聚拢成塔尖形状，好像说这些话时她在非常用力地集中精神。但是现在她又平静地把手放到薄荷绿的大腿上。她特意为今晚去尼克尔森家赴宴买的裙子。她认为乔治会喜欢，史蒂芬也会喜欢。她转过头在车里发出一声轻轻的但仍可察觉的叹息。就在这时，车头灯自动熄灭了。

乔治·尼克尔森是一名律师，毕业于耶鲁大学，身材高大，胸肌发达，汗毛浓密，喜欢打壁球，曾驾驶自己的欣克利61型游艇驶出埃塞克斯，五十岁就从哈特福德收入丰厚的诉讼律师业务中退出，把更多时间投入壁球运动和高水平滑雪上。乔治是史蒂芬公司一个高级合伙人的大学室友，在里夫斯夫妇新婚搬到这个社区时，他"收养"了他们。他们在康涅狄格州的前六个月里，每个星期六玛乔丽都会和乔治的妻子帕西一起去圣公会旧货商店做义工。乔治·尼克尔森曾向史蒂芬回忆起一个难忘的、丰富多彩的夏天，他和几个健壮老水手在缅因州马提尼克斯一起捕捉龙虾。后来，他加入了海军陆战队，前臂上有一个褪色的文身，上面文着锚、球和锁链。但是后来，他睡了史蒂芬的老婆。

终于说了点什么，即使毫无意义，史蒂芬感到一丝阴郁、泄气的解脱，坐在这沉默的车里，坐在玛乔丽身旁，而后者仍然面朝前方。在他复苏的意识里，有两个想法开始打架。一个想法当然是由他对乔治·尼克尔森的印象所引起的。他认为乔治·尼克尔森是个混蛋，但也是个强悍的人物，扫除一切障碍得到了今天的一切。一想到乔治他总会想起马提尼克斯岛的故事，然后脑海中就会浮现出他自己的父亲和他一起在孟希根岛的某片海边拖拽捕虾网的场景。诱饵的臭味，晚春时节海浪的翻滚，迷雾中若隐若现的、树木成行的海岸那令人心安的单调。想到这一连串的景象总会让他隐约地钦佩乔治·尼克尔森，怪异的是，也让他认为自己现在还喜欢乔治，尽管发生了这一切。

与之打架的另一个想法是，玛乔丽性格中的一部分总让她坦白一些令人不安的事，但最终他相信都不是真的：在索格塔克做过一个夏天的站街妓女；读大学时跳过脱衣舞；尝试过海洛因；在她的家乡印第安纳的戈申市和高中男友一起参与过持枪抢劫。她在讲述这些不着边际的故事时会变得心不在焉，摇着头，就好像它们都是真的。而现在，虽然他并不特别认为这些故事中的任何一个变得真实了，但他的确意识到，他根本不了解他的妻子；事实上，了解另一个人的整个概念——信任、亲密、婚姻本身——虽然不完全是谎言，因为它曾经在某个地方存在过，即使只是作为一个想法（在他父母的人生中,即使只是勉强存在),也是完全过时的、不再起作用的,是另一个时代的特征,但不幸的是现在这一切都已不复存在了。认识一个女孩,坠入爱河,结婚,搬到康涅狄格州,买一栋该死的房子,和她一起开始生活,然后你就以为自己真的了解她——这最后一部分完全是虚构,让前面的一切都成了笑话。玛乔丽也许真的是个妓女,或者抢劫过便利店,对人开过枪——就他对她的了解而言。而更重要的是,如果他对她说起这些想法,就像现在这样坐在他身旁以为他什么都不知道,她要么一个字都听不懂,要么干脆简单地说:"好吧,没关系。"当人们谈论底线的时候,史蒂芬·里夫斯认为,他们不是在谈论钱,而是在谈论这意味着什么,这种致命的无知。钱——亏钱,挣钱,花钱,存钱——尽管是个好东西,但只是一个符号,象征着此时此刻正在发生的事。

这时,有两道汽车大灯的光形成一道弧线投在他们坐着的旅行车的前方。灯光照亮了他们两人苍白的脸,他们注视着前方,一言不发。灯光还照亮了一只浣熊,它正从水库边穿过公路,向他们旁边的树林走去。汽车开的速度比看上去的要快。浣熊停下来看了看渐渐逼近的光束,然后继续走进安全的对面车道。但就在这时,它抬起头,注意到史蒂芬和玛乔丽的车停在路肩,在阴暗的夜色中沉默不语。正是因为这一瞥,它一定觉得它原本待着的地方比它要去的地方更好,于是转身蹦跳着重新穿过奎克大桥路,跑向水库凉爽的水域,而这导致那辆车——实际上是一辆老旧的福特皮卡——轰隆隆地撞上它,把它甩飞,然后旋转着落在对面的路肩附近一动不动。"啊——呀——哟!"一个男人尖锐的声音从皮卡黑暗的驾驶室里传出来，后面跟着另一个男人的笑声。

接着一切又变得非常寂静。浣熊躺在距离里夫斯的车二十码的地上。它没有挣扎。它只是躺在那里。

"真恶心。"玛乔丽说道。

史蒂芬什么也没说，尽管他不像刚才那样失语。事实上，当他的眼睛盯着浣熊一动不动的尸体时，他感到松了一口气。

"我们要做些什么吗？"玛乔丽说。她把身子向前探了几英寸，透过挡风玻璃研究浣熊的情况。在他们西面细长的山毛榉树后面，天色已经暗了下来。

"不。"史蒂芬说。自从玛乔丽在他们赴宴途中说了那句重要的话后，这是他说的第一句话——除了刚才那个毫无意义的词。

就在这时，他打了她。他打了她，在他意识到自己会打她之前，但是在他知道自己想要打她之后。他用张开的手背打她，甚至都没看她一眼，直接打在她的脸上，正中鼻子。而且打得很重。在某种程度上，这更像是个手势而不是击打，尽管他明白，这就是击打。他感觉到她柔软的鼻尖，然后是软骨抵到他手背上的硬骨头。他从没打过女人，甚至从没想过要打玛乔丽，每当他在报纸上看到发生在其他人身上的这类悲剧时，他总以为自己不可能打她。他打过其他人，也被其他人打过，很多次——溜冰场上野蛮的缅因州男孩。但是，不打女孩。他父亲总是清楚地说明这一点。他母亲也说过。

"哦，我的天啊。"玛乔丽被打后就说了这么一句。她立刻用手捂住鼻子，然后静静地坐在车里，两人都没有说话。他并没有心跳加快。手背有一点疼。这是完全陌生的体验。史蒂芬左侧鬓角下面有一块小小的玫瑰色胎记，形状有点像西弗吉尼亚州。他想他现在能感觉到这块胎记的存在。那里的皮肤在刺痛。

而事实是他甚至感到了更大的解脱，对玛乔丽完全没有歉意，后者呆坐在那里，用手捂住鼻子看着前方，像什么都没发生一样。他以为她肯定会哭。她是个爱哭的女子——在她不高兴的时候，在他不小心说错话的时候，在月经快来的时候。哭是自然的。但很显然，对她来说，挨打是一种全新的体验。因此它需要一些新的东西，如果不是新的，那就是通常为其他体验所保留的力量、韧劲和自我控制。

"我现在去不了尼克尔森家了。"玛乔丽几乎是耐心地说道。她拿开手，看着手心，就好像鼻子在手心里。果然，正如她想的那样，有血。他听见她用听起来像是堵住的鼻子吸气然后用嘴巴把气呼出来。她还没有哭。这一刻他甚至不确定自己是否打了她——那是不是只是他脑子里酝酿的一个想法，或者一个没有付诸行动的手势。

但是，他现在想做的是直接跳到最重要的事情上，而不是陷在错误的、无关紧要的细节里。因为他根本不在乎乔治·尼克尔森，也不在乎他们在肮脏的小旅馆里做了什么。玛乔丽绝不会为了乔治·尼克尔森或者像乔治·尼克尔森这样的人而离开他，而乔治·尼克尔森或者像他这样的人——开欣克利游艇的有钱人——也不会为了像玛乔丽这样无足轻重的小女人而抛弃一切。他想到她的鼻子，又红又肿，黏稠的鲜血滴在她绿色的裙子上。他没想到鼻子会被打破。鼻子总能挺住。当然，车里有电话。他可以简单地给派对打个电话。他想象着尼克尔森家那栋大而不规则的白瓦房子在弯曲的车道尽头富丽堂皇地亮着灯，那些漂亮的榆树、脚灯，他们在里面打过球的昏暗的红土网球场，温水游泳池，草地暗处摆放着的随时可能将你绊倒的亨利·摩尔的雕塑。他想象着对某个人——不是乔治·尼克尔森——说玛乔丽病了，她在路边吐了。

但是，他要关注正确的细节。他要跟她搞清楚的是：你感到抱歉吗？（他忘了玛乔丽已经说过抱歉。）这对我们的未来意味着什么？这些才是最重要的细节。

出乎意料的是，那只被皮卡撞得一动不动躺在地上的浣熊，那个在黑暗中模糊的一团，又活了过来，现在正试图拖着自己废了的下半身离开奎克大桥路，拖到草地的边缘，再进入水库边上的低矮树丛。

"哦，看在上帝的分上。"玛乔丽说道，又把手放在她受伤的鼻子上。她看见了浣熊的挣扎，把头扭向一边。

"你难道不感到抱歉吗？"史蒂芬说。

"是的。"玛乔丽说道。她仍然捂着鼻子，就好像她根本没意识到自己捂着鼻子这一事实。可能，他想，已经不那么疼了。没那么糟糕。"我是说不。"她说。

他又想打她——这次是耳朵——但他没有。他不知道为什么没打。没人知道。"好吧，那是什么意思？"他说，第一次感到盛怒。让他盛怒的——他这辈子最让他发狂的——是被置于这样一个境地：他所做的一切都是错的，再也没有对的选择。现在感觉就是这样的境地。"那是什么意思？"他愤怒地又说了一遍，"说真的。"他就应该带她去尼克尔森家，他想，让她鼻子肿着，嘴唇上流着血，鼻孔里塞着东西去面对他们。或者让她坐在车里直到晚餐结束，不然就自己走十一点六英里的路回家。也许乔治会出来用他的路虎载她回家。当然这些都只是想想。"那是什么意思？"他说了第三遍。他被堵在自己的话上，堵在这一点点可怜的好奇心上。

"我告诉你的时候感到很抱歉。"玛乔丽说道，非常镇定。她把手从鼻子上放下来，放到膝盖上。一个绿色蝴蝶结现在落在她裸露的肩上。"尽管不是非常抱歉，"她说，"我抱歉只是因为我不得不告诉你这件事。现在我告诉了，你打了我的脸，可能还打断了我的鼻子，我对任何事都不感到抱歉了——除了那件事。我很后悔嫁给了你，我会尽快修正这个错误。"她仍然没有哭。"所以现在，如果你还有一点善意的话，能不能下车去帮帮那可怜的动物，它被那群该死的乡下人用那辆该死的皮卡撞残了，然后还因为他们是狗屎一样的低等人类而嘲笑它吗？你能帮它一下吗，史蒂芬？这在你的容许范围之内吗？"她猛吸一下鼻子，然后发出一声短促而深沉的、带有挫败感的呻吟。由于鼻子堵塞，她的声音听起来鼻音更重，中西部腔甚至更明显了。

"我很后悔打了你。"史蒂芬·里夫斯说，然后打开车门，走到无声的公路上。

"我知道，"玛乔丽的声音里没有一丝情绪，"你会更后悔的。"

当他穿着棕色西装沿着空荡荡的碎石路走到刚才浣熊被撞后挣扎着拖到的公路边时，那里什么都没有。只有一小摊深色的血迹，他勉强能从坑坑洼洼的路面上看出来，那也可能是一摊油渍。没有浣熊。浣熊用它最后的野性、人类无法想象的意志力积聚起力量，把自己拖进了灌木丛里等死。史蒂芬向下凝望黑暗中那隔开水库的荆棘树丛。那里静止不动。他好像听见低矮的灌木丛中有窸窸窣窣的响声，那头动物可能在那里，它把自己安顿在柔软的青草和潮湿的泥土上，然后永久地睡去。湖边的某个地方传来一个年轻女子的声音，非常清晰的笑声。然后是远处一扇车门关上的声音。然后是另一种门，一扇纱门，啪地被甩上的声音。一个男人的声音在说："哦，不，哦喔喔喔，不。"在水库的另一端，在树林后面，亮起了一点白光，他没想到那里会有房子。他在想心中的怒火要过多久才能消退。他想了一会儿为什么玛乔丽要在此刻向他承认这件事。这好像很奇怪。

然后他听见自己的车发动的声音。奔驰车沉闷的金属柴油发动机的声音。车头灯灵巧地亮起，照在他身上。车里的音乐立刻响了起来。他转过身，正好看见玛乔丽漂亮的脸蛋被那橙色的仪表盘灯光照亮，就像他刚才开车时那样。他看见她的指尖在方向盘上方，听见发动机的轰鸣声。在树林里，他注意到一道奇怪的光线穿过树木，一种黄色的东西，一种从潮湿的低地里冒出来的东西，一阵薄雾，一阵水汽，某种可能有魔力的东西。此刻空气闻起来有点甜。蛙声停止了。这事到此为止。

支　配

玛德琳·格兰维尔站在伊丽莎白二世女王酒店的高窗前，看下面惠灵顿街上那些小小的汽车中哪一辆是她的黄色萨博。亨利·罗斯曼在镜子前打领带。亨利两个小时后要去赶飞机。玛德琳会留在蒙特利尔，她住在这里。

亨利和玛德琳保持这种远远超过普通朋友的关系已经两年了——是除了他们两人以外不想让任何人知道的那种朋友关系（如果别人知道，他们也想清楚了，也没什么大不了，因为根本没人会真正知道）。他们是生意上的合作伙伴。她是名注册会计师，他是她所在公司西部统一集团的美国说客，这家公司专门从事增强型农业食品添加剂，并在国外做大生意。亨利四十九岁，玛德琳三十三岁。作为生意伙伴，他们俩有很多机会一起旅行，经常是去欧洲，在许多家酒店的许多张床上一直待到第二天日上三竿，一起吃过许多非常好的餐厅，一起在无数个阳光灿烂的中午出发，在另一些酒店房间或机场、停车场、酒店大堂、出租车等候点、公交车站道别。大部分时间他们是分开的，他们思念彼此，经常通电话，从来不写信。但是每一次在别的地方重逢，他们都会感到惊喜、欢愉、满足，带着感激和幸福感的放松。亨利·罗斯曼住在华盛顿，在那里过着离婚后舒适的单身律师生活。玛德琳和她的孩子以及建筑师丈夫一起住在绿树成荫的郊区。所有和他们有工作来往的人，理所当然知道他们的一切并在背后议论他们。但总体的舆论是他们的关系不会长久；最好不要多管别人的事。带着矛盾心理议论别人做了你自己想要做的事情是加拿大人的特点，玛德琳说。

但是现在，他们已经决定，是时候结束了。他们彼此爱过——他们都承认这一点。尽管他们可能并没有爱情（这是玛德琳的区分）。但是她明白，他们之间有某种感情，可能甚至比爱情更美好，它有着自己强烈而永恒的结构、稠密动荡的内在、令人心荡神驰的高度。确切地说它是雾蒙蒙的，但并非不存在。

和往常一样，有其他人牵涉进来。罗斯曼的生活里没有别人，这没问题。但玛德琳有两个家人。而对这两个人而言，生活许诺了一个持续稳定的前景。所以要么现在就结束这段不只是婚外情的关系——他们俩都同意——要么就走得更远，进入一个没有边界和界限的地带，一个充满可怕风险的地带。他们两个都不想这样。

六个月前，在伦敦，本可以简单结束的——前天亨利在飞来的飞机上这样想。那是一个春天的早上，他和玛德琳一起坐在斯隆广场的露天咖啡座，出租车不断从身边驶过，突然发现他们在那一刻没有话可说了，而他们以前总是有说不完的话——愉快地计划去哪里午餐，演练他们对某个麻烦客户的评估，讨论他们可能会去看的电影的影评，或者用只有他们懂的词汇提到前一晚的做爱——他们之间所有这些投入的、短期的、复杂的安排。爱情，亨利记得当时自己是这么想的，是一长串无关紧要的问题，这些问题的答案是你人生里不可或缺的。而对于这些问题，他们已经用光了有趣的答案。但要在那时结束这一切，在离开家、离开熟悉的环境那么远的地方，未免太轻率了。在那时结束，就意味着他们是连自己都不相信的那种人：这段感情并不重要；他们是没心没肺的人，会做出这种满不在乎的事情；他们要么是煞有介事地做了这些不在乎的事，要么就是根本不了解自己。这些好像都不是真的。

所以他们继续。尽管在后面的几个月里，他们的电话交谈越来越少也越来越简短。亨利独自去了巴黎两次。他在华盛顿和一个女子开始了恋情，接着在玛德琳似乎有所发现之前结束了。她的三十三岁生日无声无息地过去了。然后，在计划去旧金山旅行的时候，亨利说他会在蒙特利尔稍作停留。来看看她。他们两个都很清楚。

他到达的那天晚上，他们在圆顶生态园[①]附近一家新开的巴斯克饭店吃了晚饭，玛德琳在报刊上看到了这家饭店。她穿了一件方正的、令人不敢恭维的黑色羊毛衫和黑色紧身衣。他们喝了太多的诺尼诺酒，话说得很少，一起走到圣劳伦斯大道，在寒冷的十月夜晚手牵着手，平静地察觉到这样一个事实：如果没有一个共同的未来让他们投入或疏远，生活会很快重复。但是，他们还是回到他在伊丽莎白二世女王酒店的房间，带着真正的热情做爱，并在黑暗中交谈了一个小时，然后玛德琳开车回到她丈夫和儿子身边。

---

① 圆顶生态园是加拿大蒙特利尔的一个著名设施，里面仿造了在美洲大陆发现的四种生态系统供人参观。

后来，一个人躺在床上，躺在温暖的、响着秒针走动声的夜里，亨利心想，和某人分享未来，肯定意味着必须更有技巧地处理生活里的重复。或者这意味着和别人分享未来并不是个好主意，他也许应该开始意识到这一点。

玛德琳一直在窗边哭泣（因为她想哭），就在亨利继续穿衣服的时候，他没有真的忽略她，但也没有真的关注她。她十点回到这里来开车送他去机场。这是他来这里出差时他们的老规矩。她穿着舒适的蓝色灯芯绒裤子，上面是一件带白色小圆领的红色家常套头衫。亨利觉得她的装扮很奇怪，像一面美国国旗。

此刻在房间里，他们两个都没敢靠近床。他们站着喝咖啡，一边谈论着办公室里的小事，提到秋天的天气——早上雾蒙蒙，下午阳光灿烂——蒙特利尔的典型天气，玛德琳评论道。亨利在浴室梳洗的时候她在看《国家邮报》。

亨利是在起身系领带的时候注意到玛德琳已经停止哭泣，正在审视十二层楼下的街道。

"我刚才在想，"她说，"所有那些你不知道的加拿大的有趣事情。"她戴上了一副透明边框的眼镜，也许是想掩藏她哭过的痕迹，不然就是想让自己看上去有学究气。玛德琳的头发浓密，深稻草色，总是容易变得干燥杂乱，所以她经常用一个银色大发卡把头发往后扎起来，就像今天早上这样。她的脸色苍白，似乎睡得太少，而她的五官看起来愉悦、柔和，嘴唇饱满而有表现力，眉毛又黑又浓，几乎要被头发遮住了。

亨利继续系领带。窗外的城市景观中，有一台巨大的 T 字形塔吊，长长的吊臂看上去像箭一样从玛德琳的脑袋两侧戳出来。他能看见塔吊上绿色的小操作室，看得出有个小人在里面，后面是一扇小窗透出的光。

"比如说所有那些知名的加拿大人你都不会想到他们是加拿大人。"她没有看他，只是向下注视着。

"举个例子？"他用他仅有的法语词汇说。他们在这里说英语。他们能对他说英语。

玛德琳带有优越感地瞥了他一眼。"爸爸妈妈乐队的丹尼·多赫蒂。他来自哈利法克斯。唐纳德·萨瑟兰来自滨海某省。我猜，是爱德华王子岛。"

玛德琳变得同她实际的样子不一样了——他一直觉得她的这种特质会让人产生奇怪的兴奋感，因为这让她变得难以读懂。通常人们看上去什么样就是什么样，他想。比如说，拘谨的人看上去就很拘谨。玛德琳看上去就像是她的名字所暗示的：略显古板、拘谨、稳重，善于调整自己的反应，坦然做自己，顺应自己的性格特点。

但实际上她根本不是这样的人。她来自哈利法克斯北部，是个健壮的农场女孩，曾经得过青少年冰壶比赛的冠军，喜欢做爱到很晚，喜欢大笑和喝烈酒，有时候还非常不自信。他认为这种不一致是他们的年龄差异造成的（他十六岁时她才出生），其他认识她的人一点都不觉得她不一致。总的来说，他觉得现在的年轻人更容易接受一切，特别是加拿大人。他会想念这一点的。

玛德琳继续对着窗外出神，望着沿世界玛丽女王大教堂一侧排列的汽车。"今天雾有点大,不适合飞,"她说,"我会宁愿待在这里。"

现在是十一点。早餐盘放在凌乱的床上,压着散乱的报纸。亨利喜欢加拿大报纸,他不用去在意那上面所有不好的消息。

亨利·罗斯曼是个大个子,戴眼镜,年轻时长得像演员埃利奥特·古尔德在《鲍勃、卡罗尔、泰德和爱丽丝》里扮演的角色,这一点他也同意,尽管他一直觉得自己比埃利奥特·古尔德扮演的泰德更轻松。罗斯曼既是律师也是说客,代表好几家在世界各地开展业务的大公司。他跟埃利奥特·古尔德一样是犹太人,但他是在罗阿诺克①长大,毕业于弗吉尼亚大学,又上了弗吉尼亚法学院。他的父母曾是小镇医生,现在住在佛罗里达博卡格兰德的独立产权公寓里,轮番体验着无所事事的狂喜和无聊。亨利执业的事务所包括他的两个兄弟戴维和迈克尔,都是诉讼律师。他离婚十年了,有一个女儿在马萨诸塞州的尼德姆,在学校里教书。

玛德琳·格兰维尔对各种成本了如指掌:肥料、火车运输、装满大豆和玉米的集装箱货运船;她了解期货、劳动力成本、货币、货币价格。她在麦吉尔大学学经济学,会说五种语言,曾经待在希腊并梦想成为一名画家,直到她在从雅典到索菲亚的火车上遇见一名年轻英俊的建筑师,并火速嫁给了他。他们在蒙特利尔定居,建筑师在这里有工作室,他们也喜欢这里。罗斯曼觉得她年轻、冲动、令人兴奋,但同时也机智、稳重、聪明。他非常喜欢。这非常

---

① 罗阿诺克,美国弗吉尼亚州的一个城镇。

加拿大。不管怎么说,加拿大在许多方面似乎都优于美国。加拿大更理智,更宽容,更友好,更安全,更少诉讼争论。他想过要在这里退休养老,可能去布雷顿角岛,他从没去过那里。他和玛德琳讨论过一起住在海边。这是那种完全心血来潮的想法,你会在一个星期里满脑子想着它——买地图,打听房价,研究冬天的平均气温——然后就根本不理解你怎么会想要这样。

说真的,罗斯曼热爱华盛顿;喜欢他的生活,喜欢他在国会山后面的大房子,喜欢他在法学院的密友和兄弟们,喜欢这座城市有点古怪、有点破旧的南方味道,喜欢他的扑克牌搭档,喜欢他在宇宙俱乐部的会员身份。他的门路。他偶尔甚至会和前妻劳拉一起吃饭,劳拉和他一样,也是律师,离婚后一直未婚。罗斯曼意识到,你真正是谁,你相信什么,可以从你一直保持着的或者没有希望去改变的东西中看出来。很少有人真的明白这一点;他这个阶层的绝大多数人都认为任何时候任何事情都有可能改变,所以在继续努力成为别的什么。但过不了多久,这些个人的真相就会像座右铭一样自我彰显出来,不管你怎么说、怎么做来抵抗。就是那样。那就是你。亨利·罗斯曼明白他就适合独身生活,不管其他东西有着多大的诱惑。这样很好。

在等他穿戴整齐时,玛德琳用指尖在窗玻璃上写着什么。哭泣已经过去。没有人生气。她只是在自娱自乐。苍白的日光穿过她扎起的黄色头发。

"男人认为女人永远不会改变,女人认为男人总是会改变,"她说,聚精会神,就好像她正在玻璃上写下这些话,"你瞧,他们都错了。"她用指尖轻轻敲了敲窗玻璃,然后噘起下嘴唇以示确认,睁大眼睛,回头看向他。她是个多么复杂的女孩啊,亨利心想;她的人生才刚刚开始受到约束。再过一年她也许会远离这里。和他的这段情事只是一个症状。尽管没有痛苦。

他穿着浆过的衬衫来到窗边,从后面以一种出乎意料的方式环抱住她,像父亲那样。她让自己陷在他怀里,然后转过身把脸贴着他的衬衫,手臂放松地搭在他柔软的腰际。她摘下眼镜等着被亲吻。她闻上去有温暖的香皂味,他抚摸她耳朵下的颈部,那里的肌肤像玻璃一样顺滑。

"什么变了,什么没变?"他温柔地问道。

"哦,"她对着他衬衫的褶皱说,摇了摇头,"嗯。我只是想决定……"

他用他大大的手指按住她绷紧的身体,紧紧地抱住她。"说吧。"他温柔地说。如果她说了,他就能给出一个很好的答案。窗让他的手背感觉到凉意。

"哦,好吧,"她吐了一口气,"我想确定该如何看待这一切。"她慵懒地用鞋底摩擦着他那擦得锃亮的黑色翼尖鞋的鞋头,蹭了蹭。"有些事总是比其他事更真实。我在想,在未来的某一天回想起来,今天的事情会不会显得很真实。你知道吗?"

"会的。"亨利说。现在,他们的思绪并不遥远。如果相距甚远,某人可能会觉得受到了不公平的对待。

"你会更尊重真实的事情,我想,"玛德琳吞咽了一下,然后又吐出一口气,"那些虚假的事会消失,"她的手指轻轻敲着他的背,

"我不想让这些消失在记忆里。"

"不会的,"他说,"我能向你保证。"现在是时候离开房间了。突然间有太多离情别绪冒出来。"一起去吃个午饭怎么样?"

玛德琳叹了口气。"哦,"她说,"是的,午餐很棒。我想吃点午餐。"

床头柜上的电话突然响了,尖厉的铃声把两人都吓了一跳,不知为什么亨利突然看向窗外,仿佛这铃声是从那里传来的。离这儿不远处,在一道漂亮的、树木茂盛的城市山坡上,他看到了最后的树叶——深橙色、暗绿色以及潮湿的棕色。在华盛顿,夏天才刚刚过去。

电话铃响到第四声的时候他惊醒过来。自从他住进来,电话就没有响过。没有人知道他在这里。亨利盯着床边的白色电话。"你不接电话吗?"她问道。他们俩都盯着白色电话。

电话铃响了第五声,非常响,然后停了。

"拨错号了。或者是酒店想知道我有没有离开。"他摸了摸眼镜框。玛德琳看着他眨了眨眼。他意识到,她不觉得是拨错号了。她相信是某个不方便说的人。另一个女人。她之后的下一个,不管是谁。尽管那不是真的。没有下一个。

当电话铃再次响起时,他迅速把白色听筒拿到耳边说:"罗斯曼。"

"你是亨利·罗斯曼吗?"那是一个男人的声音,嘲讽而陌生。

"是的。"他看了看玛德琳,她正用一种看似感兴趣、实则是谴责的眼神看着他。

"好吧，你就是那个来自美国的高价律师亨利·罗斯曼吗？"

"你是谁？"他盯着电话上酒店的名字。伊丽莎白二世。

"怎么了，混蛋，你现在紧张了吗？"这个男人阴森地笑了。

"我不紧张。没有，"亨利说，"你为什么不告诉我你是谁呢。"他再次看了看玛德琳。她不赞成地看着他，好像他在编造整个对话，实际上电话那头早就挂了。

"你他妈的是个没种的奇迹，这就是你，"电话那头的声音说道，"你的窝里还藏着谁。谁在给你吹箫，你这只蟑螂。"

"你为什么不把蟑螂的事先放一边，直接告诉我你是谁呢。"罗斯曼用一种耐心的语气说道，很想把电话扔了。但还没等他动手，男人突然挂断了电话。

那个黑色大吊臂和连着的绿色小房子仍然从玛德琳的脑袋两侧戳出来。电枢上写着"圣风信子"的字样。

"你看上去很震惊。"她说。接着她突然说："哦，不，哦，该死，该死。"她转过身去，用双手捂住脸颊。"别告诉我，"她说，"是杰夫，是吗？该死，该死，该死。"

"我什么都没承认。"亨利说，并感到无比恼火。大厅里马上就会传来响亮的脚步声，他想，然后是吼叫和踢打，一场可怕的打斗会毁了这个房间。所有这些，就发生在他去机场之前。他又想了一遍，他什么都没承认。"我什么都没承认。"他又说了一遍并感到很蠢。

"我得好好想想。"玛德琳说。她看上去脸色苍白，轻轻拍打着双颊，似乎这是在她脑中建立秩序的一种方式。这很戏剧化，他想。"我只是必须冷静一下。"她又说道。

亨利打量着这个拥挤无味的小房间：凌乱的床和银色的早餐用具，插着朵玫瑰花的水晶花瓶，梳妆台和略带灰尘的镜子，带蓝色绣球花图案的扶手椅；两幅莫奈的《睡莲》复制品面对面挂在毫无特色的白墙上。这里没有任何东西预示说一切都会顺利，他会准时赶上飞机，或者正相反。这只是一个场所，一个无声的地方，没有丝毫安慰的意味。他还记得住过比这里感觉更好的房间。来蒙特利尔没有丝毫意义——出于一种虚荣心，而他却被困在其中。当事情变得非常糟糕时他经常会这样想——现在似乎就很糟糕：是他反应过激了。他总是这样。在你年轻的时候这是个好的品质，这意味着你有雄心壮志，总是向前看。但当你四十九岁时，这就不是很好了。

"我得想想他可能在哪里。"玛德琳转过身盯着电话，仿佛她丈夫就在里面威胁着要冲出来。就是这种时刻玛德琳表现得跟看上去的不一样：不是那个拘谨矜持、梳着吉布森女孩发型的女孩，而是一个陷入困境的孩子，试图凭空想象出该怎么做。这削弱了她的魅力。

"也许在走廊。"亨利说，同时在脑中想着："杰夫。一个潜伏在我房门外走廊上的男人，等着闯进来制造混乱。"这样想令他极不愉快，也感到疲惫。

电话又响了，亨利接了起来。

"让我妻子来听电话，蟑螂，"还是那个轻蔑的声音说道，"你从她身上出来要那么久吗？"

"你要找谁?"亨利说。

"让我跟玛德琳说话,混蛋。"那个男人说道。

玛德琳这个名字在他的脑中激起一阵小小的动荡。"玛德琳不在这里。"亨利·罗斯曼撒谎道。

"是的。你的意思是她现在正忙着。我明白了。也许我该过会儿再打来。"

"也许你搞错了,"亨利说,"我说了玛德琳不在这里。"

"她在给你吹箫吗,"那个男人说道,"可以想象。我就等着。"

"我没有看见她,"亨利继续撒谎,"我们昨晚吃了晚饭。然后她回家了。"

"对,对,对,"那个男人说着嘲讽般地大笑起来,"那是在她给你吹箫之后。"

玛德琳仍然面对窗外,听着一半的对话。

"你在哪里?"亨利说,感到很不安。

"你为什么想知道这个?你以为我就在你们外用手机给你打电话吗?"他听见电话线上传来金属般刮擦的咔嗒声,杰夫的声音变得遥远而难以听清。"那你就打开门看看吧,"男人说道,声音又重新连上了,"你可能是对的。然后我会好好揍你一顿的。"

"我很乐意和你谈谈。"亨利说,然后让自己停了下来。为什么说这么蠢的话?没有必要。就在这时,他在镜子里看见了自己,一个穿着衬衫系着领带、有一点肚子的大个子男人。成为这样一个男人很难堪。他移开目光。

"所以你想来跟我谈谈?"男人说道,又大笑起来,"你没那个胆子。"

"我当然有，"亨利痛苦地说，"告诉我你在哪里。我有这个胆子。"

"那么我会揍扁你的。"男人自大地说道。

"好吧，我们到时候瞧。"

"玛德琳在哪里？"男人听上去有点精神错乱了。

"我完全不知道。"亨利突然想到自己说的每一个字都是谎言。他不知怎么的就造成了这样一个局面，里面没有一丝一毫的真实。怎么会这样？

"你说的是实话？"

"是的。我说的是实话，"他说谎道，"现在你在哪里？"

"在我该死的车里。我离你的酒店只有一个街区了，混蛋。"

"我也许在那里找不到你。"亨利说，看了看盯着他的玛德琳。他让事情重新回到掌控之中，或者说差不多是这样。就像这样。他能从她的表情里看出这一点——一张苍白的脸，里面有一丝凄凉的仰慕。

"我五分钟后会到你的酒店，大人物先生。"玛德琳的丈夫说。

"我在大堂等你，"亨利说，"我很高，我会穿……"

"我知道，我知道，"男人说道，"不管你穿什么都像个混蛋。"

"好吧。"亨利说。

那位丈夫挂了电话。

玛德琳坐在那把蓝色绣球花扶手椅的扶手上，双手紧紧地握在一起。他觉得自己比她年长很多，能力也强许多，他明白，主要是因为她此刻看上去很悲伤。他搞定了事情，就像他一直以来的那样。

"他以为你不在这里，"亨利说，"所以你最好离开。我会去楼下见他。你得找扇后门出去。"他开始四处找他的西装外套。

玛德琳几乎是带着惊奇地对他笑了笑。

"我很感激你没有告诉他我在这里。"

"你在这里。"亨利说。他忘了外套，开始找钱夹和零钱、他的手帕、他的小折刀，他随身带的一套必要物品。他会过一会儿再退房。这一切现在显得很愚蠢。

"你不是坏人，是吗？"她甜蜜地说道，"有时我一个人，或者在等待你的时候，我会生气，认为你是个混蛋。但事实上，你不是。你是个勇敢的人。你有原则。"

这些话——原则，勇敢，混蛋，等待——不知为什么让他感到意外的、心跳加速的紧张，就在他最不想紧张的时候。他不应该紧张。和她一起在房间里待着，他觉得自己变得非常巨大、笨重，几乎要发疯了。而不是能力强。他差不多要开始对她吼了。她现在这样冷静漂亮令人无法容忍。

"我想现在你该走了。"他说，然后突然想起他的西装外套，试图让自己冷静下来。

"是啊，当然。"玛德琳说，把手伸到蓝色椅的另一边去拿她的皮包。她看都不看就在包里摸索钥匙，然后拿出一个黄色塑料的、有弹性的汽车钥匙扣，仿佛是这个东西让她站了起来。"我什么时候可以再见到你？"她说着摸了摸脑后翘起的头发。这么易变，他心想。"这有点突然。我还以为会更痛苦一些。"

"一切都会没事的。"亨利说着挤出一个让自己平静下来的微笑。

"把我什么时候可以再见到你的问题放一放。"

"放一放。"他说，保持着微笑。

她在手指间转着那个黄色的有弹性的钥匙扣，开始向房门走去，经过等着她离开的罗斯曼身旁。没有接吻。没有拥抱。"杰夫不是个暴力的人，"她说，"也许你们会喜欢对方。毕竟，你们都曾拥有我。"她微笑着打开门。

"这可能还不足以建立友谊。"

"很遗憾我们要这样结束。"玛德琳平静地说道。

"我也是。"亨利·罗斯曼说。

她奇怪地对他笑了笑，走了出去，让门在身后轻轻的咔嗒一声关上。他想她没有听见他的话。

在空气中弥漫着雪茄味的电梯间等待时，他开始思考，他要去见一个愤怒的丈夫，他根本不爱他的女人但总归还是和她上床了。这就像一部电影。他应该如何思考这一切呢？这是一个他不认识的男人，但他完全有权痛恨他而且可能想杀了他。他不请自来地进入了这个男人的生活，随意地玩弄他的生活，很有可能毁掉了他的生活，然后是漠视，现在则想要退出他的生活，谢谢你。不管有什么坏事发生在他身上，任何人都会认为他活该，而且可能没有什么事情是足够坏的。在美国，人们会在这种争执中索赔，但在加拿大也许不会这样。他想着他父亲会怎么说。他父亲是个大个子，秃顶，有个僵化的胃和尖酸的人生态度，多年来一直在治疗弗吉尼亚那些得了肺癌的反犹主义分子。"矿井的底部只有最少的光。"他父亲喜欢这么说。这也是他此刻的感受——在黑暗中没有可行的办法处理这件事。但现在已经感觉不到疯狂了。更像是投入。他从来没有能力保持疯狂。

但是就这样假装自己什么都明白，跌跌撞撞地走进去，任由事态发展，肯定是错误的。他不需要了解杰夫太多——从来就没有这个必要。但什么都不知道不是律师的作风。另一方面，这整件事又有那么一点不严肃，就在电梯门打开的一瞬间，他突然意识到这与精神错乱很相似，这让他几乎大笑出来。不过，只要玛德琳离开了酒店，只要杰夫没有破门而入当场抓他们的现行——事实上也没有发生——那么谁在乎谁认识谁？律师亨利·罗斯曼会说这完全是一个他不认识的男人编造出来的故事，而他自己绝不会承认这些事。零乘以任何数字都是零。他只要说足够多的谎——这是律师的做派：表现出虚假的善愿总比不表现出任何善愿要好。真正的善意可以通过编造一个谎言把一开始他和玛德琳在一起的恶意一笔勾销。而且既然他和玛德琳的关系已经结束，杰夫就能宣称是他导致了这段关系的结束并满足于此。所有人都会觉得是他赢了，尽管没有人赢。这是非常典型的律师做派。

走进宽敞明亮的大堂，亨利把目光重新聚焦在灯光以及簇新、拥挤的气氛上，一群酒店客人拖着滑轮行李箱向通往街道的旋转门走去。他们很多都是面带微笑、行动缓慢的老年人，脖子上挂着塑料牌，小腰包里装满他们的贵重物品；大多数人都说着难以理解的法语。他此刻感到——意识到——绝对的冷静。

酒店大堂还提供另一种愉悦、虚假的节日气氛，大型的金色玻璃枝形吊灯和各种精力旺盛的活动。这就像是某部音乐剧在主角出场前灯光闪耀的舞台。他漫步走向大堂中央，外面街道两旁是昂贵的成衣店和礼品店的展示橱窗，看着橱窗的人们似乎非常愉悦、非常满足，就好像他们在期待什么快乐的事很快就发生。这里感觉像华盛顿的五月花酒店，他常常在那里约见客户。同时这里又能感觉到加拿大总让人感到的那种舒适、半神秘的外国感觉；仿佛地板倾斜了三度，门从不一样的一边打开。什么事你都可以谈。就像由瑞士人管理的美国，玛德琳说过。

在拥挤的大堂中央，他没有发现可能是杰夫的人。一群美国口音的小孩排着歪歪扭扭的队伍走过，他们穿着质地柔软的白色跆拳道训练服，手拉着手。他们也在向旋转门走去，后面跟着几个高大的中年黑人女子，一共八个，都穿着柔软的秋装，戴着相配的看上去很贵的羽毛帽子。南方人，他意识到——这些女士在过于响亮地谈论着她们下午要搭乘大巴去缅因州，还有晚上发生的一些类似丑闻的事情，让她们大笑不止。

然后他注意到有一个男人在看他，一个站在卖英国套头衫的店门旁边的男人。他不可能是玛德琳的丈夫，亨利想。他太年轻了——不超过二十五六岁。这个男人穿着黑色牛仔裤、白色运动鞋和一件黑色皮夹克；他一头金发，留着板刷头，戴着黄色飞行员眼镜。他看上去像大学生，而不是建筑师。要不是这个男人如此专注地盯着他，他也许根本不会注意到。

当亨利再次捕捉到他的目光，这个男人突然径直向他走来，双手插在黑夹克的口袋里，似乎里面藏着什么东西，而亨利也意识到这个男人实际上就是玛德琳的丈夫，只能是他，尽管看上去要比玛德琳年轻十岁，比他自己年轻二十五岁。这同他预期中的见面不同。这会更简单。这位丈夫甚至连个子都不是很高大。

当走到十英尺远的地方，就在猩红色地毯的边缘，这个男人停住了，手仍然在口袋里，就只是盯着看，似乎罗斯曼身上有某些东西——某些跟他的身份无关的东西——需要得到确认。

"你要找的人大概是我。"亨利隔着他们之间的距离说道。他再次注意到那些跆拳道孩子仍然手拉着手，朝街上走去。

玛德琳的丈夫，或者这个他认为是玛德琳丈夫的男人，什么也没有说，但开始再次向他走近，只不过这次放慢了脚步，好像他在试图制造一种他被某件事所吸引的印象。这一切太荒谬了。比想象的更戏剧化。他们应该去吃午饭，他可以对这个男人说许多谎，然后结账。那样就足够好。

"我见过你的照片。"这个年轻的男人说道，事实上像是在嘲笑。他没有把手从口袋里拿出来。他比想象中的要小得多，但整个人绷得很紧。可能是他心里很紧张。他的飞行员眼镜体现了他紧张的程度，就像他黑夹克的拉链一直拉到脖子下面，你无法确切知道他里面穿了什么。玛德琳的丈夫很英俊，但有一种缩小了的、脆弱的、茫然的、无精打采的感觉，似乎他曾经在某件重要的事上栽过跟头，还没有完全走出来。这很奇怪，他想，玛德琳会觉得他们两个——他自己这个笨重的大个子犹太人和眼前这个不起眼的貌似法国人的小个子男人——都很有魅力，很吸引人。

"我是亨利·罗斯曼。"他伸出他的大手，但那位丈夫无动于衷。他看见的是哪张照片？他猜是她拍下的一张，然后很不小心地保留着。一个错误。

"玛德琳到底他妈的在哪里？"这个年轻的男人说道。

这话和他在电话里说的话一样，但他不像是会说出这种话或者他说过的任何话的人。蟑螂。吹箫。他不像是这么粗俗的人。这很荒谬。亨利感觉现在一切尽在掌握中。"我不知道玛德琳在哪里。"他说。这是实话，这让他更加放松了。他准备带他上楼去快速地看一下房间。但无论到哪里，玛德琳都有落下耳环、化妆品和内衣的习惯。太冒险了。

"我有一个八岁的儿子。"这个紧张的、戴眼镜的年轻人说道，似乎把肩膀缩进了短夹克里面。他向亨利眨了眨眼睛，身子前倾，这让他显得更加矮小。他黄色镜片后面的那双眼睛是最乏味、最平淡的棕色，他的嘴巴又小又薄。他的皮肤柔软，呈橄榄色，脸颊有一抹淡淡的情绪化的红色。他像个漂亮的小演员，亨利心想，胡子刮得很干净，身材像演员一样匀称。玛德琳嫁给了一个漂亮男孩。如果这样一个男孩吸引了你，到底为什么还要让一个亨利·罗斯曼进入你的生活呢？这让他感觉他最人性的品质被用于他不赞同的目的。这感觉并不好。

"我知道。"亨利说的是孩子。

"所以我不想和你瞎纠缠,"年轻人说道,脸红起来,"我不会让你搞砸我的婚姻,让我的儿子在家里有两个父亲。你明白吗?我希望你明白。"他那柔和的男孩的嘴变得出乎意料的强硬,几乎是在叫嚣。他那小小的、排得很紧的方形牙齿削弱了他的漂亮和愤怒,并让他显得有点堕落。"要不是为了这个,我他妈的才不管你和玛德琳在一起干什么呢,"他继续说,"在全世界的酒店房间里上床我也不在乎。"

"我想你的观点很清楚了。"亨利说。

"哦,我是在说一个观点?"玛德琳的丈夫说,双眼在那白痴一样的镜片后面睁大了,"我没意识到这一点。我以为我只是在向你解释生活中的事实,因为你根本不知道它们是什么。我不是想说服你。你明白吗?"这个男孩盯着亨利的眼睛没有移开。一股廉价皮革的味道从他的黑夹克上飘散开来,仿佛他是今天刚买的这件衣服。亨利开始想到他从来不曾拥有一件黑色皮夹克。在罗阿诺克,一个富裕的医生的儿子不穿这个。他们的风格是马德拉斯棉运动外套和白色裤子。犹太乡村俱乐部风格。

"我明白你的意思。"亨利用他以为听起来疲惫的声音说。

玛德琳的丈夫对他怒目而视,但亨利意识到自己根本没把眼前这件事当回事。没那么投入罢了。而且他敢打赌玛德琳的丈夫也并不认真,尽管他也许不知道这一点,还不知为何相信自己对这套胡言乱语充满了热情。只是他们两人在这里都没有真正面对任何事情。他们所做的一切,都是他们自己选择做的——他选择出现在这里,而杰夫选择装出那副令人无法信服的凶恶样子。他们现在应该谈点别的。比如，冰球。

"我承认我可能喜欢玛德琳多过我应该的程度，"亨利说，同时对这套说辞感到很满意，"我可能做了些不完全符合你利益的事。"

听到这些话，年轻人那无神的棕色眼睛眨得更快了。"是这样吗？"他说，"这就是你了不起的承认？"

"恐怕是的。"亨利说，第一次笑了起来。他在想此时此刻玛德琳到底在哪里，就在他向她的男孩丈夫承认——至少是以他自己的方式承认他和她上过床的时候。他这样做只是为了让他和这个年轻人之间的交流能有一点实质内容。"你设计的是哪种建筑？"他友善地问道。附近有些人在说法语。他环顾四周看是谁。现在要是能说法语该有多好，或者俄语。哪种语言都行。玛德琳的丈夫此时说了句什么他听得不是很清楚。"对不起。"他再一次宽容地笑了笑。

"我说去你的，"年轻人说着走近了些，"要是你坚持这样，我会让一些很不好的事情发生在你身上。一些你不希望发生的事情。别以为我做不出来。我会的。"

"好吧。我当然相信你，"亨利说，"听见有人说这种话你总得相信。这是规矩。所以，我相信你。"他低头看着自己的白色衬衫，注意到上面有一小点玛德琳的睫毛膏留下的黑色印子，那是她哭泣后在窗前紧紧抱住他时留下的。这让他再一次感到浑身疲惫。

年轻人现在退后了一步。他脸上的潮红已经褪去，看上去苍白而斑驳。他一直没有把手从口袋里拿出来。他可能在里面握着把枪。但这里是加拿大。没有人会为了不忠而杀人的。

"你们这帮美国混蛋，"玛德琳的丈夫说，"你们自己内部分裂成好几派。这都发生在你们的历史里。你们对一切事都有两手准备。这真可悲。你们从不真正相信任何事。你们愤世嫉俗。你们整个该死的国家。"他摇着头,似乎很厌恶。

"尽管说。这是你的时间。"亨利说。

"不,这些就够了,"年轻人说道,似乎连他自己都觉得厌倦了,"该知道的你已经知道了。"

"我知道了,"亨利说,"你说得很清楚。"

玛德琳的丈夫转身,没有多说一句,大步穿过充满节日气氛的金红色大堂,走出那群跆拳道孩子穿过的旋转门,和他们一样消失在街上的人群中。亨利看了看腕表。这一切只占用了他不到五分钟的时间。

回到房间他换了件衬衫,把衣服和洗漱用品放进行李箱。房间现在变冷了,好像有人关掉了暖气或者打开了靠近走廊的一扇窗。地毯上有两张留言条,一半压在门下。应该是玛德琳放进来的,或者是她丈夫经过深思熟虑后新的威胁。他决定随它们去。尽管留言条某种引人注意的特质让他内心涌起强烈的冲动,想把床铺好,把房间弄整齐,把早餐盘放好,他明白,这些冲动意味着,他的生活正变得一团糟。也许在他上飞机之前都不会好了。

但是站在刚刚玛德琳站的地方,他看着那台T形塔吊慢慢地把一大桶混凝土提到一座未完工的建筑顶部。他再一次想起,在这座奇怪的脱节的城市里,玛德琳此刻在哪里。在和某个女朋友喝咖啡打发这一天,还是在等她儿子放学,或者在等她丈夫回家开始刺耳的、不愉快的争吵。这些他都不羡慕。在窗玻璃上，他看见她用指尖写的字；房间里的空气冷下来所以字显现出来。看上去像是丹尼。丹尼是什么或者是谁？也许这是其他人留下的信息，房间之前的某位住客。

接着，他莫名地感到筋疲力尽，几乎到了眩晕的地步。在刚刚过去的一个小时里，他的一颗臼齿被咬碎了一大块。锯齿状的小刺卡在他已经很脆弱的舌尖上（那断掉的部分被他不知不觉吞了下去）。这一天的压力够了。他摘下眼镜躺倒在一堆报纸上。他能听见另一个房间里闷闷的电视声，一群演播室的观众在笑。还有时间睡上一分钟或者五分钟。

但是，关于玛德琳：曾经有一段时间，他爱着她，他说过他爱她，非常强烈地感受到这一点。没有任何关于爱情或者坠入爱河的愚蠢。他能确切地记起有一次是在爱尔兰的一个卵石海滩上，在康尼马拉，一个叫圆石的小村庄附近，他们从都柏林开车来到这里，在都柏林他们见了几个投资人并且为客户谈判争取到巨大优势。他们在岩石上铺垫子野餐，眼望着渐渐暗下来的夜晚，把他看见的灯光说成是布雷顿角岛的灯光，她父亲出生在那里，在那里生活会更好——尽管从真实的地理上说，他们一直面向北面，只能看到海湾的另一边。他们身后的村子里，有一个小小的游乐场，里面有亮着灯的旋转木马和一排明亮的拱廊迎着即将降临的夜色闪耀。在那里，在那个时候，他爱着玛德琳·格兰维尔。还有其他时候，有好几次他都知道。为什么自己要质疑这一点呢？

然而，即便如此，总是存在"这就是吗"的问题。想到这个问题就让他又想起父亲。他父亲是土生土长的纽约人,并且终生保留着纽约人的做派。"所以,亨利,这就是你要的吗?"他会嘲讽般地说。他父亲总是觉得应该有更多,更多的东西给亨利,更多的东西给他的兄弟们,比他们拥有的更多,比他们接受的更多。安定下来,不争取要更多就意味着要接受太少。所以,在他父亲看来,即使一切都好得无与伦比了——看起来可能是这样——难道人生就没有更好的东西了吗?人生总要变得更好。总会有更多的东西到来。尽管,他现在已经四十九岁,有了一些你注意不到的变化——身体上、心理上、精神上的变化。人生的一部分已经过去,再也不会重来。也许天平的指针已经显现,今天发生的这些事,当他以后从更远的某一点回想起来,今天似乎表明,那时正是"事情"开始变坏的时候,或者已经变坏了,甚至是"事情"处于巅峰的时候。然后,当然,在后来的某个时刻,你会面对一些事情。你得面对你的终点,那时没有更好的选择,只有次好、次次好和次次次好的选择。

此时此刻,他仍然不知道这一点;因为如果他知道的话,他可能会决定留在这里,和玛德琳一起——当然,即使留下并不是什么真正的选择。玛德琳结了婚而且从没说过要嫁给他。那位丈夫关于选择的说法是对的,只是错在对这些选择的判断上。选择让这个世界变得有趣,让人生有了操作的可能。要是没有了选择,一切又有什么区别呢?一切都变成了加拿大。窍门就只是尽量不让你自己去面对选择。很奇怪,亨利心想,这个男孩竟然什么都知道。

他听见房门外的走廊里有女人在轻轻地说着法语。打扫房间的服务员在等他离开。他听不懂她们在说什么,所以过了一会儿他就在她们陌生而喋喋不休的语言组成的音乐中昏昏睡去了。

当他一边折叠着账单一边从酒店结账处转身的时候,他看见玛德琳·格兰维尔在等他,站在堆满行李的大红柱子旁。她换了衣服,用力地把湿漉漉的头发向后梳,完全突出了她丰满的嘴和深色眼睛。她整个人看上去很活泼,穿着一条合身的棕色花呢裤子、一件犬牙花纹的夹克和看上去很昂贵的系带休闲鞋。一切似乎都在强调她的苗条和年轻。她背着一个皮革背包,在亨利看来像是要出远门的样子。她显得异常漂亮,以前他见过她几次这样。他不知道她是否打算跟他一起离开,不知道她和她丈夫的事情是否已经发展成这样了。

"我给你留了两条留言,"她用一种带有嘲讽意味的诙谐微笑着,"你不会以为我会让你坐出租车去机场吧,会吗?"

他之前看见的那些人里有一部分仍然在大堂——一个小孩独自坐在大王座椅上,穿着白色跆拳道服。一个黑人女子穿着锦缎的秋装,正在毛衣店里等着营业员把一件礼物包起来。已经过了正午时分。他错过了午餐。

"我们是要去猎狐狸吗?"他说着提起行李箱。

"帕特里克放学后我要带他去看秋天最后的叶子。"帕特里克是她的儿子。她伸出一只胳膊,同时漂亮地伸出一条腿。"我看上去是不是很秋天?"

"一个小时前我就在你现在站的地方进行了一次非常荒唐的谈

话。"他说。他朝旋转门望去。街上的车辆安静地行驶着。他想知道杰夫会不会就潜伏在附近某个地方。

"我们得在这里竖一块纪念牌,"玛德琳似乎心情很好,"'让邪恶的力量受到压制,用……'什么?"她用手掌拍了拍湿漉漉的头发。

"我不介意叫辆出租车。"亨利说。

"去你的,"她明快地说道,"你被踢出的可是我的国家。"她转身要走。"快走……'用沉闷的传统力量压制'。唉。"

坐在玛德琳黄色萨博车的副驾驶座上,亨利看着大型的建筑起重机在工作——这里看到的起重机和建筑物比他在房间窗口看到的要多得多。城市的高度在上升,这让人感觉它更加冷漠。坐出租车会更好。一个人坐出租车去机场,绝不左顾右盼,会是一种解脱。

"你看上去像被痛打了,但是我想你没有。"玛德琳说道。车开得太快经常让她的好心情富有攻击性。他们一起开车去的总是好地方。他过去喜欢速度——但现在不怎么喜欢了,因为这对他安全抵达机场构成威胁。

对于看上去像"被痛打了"没什么好说的。他了解她,但是现在,他又不怎么了解她了。这是他们正在发生的改变的一部分。他们打得火热的时候,玛德琳开车时总忍不住看他,面带微笑,说起他的优秀品质,开玩笑,欣赏他的评论。现在感觉坐在她旁边的可能是任何人——比如她去美容院的母亲,一个去参加葬礼的牧师。

"你知道后天是什么日子吗?"玛德琳说,在车流里游刃有余地穿梭。她身上的香气让车里充满了他早就厌倦的、浓郁的玫瑰香气。

"不知道。"

"是加拿大的感恩节。我们过得比较早，这样就能抢先你们一步。加拿大发明了感恩节。加拿大发明了感恩节，知道吗？"她非常喜欢开加拿大的玩笑，但要是他开这种玩笑她就一点也不喜欢。他从来没真的觉得她是加拿大人。她看上去就是美国女孩。他不确定怎样才算是加拿大人，需要考虑哪些重要的品质。

"你们庆祝它是出于同我们一样的理由吗？"亨利说，看着车流。他仍然感到轻微的眩晕。

"我们只是过个节，"玛德琳快乐地说，"你们为什么要过这节？"

"为了纪念美洲定居者同可能会杀掉他们的印第安人之间达成的协议。基本上这是一个全国性的解脱姿态。"

"杀人是你们那里的一大主题，对不对？"玛德琳说，看上去很高兴，"我们过节日只是为了表达善意。这对加拿大来说足够了。我们只是快乐地感恩。杀人和这里无关。"

法语大学的旧建筑从左下方掠过。那个只有青蛙的童话小世界。他在想今天过后他和玛德琳将如何一起工作。他还没有真正想过这个问题。当然，每个人都有过去。对于那些知道他们的人来说，结束这一切会是一种解脱。再加上，她的生活里没有他对她来说会更容易些。让她冷静下来。为他们俩重新打开世界。

"我要告诉你一件事。"玛德琳说，两只手用力地握着皮质方向盘。

"我可能已经知道是什么了。"亨利说。他的舌头在搜寻那颗断掉的白齿的尖锐处。那里的牙肉擦伤了,开始发疼。他可以在旧金山把它补好。

"我不认为你知道。"她说。一架巨大的白色日本波音747慢慢地在苍白的天空中降落,穿过他们面前的高速公路。"你想听吗?"她说,"我不一定要说。这可以永远等下去。"

"那个男人不是你丈夫。"亨利说,然后平静地清了清嗓子。他刚想到这一点——为什么现在想到,他不知道。律师的直觉。"你是不是以为我很蠢?我是说……"他都懒得把这句话说完。这句话自己终结了。很多话其实没有必要说出来。

玛德琳看了他一眼,移开目光,又看了一眼。她好像有点吃惊。她好像对这种吃惊感到很高兴,似乎这是所有结果里最好的。那架巨大的飞机沉入一片不起眼的工业景观中。没有爆炸的大火球出现。大家都很安全。"你猜的。"她说。

"我是律师。有什么区别吗?"

她也喜欢这句话,于是笑了。他理解要让她不喜欢他是不可能的。

"你怎么知道的?"

"还有其他原因吗?"高速公路上的车流现在已经在身后,快到机场出口了。"他表现得比他自以为的还严肃。他说的一些话……'内部分裂'什么的?那不对。而且他看上去像演员。你是不是也和他睡觉?我没有'也'的意思。你知道。"

"目前没有。"玛德琳说。她用小指摸了摸银色发夹,微微把头歪向一边。她像是意识到了什么。那会是什么呢,他心想,很值得知道。"我知道你会去那儿,"她说,"我知道你无法抗拒。你总是想表现得直截了当和勇敢。这是你的伪装。"

亨利看着单调的高速公路景观慢慢过去——货运站,货运公司,汽车租赁公司,加油站。到处都一样。绿色的英法文标示牌已经看得见了:**机场**。什么都要用两种文字标示。

"他是个美国人,"玛德琳说,"叫布莱德利。他的确是演员。我们担心你会发现他不是加拿大人。"

"那倒不必担心。"亨利说。她朝"机场出口"方向开过去,看着他。她似乎还有什么没说。也许,他想,她在想他们在房间里时她拍了拍脸颊,或者说:"我还以为会更痛苦一些。"现在这些都显得多余了。

他探过身轻轻握住她的手。她很紧张,手心温暖而潮湿。这整件事也耗尽了她身上的某些东西。他们曾经相爱,也许现在仍然相爱。

"有人在偷拍吗?"他说着向旁边瞥了一眼,高速公路上有一辆皮卡跟在旁边。他期待看见车厢里装满摄像机、录音设备、面带微笑的年轻摄像师。一切都是专业操作。

"就一次,没了。"她说。

前面,"出发"口堵住了。汽车、往返机场接送旅客的豪华车、出租车,还有从空载的面包车后面搬下高尔夫球具、折叠式童车和贴着胶带的冷藏箱的人。戴着白色手套的警察在匆忙地挥手示意大家通过。他只有一个行李箱、一个公文包和一件雨衣。这是个美好的秋日。云和雾都散开了。

他继续握着她的手,而她抓着他的后背,仿佛这很重要似的。他在想要是最后变得对女人一点兴趣都没有会怎么样?他所做的事情——去这里、去那里,决定这个、决定那个——他脑子里总是有个女人。她们的存在让一切都变得生动起来。没有她们很多事情会很不同。再也不会有现在这样的时刻,大致的真相变得生动,得到解释,提供沉默的理由让你做出选择的时刻。对于那些认为这并不是个问题的人会怎么样?他们没有想过女人。他们当然有所成就。他们更出色吗?他们的成就更纯粹吗?当然,当事情不在你的掌控之内——确实会那样——你甚至就不会在意了。

在路肩这一边,在机场行李搬运工和刚下车的乘客之间,在朝各个角度移动的行李车之间,有一家人——两个年长的成年人和三个几乎成年的金发孩子——正在祈祷,他们站成一个紧密的圈,互相搂着肩膀,低着头。很明显是美国人,亨利意识到。只有美国人才会这么骄傲地展示自己的信仰,这么确信一个快速的阿门就能让他们处于安全中——如此的漫不经心又如此的傲慢自大。这可不是使一个国家伟大的品质。

"你觉得如果我们要求,他们会让我们进入他们的小圈子吗?"玛德琳说,打破了他们的沉默,她把车开到路边,此时就停在这群祈祷的美国人旁边。她是故意想惹恼他们。

"我们已经被代表了,"亨利说,看着这群朝圣者强壮而紧致的背部,"我们就是他们一直念念不忘的邪恶力量。可恶的通奸者。

我们让他们忧心忡忡。"

"人生就是一张我们所做的错事的记录单，对不对？"她说。因为被祈祷者挡着，他无法打开他这边的车门。

"我不同意。"他漫不经心地握住她温暖、柔软、潮湿的手。她现在只是想让那个话题从嘴边溜过——那个以他为代价的谎言、骗局、恶作剧。但是看在上帝的分上，为什么不让它溜走呢？

他又坐了一会儿，面向前方，无法下车。他说："你决定不爱我了吗？"这就是最大的秘密。他的祈祷。

"哦，不，"玛德琳说，"我希望我们能继续下去。但我们就是做不到。所以，这似乎是一种封存它的方式。夸大什么是和什么不是之间的区别。你知道吗？"她虚弱地笑了笑。"有时候你无法相信那些正在发生的事真的发生了，但是你需要相信。我很抱歉。这样做有点过了。"她探过身来亲吻他的面颊，然后把他的两只手拿到唇边吻了吻。

他喜欢她。喜欢她的一切。尽管现在不是告诉她的时候。那会显得不真诚。要的太多了。但如果你不主动要，又怎么能让一个时刻发挥出它应有的价值呢？

外面，美国人在互相拥抱，露出基督徒的灿烂笑容，他们的祈祷达到了令人满意的结果。

"你是在想说点什么好听的吗？"玛德琳欢快地说。

"不，"亨利说，"我尽量不去想。"

"好吧，那也挺好，"她微笑着说，"这对每一个人来说可能都不够好，但我理解。很难知道该如何结束一件没有完全开始的事。"

他推开沉重的车门，从后备厢里提起行李箱，走进凉爽的秋光，然后快速地看向她。她透过敞开的车门对他微笑。现在没什么可说的了。话已说尽。

"你不同意我的说法吗，亨利？"她说，"那样说会让我高兴。只要说你同意我的说法。"

"是的，好的，"亨利说，"我同意。我确实同意你。我同意你说的一切。"

"那么回到你的美国同胞中去吧。"

他关上门。她没有再看他一眼。他看着她慢慢把车开走，然后加速，很快消失在回城的车流中。

宽　容

去缅因州度假的第一天,他们在下班后开车到哈里斯堡,然后飞到费城,再飞到波特兰,在机场租了一辆福特探索者,在好朋友餐厅吃了晚饭,然后把车速加到每小时九十五英里,一路开到弗里波特——此时已经是深夜——他们找到一家简易旅馆,正对着一家宾永户外用品专卖店,这家店居然整晚都营业。

在躺倒在摇摇欲坠的、带顶篷的床上疲惫地昏睡过去之前,南希·马歇尔赤裸着站在黑暗的窗前,看着影影绰绰的街道对面那家宾永店亮着灯的大型建筑,像是座新开的歌剧院闪闪发光。午夜一点,顾客们拥进拥出,提着购物袋,拖着园艺用具,推着山地车,兴高采烈地消失在黑暗中。两辆从加拿大开来的旅游大巴随意地歇在路边,身穿制服的司机在人行道上共享安静的抽烟时刻,而他们的日本乘客在店里尽情采购。街的这一边很繁忙,尽管街区尽头其他昂贵的连锁店都已经关门了。

汤姆·马歇尔关掉小浴室里的灯走出来站在她身后;他穿着蓝色睡裤。他摸着她的肩膀,紧贴着她站着,直到她能感觉到他勃起了。

"我知道为什么这家店要开到一点钟,"南希说,"但不知道为什么会有这么多人来。"他那突起的热乎乎的家伙让她感到一阵寒战。她遮住自己离玻璃窗很近的胸。她想象着他在微笑。

"我猜他们喜欢这样。"汤姆说。她能感觉到他现在完全硬了。"这就是来缅因州的意义。午夜之后来逛宾永。这是全球文化。他们也许是在去亚特兰大的途中特意过来的。"

"好吧。"南希说道。她感到有点冷,就任由自己被他拉了过去。这样正好。她非常疲惫。他的阳具正好夹在她两腿之间——就在那里。她喜欢这样。这感觉很熟悉。"我问错问题了。"玻璃窗上没有映出她和身后正在进入她身体的他。她站着一动不动。

"那什么才是对的问题?"汤姆激动地向她推进,弯下膝盖来找到她。他的确在微笑。

"我不知道,"她说,"也许问题应该是,他们知道什么我们不知道的事吗?我们在街的这边干什么呢?很明显那边很热闹。"

她听见他在呼气,然后他移开了。她正打算打开双腿,向前靠一点。"不是,"她回头看着他,"我不是那个意思。"她把手放到两腿之间就碰到下面,用手指遮住自己。她回头看向街道。她本来确信那两个大巴司机不可能透过树影看到她,但他们两个正直直地看着她。她没有动。"我不是那个意思。"她有气无力地对汤姆说。

"明天我们会看到一些我们喜欢的东西。"他愉快地说。他已经在床上了。那么快。

"很好。"她才不在乎有两个下流胚看见她的裸体;这和她看见他们两个穿着衣服是一回事。她四十五岁。不怎么苗条,但很高,身材匀称。让他们看。"那很好，"她再次说道，"很高兴我们来了这里。"

"你说什么？"汤姆昏昏欲睡地说。他差不多要睡着了，当警察的福气就是头一沾枕头就能睡着。

"没什么，"她说，仍然站在窗前被人观看着，"我什么都没说。"

他沉默着，呼吸着。那两个司机开始摇头，低头向下看。其中一个把烟头弹到街上。他们俩又抬头向上看，然后走到他们空着的巴士后面，看不见了。

汤姆·马歇尔当警察已经二十二年了。他们一直住在马里兰的哈林根。他专门负责抢劫案，比其他人更早升任警探。南希是波托马克县公设辩护人办公室的一名律师，负责处理女性案件、家庭维权、残疾人权益和处境危险的儿童案件。他们在明尼苏达州的马卡莱斯特学院上学时认识。汤姆曾经想成为一名律师，从事环境法或民权方面的工作，却去面试了警察的工作，因为他们突然造了个孩子出来。然而，他发现自己喜欢警察这份工作。喜欢抢劫案。这些案子都有点《圣经》的意味（尽管他不信教），但没有谋杀那么坏。南希在儿子安东尼毕业之前就开始上法学院了。她不想在这个家突然变冷清之前陷入无所事事的沼泽里。他们两个职业生涯的反转看上去颇具讽刺意味但又微不足道。

然而，在当警察的第二十一个年头，也就是两年半前，汤姆·马歇尔在赫尔曼体育用品商店内卷入一起枪击案，当时他正在那里盘问一个人。和他搭档的警察被杀死，汤姆的腿部中弹。劫匪始终没有抓获。当病假结束，他回去上班领受英勇奖章并被任命为警长，但事后证明这并不令人满意。在随后六个月的时间里，他先是对日常公务感到厌倦，然后是被同事疏远，接着经历了所谓的"情绪问题"——主要是情绪低落——这导致他手下的警员士气低落。所以在圣诞节前他退休了，四十三岁就拿着退休金开始一段在家的调整期，经过大量的阅读，萌生了发明儿童玩具的想法，而且也确实在波托马克河附近的不伦瑞克镇一个由旧电线厂改建而成的艺术家合作社，租了一间小小的工作室自己动手制作玩具。

照南希的说法，汤姆·马歇尔从来没有真正具备警察的样子。他既不沉默也不愤世嫉俗也不刚正不阿也不自我辩白也不习惯于突发性的、骇人的暴力。相反，他身材瘦高，长相英俊，总是面带微笑，手臂修长，有着瘦骨嶙峋的大手和大脚、一头粗黑的头发，性情大体上总是乐呵呵的。他更像是个高中科学老师，南希觉得他就应该当老师，但是退休后他还是很高兴曾经是一名警察。他喜欢读维多利亚时代的小说，在树林里远足，观鸟，研究星星。他还会修理和制作任何东西——食品加工器，灯具，锁具——能制作鸟类和船只模型，发明独具匠心的家具。他具备一个真正的匠人的气质，南希从来没有想明白他为什么当了那么久的警察，只有一个原因，那就是他年轻时从不认为生活是属于他自己的，而是认为自己是个肩负着责任的已婚男人。她对婚后自己最满意的形象，就是站在某个地方——任何地方，只要是在汤姆星期六早晨惯常进行的某项工程旁边——打造一张放字典的嵌入式柚木书桌，为安东尼安装一辆自制的学步器，在后院安装一套定时喷灌系统——然后就只是仰慕地、全神贯注地、近乎神秘地看着他，就好像在说："嫁给这样一个男人是多么神奇、奇怪又幸运啊。"嫁给汤姆·马歇尔，她相信，让她学会了奉献、爱、专注以及接纳另一个人的普通行为——这些行为她年轻时从未实践过，因为她觉得自己太自私了。一个爸爸的小公主。

汤姆立刻热心地支持南希获得法律学位。安东尼上高中的最后一年，他利用弹性工作时间回家陪安东尼。他推迟休假，让她能够专心学习，从不提及他自己上法学院的理想。他租了一间大厅，举办了一场毕业派对，开着警车送她去参加律师资格考试，等她通过考试后又举办了一场派对庆祝。他对她成为一名公设辩护律师的决定表示赞赏，不计较她的报酬低廉和工作时间长，他说这是为社会做贡献和获得重要满足感所必须做出的牺牲。

有这么一段短暂的时光，汤姆退休后开始在合作社工作，安东尼被古彻学院录取，在华盛顿暑期实习，南希在县里立稳了脚跟，他们的生活似乎就和他们想象的一样完美。南希开始胜诉多过败诉。安东尼得到邀约，一毕业就能得到一份工作。而汤姆也梦想成真，设计并制作了两款供四岁儿童玩的玩具雕塑，并出人意料地出售到法国、芬兰，进入内曼·马库斯百货商店销售。

其中一款玩具是一个简单滑稽的狗狗造型，汤姆把它切割开来，做成可拼搭式，染成黄色、红色和绿色并画上狗的特征。但独特之处在于他把形状切割成可以由六只小狗拼在一起，一只叠一只，这样雕塑就可以被孩子们无休止地拆卸，然后拼成不同形状。

汤姆称之为小狗瓦格纳，从中赚了两万美元，并引起了法国客户的兴趣，他们欢迎他任何新的创意。另一个雕塑是用香脂木做的灯塔造型，也可以拆装，但他觉得太复杂了。它只卖到芬兰，没有赚到什么钱。他称之为缅因灯塔，但并不觉得很有创意。他正在计划建立一个网站。

在这段一切都很美好的梦幻时光里，汤姆·马歇尔做过的另一件事就是和一个同样在合作社租了间工作室的丝网印刷艺术家发生了婚外情——那是一个比南希年轻得多的女子，名叫克里斯特尔·布鲁，她的丝网印刷作品叫"克里斯特尔·布鲁的创意"，南希来汤姆的工作室参观他的新作品时对她非常友好。

克里斯特尔是一个漂亮的小傻瓜，没有任何个性，她用艳俗的金属色，将画家马克斯菲尔德·帕里斯风格的女性肖像印制在半透明的裙子上。她把它们挂在一辆蓝色电动货车外面兜售，通常是在西弗吉尼亚和南宾夕法尼亚的四级手工艺品市场上卖给摩托车党和安非他命瘾君子。南希意识到克里斯特尔自然会被汤姆这个风趣、英俊、有一双大眼睛的家伙所吸引——正好和克里斯特尔相反。汤姆也很可能自然会被克里斯特尔的粗俗所吸引，她对这一点毫不掩饰。但她认为，这种吸引应该只会发展到一定程度——当汤姆发现她其实一点意思都没有，就会停止。当然，会有第二次接触。但是随后很快就会厌倦，要处理那些琐碎的欺骗所带来的烦恼，克里斯特尔那张太过意大利化的大嘴上始终挂着的愚蠢表情，这些都会不可避免地让他厌倦。还有更沉重的问题，那就是背叛，以及可能会对他——和南希的——生活中珍贵的东西造成无法弥补的伤害的风险。

然而汤姆设法越过了这些障碍，几个月来几乎每天都在克里斯特尔的丝网印刷工作室里和她上床，直到她的男朋友发现并把电话打到南希的办公室，用带着鼻音的西弗吉尼亚口音戳穿汤姆："这么说吧，我们该怎么对付我们那对艺术家小情人？"

南希当面质问汤姆——在公设辩护律师办公室街尾的一家亚洲餐厅吃晚饭时——向他复述了那位男友的电话内容，他变得非常严肃，眼睛紧盯着桌布，用瘦骨嶙峋的长手指绕着吃沙拉的叉子。

这是真的，他承认，他很抱歉。他说他认为和克里斯特尔发生关系是他对人到中年突然离开警队、对至今下雨天仍隐隐作痛的工伤的一种"反应"。但这也是他对自己的新生活感到纯粹喜悦所致，他需要用自己的方式来庆祝——他称之为一种"宇宙感觉"，在这种感觉中，行为的发生超出了世俗、责任、过去甚至理智的界限（就像宇宙里发生的事情一样）。这种新生活，他说，他想要完全和南希一起度过。而南希镇定地坐着，基本没说话，也没有在想克里斯特尔、汤姆、克里斯特尔的男友，甚至是她自己。事实上，当汤姆说话的时候（他好像可以一直说下去），她体验到了一种特别的失重感和近乎灵魂出窍的感觉，就好像她能看见自己悬在天花板上红色的、中式卷轴般的皇冠轴线附近，从一个舒服但有些眩晕的高处听着汤姆说话。汤姆说得越多，她的存在感就越弱，越没有实感，越感觉不到任何东西。如果汤姆继续说下去——重述他的问题、他的焦虑、他因年龄而生出的不如意的感觉，以及他自从不再持枪追赶劫匪后不断丧失的自尊——南希觉得她可能会整个儿消失。这样，问题（如果那就是这一切的源头——一个问题）也就可以简单地解决了：不再有克里斯特尔·布鲁；不再有病态的、悔恨的汤姆；不再有羞辱的、令人沮丧的揭露，暗示你的人生和你准备让步的其他任何人生别无二致——所有这些都会在她消失的瞬间消失。

她听见汤姆说——他那毛茸茸的长手指不停地转动那把难看的、没有特色的沙拉叉子，就像对着一个图腾祈祷，他阴郁的目光紧紧注视着它——他和克里斯特尔现在已经彻底结束了。她的乡巴佬男友显然跟南希通完电话后就开车到克里斯特尔的工作室把它砸了个稀巴烂，跟她小小地干了一架，之后两人坐进他的科尔维特到默特尔海滩去修补感情了。汤姆说他会换个地方干活；克里斯特尔从今天起就会从他的生活里消失（这并不是说她真的进入过他的生活），他很抱歉并感到羞耻。但如果南希能原谅他并且不离开他，他可以向她保证，这样的事再也不会发生了。

汤姆把他那双蓝色的警察的大眼睛从桌上抬起来，寻找着她的目光。他的脸——在南希看来一直都是棱角分明、英俊的脸，有着高颧骨、深眼窝、厚下巴和大白牙——在那一刻看起来更像是一个骷髅头，一个死人头骨。当然，这不是真的；她从来没见过像海盗旗上那样的真正的死人头骨。但这就是她此刻的感受，还有这句话："汤姆的脸是死人头骨。"虽然她确定自己不是偏执狂，也没有强迫症，更不是把预兆、象征当作人生启示的信徒，她仍然想到这句话——汤姆的脸是死人头骨——并把它想象成门楣上的格言，那扇门通向一个神秘法庭，仿佛但丁作品里的世界。无论如何，这个死人头骨的意象，必定在她相信的某个地方。

汤姆道完歉，南希不含怒气地告诉他不必换工作室，只要他能在克里斯特尔从默特尔海滩回来之后远离她。她说她可能误判了一些事情，婚姻里的问题，特别是一段漫长的婚姻，总是由夫妻双方造成的，像这样的问题只是一种症状，本质上并不算太重要。虽然她不在意他做了什么，而且这天下午还想过要和他离婚，这样她就不必再去想这件事，但实际上她并不相信他的行为是针对她的，因为很明显她并没有做任何事应该招致这些。她说，她相信他的所作所为和他刚才说的问题有关，她想要原谅他，看看他们两人是否能以比以往更亲密的方式来渡过这次逆境。

"你今晚为什么不睡我呢？"她就在餐桌上这么对他说。"睡"这个字很有挑逗性，但她也意识到，用来对自己的丈夫说有点可怜。"我们已经有一段时间没做了，"尽管她想到但又不愿意想的话是，"当然你和你那低能女朋友天天都做"。

"好的。"汤姆说，语气太严肃。然后又说："不。"

他的两只大手紧握着，没有拿叉子，放在白色桌布上离她不远的地方。两个人的手都没有动一动来表示想要触碰的意思。

"我真的非常抱歉。"汤姆第三次还是第四次说，她知道他是真的很抱歉。汤姆并不是一个会远离自己感受的人。他不会先说了一句话然后开始想他说的这句话是什么意思，最后得出结论说这句话毫无意义。他是个真诚的好人，这一品质让他成为一个抢劫案模范警察，出色的重案犯审问者。汤姆说什么就是什么意思。"我希望我没有毁了我们的生活。"他悲伤地加上一句。

"我也希望没有。"南希说。她不愿去想她的生活毁了,这很愚蠢。她要集中精神想他是一个多么诚实正派的男人。不是一个死人头骨。"你可能没有。"她说。

"那我们现在就回家吧,"他说着,拿起餐巾擦了擦嘴然后折好,"我准备好了。"

回家意味着他要和她做爱,而且无疑要用热情和温柔做好。他这方面很在行。克里斯特尔爱跟汤姆做爱而不是跟她那个鼻音很重、像个哭闹孩子的男友是有道理的。但是南希在疑惑,为什么她自己现在想要这样;为什么是睡我?也许是睡我而不是睡你。因为她此刻并不太想这样,尽管这一定会发生。这让她后悔;因为她意识到,她正是刚才她认定汤姆不是的那种人,尽管她不是通奸者而他是。她是那种人:说了话,然后环顾四周,想知道自己为什么要说,它们会带来什么后果,以及(经常)她该如何才能不去做她说过自己想做的事情。她从来没有真正意识到自己的这一点,而现在她认为这可能是真的,或者因为汤姆的背叛而变成了真的。但它是什么呢?她在想,就在他们离开餐厅向家和床走去的时候。她究竟是什么?当然,这是任何人都能说出来的。有一个词能形容。她只是想不起来是哪个词。

第二天早上,星期五——在弗里波特过了一夜之后——他们在威斯卡西特一家小餐厅里吃早餐,餐厅旁边是一条绿莹莹的大河,河上有一座低矮的水泥桥,桥上车流繁忙地往北和往南行驶。威斯卡西特外面竖着一块镀金边的标识,上面写着这里是"缅因州最美的村庄",似乎意味着这里没几栋房子,而仅有的那几栋房子都又大又白,外观奢华,有着精心修剪的院子,门前的牌子告诉所有人房子建于何时。在被称为希普斯科特河的河对岸,白色的度夏小屋点缀在林木茂密的河岸上。这就是缅因——规模很小,风景优美,偏远得令人头疼,遗世独立而又人满为患。她知道他们离大海很近,但她还没有看到大海,即使昨晚在飞机上也没有看到。希普斯科特河显然是个河口;清晨的空气清新,海鸥在上游飞翔,小小的捕龙虾船,几艘小渔船停泊在那里。

在他们停好车向餐厅走去的路上,汤姆曾停下来弯下腰,看那几个贴满待售房屋图片的窗口,图片都是彩色的,都是白色的小型建筑,带脆绿色的屋顶,距离某个背景中依稀可见的水域只有"几分钟"的路程。所有的地名都有缅因风格。佩马奎德小山岬。帕萨马科迪什么。斯蒂克尼角。那些房子看起来像河对岸的出租小屋——过了一季之后你就会厌倦然后不得不重新挂牌出售。她无法判断房价是高是低,不过汤姆认为太高了。但这无所谓。她不住在这里。

看完两三个房地产窗口后,汤姆站起身来,低头看着餐厅外面的河流。水面在九月轻盈的空气中闪闪发光。他看上去有点依依不舍,但又像是在谋划什么。带着咸味的微风把他的头发吹向两边,暴露出头发稀疏的事实。

"你是不是在考虑什么'离大海只有几步远'的事情?"她说,为了显得和他意气相投。她把手臂伸到他的手臂下面。汤姆是个充满热情的人,当他想热情投入某件事,却发现自己根本无法实现时，他经常会陷入忧郁，好像这个世界毫无希望。

"我只是在想，这个小镇上的一切都被人发现了，"他说，"你需要二十年前就在这里。"

"你会喜欢住在威斯卡西特，或者帕萨马科迪，或者这里的不管什么地方吗？"她顺着倾斜的主街往下看——这个街区有几家带玻璃橱窗的古玩店、一家时髦的熟食店、一家精致的家具店，上面是律师和会计师事务所。这些建筑同样挂有牌子，上面标明了建造日期。十九世纪八十年代。其实也不算很老。哈灵根有的是更古老的建筑。

"我希望我在很久以前就考虑过这个问题了。"汤姆说。他穿着棕褐色短裤、羊毛袜、红色的宾永帆布衬衫和跑鞋。他们穿得差不多，不过她穿的是蓝色防水夹克和卡其色裤子。汤姆看上去像个游客，而不是前警察，她猜这就是汤姆想要达到的效果。汤姆喜欢让自己变形成其他人。

"度假不是用来懊悔，甚至不是用来一直思考的。"她拽了拽他的手臂。她觉得自己在为了他才做自己。穿过小镇的街道——一号公路——开始变得拥挤，桥上的车流已经慢到几乎爬行的地步。"假期的目的就是让你的精神随着微风放轻松，感到无拘无束和自由自在。"

汤姆看着她就好像她成了他欲望的对象。"没错，"他说，"你会成为某个人的好妻子的。"他仿佛因为自己的话而吃了一惊，像是有些尴尬地走开了。

"我就是某人的妻子啊。"她说着跟了上去，试图开个玩笑，因为他话里的意思很甜蜜，无伤大雅。无论他们之间出了什么问题，只需要指出来，但不用挑明。他们爱着彼此，非常了解对方。他们是一对善良的夫妻。一切最终都会得到原谅——说错一句话，一次失败的做爱，一次没有意义或者错误的谈话。问题是，所有这些保留下来的温柔、感情和善意的关怀能带来什么？不能带来什么？跟在丈夫身后走下山坡，她感受到了人生只有一次的独特力量。她明白，这三天将决定除了最低限度的意义之外，是否还有其他意义。这是一个重要的谜。

在威斯卡西特小姐餐厅里，南希仔细读着《下东部省钱一族》，封底有一个相亲征婚栏目。"男人寻找女人"。"女人寻找男人"。其他形式的相亲就不允许了。没有"男人寻找男人"。汤姆研究着在旅馆里发现的地图，上面列出了有用的"缅因特色"，每一样都用这个州名的乏味变体做文章：缅因趣事。缅因古玩。缅因低价市场。缅因药品商店。屋顶缅因维修[1]。好像没人能对这个干净的名字免疫。

在外面的河面上，一艘黑色金属驳船正推着一艘漂浮的挖泥船顺流直上。挖泥船的铰链式臂架末端的缆绳上悬挂着一个巨大的挖斗。这整个工程如此巨大，看上去有些可笑。

"你觉得那是干什么用的？"南希说。餐厅里挤满了早晨的顾客，很是嘈杂，并且弥漫着油腻的培根和黄油土司的味道。

---

[1] 这里的一系列"缅因"都用了 Maine 或单词变体，与其他发音相近的词谐音。

汤姆从地图上抬起头看外面的挖泥船。它不可能穿过那座桥，一号公路就从桥上跨河而过。它太高了。他看着她，笑了起来，好像她什么都没说一样，接着又低头看"缅因特色"。

"要是你感兴趣的话，这上面找男人的女人要么是'五十岁以上的丰满女人'，"她说，忘记了自己的问题，"要么是想找'父亲般成熟男性'的十六岁女孩。同一类型的男人可以得到缅因州所有的女人。"

汤姆抿了一口咖啡，皱了皱眉。他们要一直待到星期天，然后从班戈坐飞机离开。他们对缅因一无所知，但讨论过开车去巴尔港和卡塔丁山，他们听说那里很美。南希提议去国家公园，来一次令人振奋的登山之旅，然后如果不太冷，也许还可以在夏末的大海里游个泳。他们想象过树叶应该已经变了颜色，但是由于夏天的雨，它们到现在还没变。

他们也不能确切地说出从一处到另一处有多远。地图很复杂，因为奇怪的半岛向南延伸以及不得不向上绕一圈再往下的道路。早上开车从弗里波特出发的路线看上去很长，其实并没有多少里程。这里是你自己的国家，却有种在国外的陌生感。尽管他们总能在车里找到快乐——以前汤姆在大学摇滚乐队里当鼓手的时候，她就习惯了跟着他去做公路旅行，睡在车里或十美元一晚的汽车旅馆里。在车里，他们真诚对待彼此。放下防备。他们感到自由。

"有个镇子叫贝尔法斯特，"汤姆说，回到他的地图上，"离这里不远。至少我觉得不远。"他回头看着那艘漂浮的挖泥船在河里缓慢地转向，开始朝大海的方向驶去。"你看见那东西了吗？"

"我不太明白'下东部'是什么意思。"南希说道。《省钱一族》里所有不叫"缅因"的东西都多多少少连着"下东部"。那个相亲版块叫"下东部搜索"。"这是不是说,如果你沿着其中某个半岛一直往南走,就能到达东部?"

这是汤姆应该知道的事。是他想来这里而不是去他们都喜欢的东岸。突然间缅因州对他来说"有了意义"——这隐约和这个国家是从这里开始,以及大海是一种"主要"的体验有关,而他从小在密歇根湖边长大,这一点似乎从来就不是主要的。

"我想就是这个意思。"汤姆说。

"那么缅因是什么意思?缅因什么?"她问。《省钱一族》里没有任何解释。

"这我倒是知道,"汤姆说,看着驳船转向,开始向下游开去,"它的意思是大陆。与岛屿相对。"

她环顾拥挤的餐厅寻找侍者。她已经准备好吞下油腻的培根和黄油土司,并把《省钱一族》塞在放餐巾的架子上。"他们把自己看得很高,"她说,"他们似乎推崇那些你只有经历过困难和困惑才能理解的品质。我猜这就是新英格兰精神。"汤姆的品质,当然就是这样的。要是你快死了,或被抢劫了,或被欺诈了,最好能碰到他——警察的性格特点在办案之外的很多地方都很有用。"缅因是不是猎人把正在晾衣服的女人打死的那个州?她戴着白色手套,那个猎人以为她是头鹿?当然,你不需要为此辩护。"

他隔着桌面,用警察特有的茫然眼神看着她。这就是他的脸可以变成的表情,把他那张真实的脸——通常是开明而热情的——留在被遗忘的某个地方。他对不公平很在意。

她眨了眨眼，期望着他说点什么。

"没点稀奇古怪事情的地方通常也不会好玩。"他沉着脸说。

"这还只是我来这里的第一个早上。"她对他笑了笑。

"我想我们去看看那个贝尔法斯特镇，"他重新看着地图，"看介绍似乎挺有趣。"

"贝尔法斯特。像是打仗的那个①？"

"但是这个贝尔法斯特在缅因州。"

"这地方肯定很棒。"

"你知道我的，"他说，出乎意外的是，他也笑了，"一直充满希望。"他又变回那个热情洋溢的人了。他希望他们不虚此行。他完全正确：现在就出现分歧还太早。留待以后再说。

去年冬天早些时候，汤姆搬出他们的房子，住进了他自己的公寓，一间阴沉沉、乱糟糟的房间，只是一个由白墙围起来的长方形空间而已，在一栋新建的综合建筑里，同一家工厂直销店隔着一条大马路，与一家大型兽医诊所的停车场相邻，日日夜夜都能听到狗叫声。

汤姆的离开刻意没有弄出大动静。他自己显得很不情愿，他一搬出去，她就感到难受，不能见到他，不能睡在他身旁，身边没有他可以交谈。有些日子，当她下班回到家时，汤姆会在厨房里，喝

---

① 指北爱尔兰首府。

着啤酒或者一边用微波炉加热食物一边看着CNN——似乎住在别的地方，然后像记忆中那样突然出现在这里，是件不错的事。有时她会发现浴室的门关着，或者发现他从地下室走上来，或者只是站在后院盯着绣球花床，好像在考虑给它们除草。

"哦，你来了啊。"她会这么说。"是啊，"他会这么回答，听起来并不完全确定自己怎么会在这里，"是我。"有时他会在厨房里坐下谈谈他最近在工作室里做了些什么。有时他会给她带来新做的玩具——一个带底座的彩色流星，或者一款新出的颜色更鲜艳的瓦格纳狗。他们会谈在古彻学院念书的安东尼。通常，当他来的时候，南希会问他要不要留下来吃晚饭。汤姆会建议他们出去吃，由他"买单"。但那从来不是她想要的。她想要他留下。她想念他在床上。事实上，他们从来没谈过分开。他出于他自己的理由在做事。他的离开似乎是自然而然的。

但是，每次他在那儿的时候，她都会试图用一种新的方式打量汤姆·马歇尔，把他当成一个陌生人；试图重新判断他是否真的那么英俊，或者是否同她二十年来习惯看到的他有所不同；试图发现他是否如她所习惯以为的那样好心或者那样高大。他是否真的具备工匠的气质和绅士的风度，或者他只是一个她不理智地嫁错又渐渐习惯的变态或混蛋。她考虑过出轨的可能性——和一个同事或者快递员。但这似乎太勉强，太麻烦，结果也可想而知。对汤姆的惩罚必须是她考虑过出轨，但怎么决定是她的自由，不用告诉他。她在牙医诊所里随手拿起的一本杂志上看到，绝大多数女人一旦和丈夫分开一段时间，就会彻底改变对丈夫的看法。只不过女人天生善于调解和宽容，因而宁愿不分开。事实上，她们发现在许多事情上，特别是男人这件事上欺骗自己是很容易甚至可取的。根据那篇文章的作者——一位心理学家的说法，女人是无可救药的。

但是每次考量之后，她都再次确定汤姆·马歇尔就是她一直认识的那个人，她能想到的爱他的每一个理由都是正确的。汤姆很棒；和他分开很糟，即使他一个人似乎也能过得不错甚至蒸蒸日上。她只能尽她所能。因为南希知道，并且认为汤姆也明白：他们共同处于一个尴尬的境地，站在不确定的情感地带，可能会考验他们究竟是怎样的人，钻石的新切面可能需要检测。

这种情况与她作为公设辩护律师每天面对的情况截然不同，也与汤姆在警局里遇到的情况截然不同——那些已成定局的、过于戏剧化的以及无法弥补的问题，在那里，事情很快就失去控制，人们发现自己只能诉诸法庭或者严苛的法律条文，而那是解决他们人生难题的最后一根救命稻草。南希相信，如果人们不那么戏剧化，如果他们更加灵活，动动脑子，控制自己，那么事情会好很多。尽管对有些人来说这一定很难。

她惊讶于在汤姆承认和克里斯特尔·达玛托（她的真名）上床了后自己的处理方式。一旦汤姆明确表示他并不想继续和克里斯特尔在一起，她几乎立刻就开始觉得一切都没什么了。比如说，她发现自己想象着汤姆在不管什么地方（她想到的是一张巨大的、沾着油漆的白色画布）光着屁股趴在克里斯特尔身上的样子，这并没有给她带来可怕的压力。汤姆背叛的想法似乎也并不那么重要。这不是真正的背叛；汤姆是个好人；她是个成年人；背叛肯定意味着更糟糕的事情，而这样的事情并没有真正发生。从某种意义上说，当她现在用她温和的、追问的目光看着汤姆时，他和克里斯特尔上床是她对最近发生在他身上的新鲜事儿中最理解的之一。

但是，她意识到，随着春天到来，汤姆继续住在拉奇梅尔公寓里——煮他惨淡的三餐，看他那台小电视机，在地下室洗衣服，去他的工作室——他们生活的整个样貌逐渐清晰起来，并且变得越来越小，就像一个珍贵的盒子从远洋客轮上掉下去落入平稳的尾流中。这可能是一场危机。也许他们彼此爱得够深，也许是百分百的相爱。但她认为，让他们在一起的最强大力量不是那份爱，而是一种同样强大的好奇心，好奇他们的处境是什么样的，以及他们都不确定的新奇感。

但是随着汤姆离开的时间越来越久，看上去轻松且适应得不错，她真的开始感到一种失落，有什么东西从她身体里流出来，就像水从有裂缝的水壶里渗出来，又恢复到原来真空的状态。不得不承认，这一点都不好。但是，这可能就是生活的自然轨迹。她感到被孤立了，这是真的，但这是一种宏观上的孤立，似乎通过独自一人和周遭友好相处，她在获得某种成功。坚强和无懈可击，这就是她现在的感觉——并不是说有谁要攻击她；但是问题仍然存在：这种力量的性质是什么？你独自怎么对付它？

"新斯科舍[①]在哪里？"南希盯着大海说。离开洛克兰回到一号

---

① 新斯科舍是加拿大东南部的一个省。

公路一个小时了，他们开始看见大海，海面平静、浓稠，蓝得让人难以置信，环绕着巨大的、奇特的、森林覆盖的岛屿，汤姆宣称这些岛只有渡船才能到达，是有钱人的根据地，他们只在那里度夏，那里没有暖气。

"那是个平行宇宙。"他说，以表示他不赞同这种生活。汤姆喜欢他所认为的真实的生活方式。这是他作为一名传统警察的态度。他很赞赏缅因人，他们在夏天把海边的房子租出去两个月，赚的钱就足够支付他们一年的账单。对汤姆来说，这是真实的生活方式。

新斯科舍此刻在她的脑子里生了根，因为去那里才是真的体验异域风情，远远超出那些绿色的、边界清晰的岛屿。尽管她无法确切地判断出她的车窗面对的是哪个方向。如果你是在东海岸，看着海，你面对的就应该是东面。但是她感觉这个规则在缅因不管用，这和距离比他们在地图上看见的远得多有关，和这里感觉起来有多偏远有关，还和不管是什么意思的"下东部"有关。也许她看着的是南面。

"你看不见它。远着呢。"汤姆说，他是指新斯科舍，他一边开车一边快速瞥了一眼水面。他们开车穿过了卡姆登，堵在成群的游客中，游客在洒满阳光的街道上漫游，穿着明亮而昂贵的衣服，成群结队地进出他们在弗里波特看见的那些昂贵的连锁店。他们本以为劳动节过后就不会再有游客了，但是他们自己的出现就推翻了这一判断。

"我就是有种感觉，去那里看一看我们会更开心，"她说，"加拿大没有那么拥挤。"

在一条宽阔的蓝色水道外,是一片广阔的树木茂盛的陆地,汤姆说那里是佩诺布斯科特湾。那片陆地是艾尔伯勒,他说,那也是一个岛屿,富人夏天住在那里,不会觉得热。演员约翰·特拉沃尔塔在那里有私人机场。她对着岛上长长的、没有特点的海岸线出神。想到约翰·特拉沃尔塔此时此刻就在那里感觉很奇怪。在那里做什么?把它想象成新斯科舍会很棒,就像站在草地上看着天上的云形成山的样子,直到你感觉自己真的置身于山中。她办公室的一名律师说,缅因的海岸线很漂亮,但其他地方就跟密歇根一样。

"新斯科舍隔着芬迪湾有一百五十英里。"汤姆说,出于某种新的原因而情绪高昂起来。

"我在高中时写过一份关于那里的报告,"南希说,"他们仍然说法语,很多地方很落后,他们不太喜欢美国人。"

"就跟加拿大的其他地方一样。"汤姆说。

一号公路沿着海岸线前行,沿着树木丛生的高山的曲线前行,偶尔还能看到下面海湾广阔的景色,美得让人窒息。在纯净的蓝色海面上能看见几艘白色帆船,尽管临近中午,似乎并没有什么风。

"住在这里不会很差。"汤姆说。他没有刮脸,用手掌摩挲着胡楂。他好像越来越开心了。

她好奇地看着他。"哪里?"

"这里。"

"住在缅因?但除了今天,这里冷得要命。"她和汤姆在芝加哥的郊区长大——她在格伦艾林,汤姆在埃文斯顿某个生活成本较低的地区。他们达成的第一个共识就是他们都痛恨寒冷。他们选择马里兰让汤姆成为一名警察,就是因为那里的气候常年温和。她的感觉一直没变。"在你把房子租给肯尼迪兄弟的那两个月里,你会去哪里?这一切能让你承受得住这里整个冬天的严寒?"

"我会买艘船。在附近开开。"汤姆伸展着他那对令人敬仰的手臂,同时伸缩着握在方向盘上的手掌。汤姆健康得吓人。他和黑人小孩一起打篮球,骑山地车去他的工作室,每晚一个人上床前都做俯卧撑。自从搬到外面去住后,他看上去更健康、更冷静、更怀有希望,尽管对别人的说法是他为了让她高兴而搬到一英里以外的一间破公寓里。南希不以为然地低头看着蓝色海水映衬下的白色帆船,前方是那座绿得无可挑剔的岛屿,岛上度夏的人们坐在长长的白色门廊上,透过昂贵的望远镜看着这个贫穷的世界。这并不那么吸引人。上个月,她在公设辩护律师办公室为这些人辩护:一个杀人犯;两个被控与弟弟乱伦的青春期漂亮姐妹;一个善良的秘书,因为肥胖在男同性恋成堆的办公室里遭到嘲笑;一位日本老太太,她在家里养了九十六只猫,被邻居们认为精神错乱并且有卫生隐患。最后,那个来自菲律宾的胖秘书用刀捅死了其中一个男同性恋同事。你怎么能够放下这一切,和一个似乎并不想和你住在一起的男人搬到缅因,然后在不下雪的两个月里困在一条船上?现在是做出有趣选择的古怪时机。

"也许你能说服安东尼和你搬到这里来。"她说,心里平静地想着艾尔伯勒就是新斯科舍,那里的人都说法语并且对美国人恶语相向。她几乎就要说:"也许你能说服克里斯特尔开车过来,在你的游艇上跟你干。"但这不是她想要做的事。说一些你并不当真的恶心话来毒化原本无害的交谈,是她为之辩护的那些人会做的事,这样做让他们的生活无法继续。她甚至不确定他有没有听见她提到安东尼。很可能她只是在喃喃自语。

"心态要开放。"汤姆说,露出鼓励的笑容。

"做不到,"南希说,"我是个律师。已经四十五岁了。我相信有钱人早在我出生前就偷走了最好的东西,而不只是二十年前的威斯卡塞特。"

"你很强悍,"汤姆说,"但你必须让我赢你。"

"我告诉过你,你已经赢了,"她说,"我是你的妻子。这就说明了这一点。或者曾经是。你赢了。"

当然,这是汤姆的标准观点,这个终生抢劫案警探兼充满热情的生活家的观点:总有人需要被说服从更好的角度看问题;总有人的精神比别人的特别强或者弱;总有人永远扮演捏着手里的牌不肯出的角色。但是她可不是那个拒绝出牌的人。是他和克里斯特尔上了床。是他提议然后搬了出去。这些可没有让她丧失对生活的热情。尽管这些都没有把汤姆·马歇尔变成一个需要受到惩罚的坏人。他们只是没有共同的观点了——他的观点是通过可怜自己来伤感化处理人生中失落的部分;而她的观点则是不去追求极端,即使这意味着要忽视那些最明显的事实。她甚至怀疑他有没有听到她说他已经赢了她。他现在在想别的事情,让他高兴的事情。你不能责怪他。

当她看向汤姆时发现他的眼睛正盯着她看,好像他说了什么而她没有反应。"什么？"她说，把一绺掉在眼前的头发拨到一边。她直直地看着他。"你看到什么不喜欢的东西了吗？"

"我只是在想我刚当上警察时我们说过的那句老话，'有趣的戏剧化时刻是当坏人说了些真话的时候'。是你上的某堂课上说的。我不记得了。"

"我刚才说了什么真话吗？"

他笑了。"我在想这么多年来我抓的坏人从来没说过什么真话，甚至是有趣的话。"

"你是不是想念每天都能抓坏人的日子了？"当然，这是一个非常重要的问题；一年前出现克里斯特尔危机时她绝不会想到问的问题。这个关于丢掉饭碗的致命问题。妻子只能指望自己能填补他心目中坏人的位置。

"才不是呢，"他说，"现在很好。"

"一个人住更好？"

"这可不是我真正的想法。"

"你真正的想法是什么？"

"我们在等待，"汤姆真诚地说道，"等待一个漫长的时刻过去。然后我们再继续走下去。"

"我们该怎么称呼那个时刻？"她问道。

"我不知道。一个重新调整的时刻，也许。"

"重新调整什么？"

"彼此？"汤姆说，他的声音在句子结束时荒谬地抬高了。

他们在接近一个镇子。缅因州，贝尔法斯特。一个黑白标志从身边滑过:"建于一七七二年。缅因企业中心"。开始出现房子。高速公路开始渐渐接近海平面。因为路边开始重新出现各种汽车旅馆、皮鞋店、"陶瓷谷仓"家居店、售卖漂亮木制船模型的小型船坞——这些都是企业的标志,交通慢了下来。

"我没意识到我需要重新调整,"南希说,"我很乐意就这样走下去。我并没有生你的气。现在仍然没有。尽管你的看法让我感到有点荒唐。"

"我以为你想要这样一个愚蠢时刻。"汤姆说。

"一个什么?一个感觉很可笑的机会?还是一段重新调整的时间?"她故意让"重新调整"这个词听上去很白痴,"你是个十足的笨蛋吗?"

"我以为你需要时间来重新判断甄别。"汤姆似乎对自己被称作笨蛋很生气。这是他们以前在芝加哥时的警告语。一种古老的表示厌恶的语言。

"天哪,你为什么这么说?"南希说,"不过我想我应该知道为什么,不是吗?"

"为什么?"汤姆说。

"因为这是胡扯,所以听上去才这么像胡扯。真实的情况是,你是出于自己的原因想离开这个家,现在你想决定你是否厌倦了这种生活。以及我。但是你多多少少想要我来背负罪责。"她佯装惊讶地对着他笑。"你知道你是个成年人了吗?"

他快速地向下看了一眼,然后轻蔑地抬起眼睛看着她。他们仍然在前行,尽管一号公路沿着新铺设的旁路向左转,汤姆转弯进入贝尔法斯特，只一眨眼工夫眼前就出现了一个漂亮舒适的社区，散落着维多利亚式、殖民地风格、联邦风格以及希腊复兴式风格的大型居民住宅，它们建在一条老旧的、凹凸不平的、榆树掩映的街道上，几座教堂的尖顶突兀地插向沉静的夏日天空。

"我知道。我当然知道。"汤姆说道，仿佛这些话比她能感受到的更有力。

南希摇了摇头，面对着两边绿树成荫的街道，右边是一座正在建造的殖民地风格的两层砖墙医院。新的停车场。新的肿瘤病房。还有一个直升机停机坪。到处都是工作机会。医院之外是一所现代化的、有很多窗户的学校，以玛格丽特·察斯·史密斯命名，从标牌上看，那里的球队叫作索伦（solons）。有人为了取乐，用滴血般的红色油漆改成了"结肠"（colons）。"这里有所不错的新学校，以玛格丽特·察斯·史密斯命名，"南希说，为了把话题从重新调整的时间和大体上缺乏坦率岔开，"她是我小时候的偶像。她发表过一次反对麦卡锡主义的勇敢演讲，并且倡导公民参与和良知。不幸的是，她是共和党人。"

汤姆没有再说话。比起被人发现自己在胡扯，他更不喜欢同人争论。这是一种罕见的品质。她很欣赏他这一点。只是现在他可能正变成一个胡扯的人。这到底是怎么发生的？

他们来到了贝尔法斯特并不起眼的中央地带，砖砌的街道斜斜地穿过漂亮的老式红砖商业大楼。大多数商业建筑的前立面都没有进行现代化改造；有些关着门，尽管对角线上的停车场里停满了车。山脚下有一个小港口，码头上几艘精致的帆船停泊在风平浪静的下锚处。一个处于变化中的小镇。至于从什么变成什么，她并不清楚。

"我想吃点东西。"汤姆僵硬地说道，朝水边开去。

她早就知道在街道的尽头会出现一家海鲜汤餐厅，隔着百叶窗，提供漂亮但谈不上惊艳的水景，用白色塑料餐具装着的糟糕食物，餐具纸垫上画着灯塔或者海鹦。能预见这一点说明她对自身文化的认知。"别生气了，"她疲倦地说道，"我只是有点累。我很抱歉。"

"我只是想说些对的事。"他暴躁地说。

"我知道。"她说。她考虑要不要把手伸到方向盘上握住他的手。但他们此时差不多到了她所预见的餐厅门口——绿色的带屏风的纤维板和一个红白色的"缅因海鲜汤"大招牌正对着佩诺布斯科特河，这条河风景如画，清澈纯净得令人心痛。

他们在一张长长的餐桌旁吃午饭，桌上铺着油腻腻的桌布，从这里可以俯瞰小小的贝尔法斯特港。他们都点了炖龙虾汤。南希要了瓶啤酒来让自己感觉好点。带有鱼腥气的和煦海风透过百叶窗把他们的纸餐垫和餐巾吹离了桌子。没几个人在吃饭。这个地方的绝大部分——像个被大型屏风围起来的门廊——都堆放着桌子和绿色塑料椅，收银台旁边的手写告示上写着，一个星期后这里整个地方就要关门过冬了。

汤姆的情绪和他们在车上争论后一样，只是不情愿地提到贝尔法斯特是海岸线上最后几个"未被发现"的小镇之一。在卡姆登，以及更东面的巴尔港，有钱人已经把一切都买了下来。早已售出的房产在家族之间过手——通过费城和波士顿的律师事务所。房地产经纪人从来插不上手。他提到了洛克菲勒家族、哈里曼家族和菲斯克家族的名字。但是他说，贝尔法斯特的开发因为一些环境问题而受阻——几十年来一家家禽工厂一直在污染海湾，所以那些昂贵的帆船装备没有出现在这里。他说，这个现在诱人的港口曾被鸡毛污染过。一切似乎不太可能。汤姆透过布满灰尘的百叶窗看向海鲜汤餐厅对面斜坡街道上的一座荒芜的临水公园。一个柏油篮球场已经建好，几个胖胖的白人孩子正在双手跳投，笨拙地运球。远处那头有一个新的攀爬铁架，没有人在那里玩。

"就那里，"汤姆说，用拇指和食指夹着塑料勺子，指着空荡荡的草地公园，那里看上去曾经有过什么大型建筑，"那就是养鸡厂所在的地方——就挨着港口。州政府最后把它关闭了。"汤姆皱了皱浓眉，好像这事情很严重。

一条沥青步行道环绕着草地。一个坐在银色轮椅上的男人刚从一辆停在山上的面包车里下来进入步行道。他开始耐心地推着自己绕步行道前进，而一个小女孩开始在里面的草地上嬉戏，一个年轻女子——无疑是她的母亲——站在面包车旁边看着。

"你是怎么知道这些的？"南希说，看着那个男人用力地推着轮椅前行。

"合作社一个叫米克的家伙，他来自班戈。他告诉我的。他说现在是在这里买房的好时机。再过六个月这里的房价就太贵了。这算是最后的机会。"

不知道为什么,她正在观察的那个坐轮椅的男子像是个年轻人,即使隔着一段距离也能明显看出他是个大块头而且很壮实。他并不着急用手推自己前进,只是想用自己的力量绕圈。她猜想那个小女孩和那个女子是他的家人,在他锻炼的时候,在这个空荡荡的并不漂亮的公园里找些事情做。他们毫无疑问也是游客。

"对你来说很糟糕吗?东西变得越来越贵?"她呼吸着港口泥泞深处散发出的浓烈的鱼腥味。太阳移动了位置,她举起手来遮住脸。"你不反对发展,对吗?"

"我喜欢过渡的想法,"汤姆自信地说道,"这创造了一种可能性的感觉。"

"我相信洛克菲勒家族和菲斯克家族也是这么想的。"她说,意识到这说法可能会引起争论,希望不要。"低价买进,高价抛出,留下一具美丽的尸体。事情不是这样的,是吗?"她很有感染力地笑着——她希望如此。

"我们为什么不去散个步呢?"汤姆把他面前的塑料海鲜汤碗推开,用一种用惯了油腻勺子的警察的方式。他们还是大学生的时候,他不是这么吃饭的。几年前,他还有着可爱的餐桌礼仪,不紧不慢地吃,享受一切。这都是受他爱尔兰母亲的影响。现在他吃饭急匆匆的,心思都在别处,而他的母亲死了。但是这个习惯就像他的本性一样。并不是他不像自己了。他还是他自己。

"散步不错,"她说,很高兴能离开,最后看了一眼港口以及那个坐在轮椅上的男人慢慢绕着圈的公园,"旅行就是为了寻找东西,对吗?"她寻找汤姆,他已起身走向收银台,背影离她越来越远。

"对的。"她回答了自己提出的问题,跟了上去。

他们走在贝尔法斯特九月初午后的街道上——从海鲜汤餐厅出发,沿着砖铺的山坡,穿过整洁的商业区,经过一家五金店、一家关门的电影院、一家信用社、一家银行、一家摩托车手酒吧、两个上了年纪的房地产经纪人、几家律师事务所和一间只有一张大椅子的理发店,理发店橱窗上杂乱无章地贴满了高中男生的照片,这些都是多年前的顾客。一个身材修长、扎着马尾辫的年轻人和他的嬉皮士女朋友正把一个大纸箱从一辆运货卡车上搬到一家带玻璃橱窗的商店里。那里有新鲜事。隔壁是一家由鞋店改成的有机面包房,店招是一个大面包,看起来就像真的一样。旁边有一家画廊。这并不是一个令人不快的小镇,静静地等待着很快肯定会到来的东西。她能明白汤姆为什么会喜欢这里。

从镇上的山上望去,可以看到下面港口更多的部分,它是另一个河口的嘴巴,沿着布满深绿色树林的堤岸流入佩诺布斯科特河。一座高高的、三十年代的老式钢桥横跨在河面上,就跟威斯卡西特的那座桥一样,不过这里的一切都显得小了些,没有那么气派,也没有那么多风景——蔚蓝的大海湾宽阔而乏味,只是又一个公园,贫瘠,没有鱼,随时准备被用于其他有利可图的用途。南希觉得,这是所有事物改变的方式。气味难闻的工厂、有毒的制革厂或水泥厂的存在,几乎像是人们希望拥有的,可以深情地回忆。汤姆不这么想。

"这里很棒,不是吗?"她说这话是为了让自己成为一个不错的旅伴。她已经脱下防水夹克,像游客那样把它系在腰间。啤酒让她感觉四肢放松,心满意足。"我们现在是在下东部吗?"

他们停在另一家房产中介的橱窗前。汤姆再次弯腰研究那一排排照片。散步也让她觉得有些发热,但把毛衣脱下后,海湾的风带来一阵太阳底下舒服的凉意。

又一辆旅游大巴开到中央十字路口的红灯前,红白相间,就像昨晚在宾永专卖店门口放下日本游客的那辆。所有的车窗都染着色,由于它转弯开始向山后的一号公路开去,她没看清乘客是不是亚洲人,不过她猜是的。她记起自己曾想过,这些人知道一些她不知道的事情。是什么事情呢?"你有想过这些大巴里的人透过窗户看见你时会想些什么吗?"她说,看着大巴换挡颤抖着爬上山向一家福特汽车代理商的标志驶去。"没有。"汤姆说道,仍然在看那些待售房屋的照片。

"我只是一直想对他们说:'嘿,不管你怎么想我,你都错了。我跟你们一样是外来者。'"她双手叉腰,享受着没有人听她说话的快感。她再次感到被孤立了,没有人理解——似乎就在这么一秒钟里她又获得了跟一切和解的感觉。这是一种宏伟的感觉,因为它是在没有明显刺激的情况下产生的,毫无疑问它也不会持续很长时间。但是它就在这里。这个被包围着的小镇提供了一个愉快的场合。此时最大的错误就是试图抓住这种感觉并让它永远保持下去。只要知道它存在就很好了。"被人看见,但明白被人看见是不对的。这难道不奇怪吗?这是不是意味……"她说,转身面对着佩诺布斯科特河,又转头看她的丈夫。

"这意味着什么?"汤姆已经站直了身子,正看着她,仿佛她中了魔咒似的。他把手放到她肩上,温柔地找寻她。

"这是不是意味着你现在的生活不是你真正想要的?"她只是在细细体味一种无声的感受,像已婚人士那样。

"不是你,"汤姆说,"没有人会这么说你。"

她心想,那辆旅游大巴不能在他挽着她的时候开过来真是太糟糕了,没有看到一对真正的已婚夫妇在夏日一条洒满阳光的街道上漫步。这句话描述中的大部分都是准确的。

"我想要更多地过自己想要的生活。"汤姆说,仿佛这个想法让他很伤心。

"你在努力。"她拍了拍他放在她肩上的手,闻到他身上温暖而略带汗味的气息。熟悉的味道。欢迎。

"我们去看看这里的房子。"他说,越过她的头顶看向山上,住宅区的街道在一片榆树和枫树的老树冠下蜿蜒而去,房子的正面在下午的阳光下显得白净而坚固。

沿那条狭窄、倾斜、叶影婆娑的街道走着时,汤姆突然好像有什么心事。他迈着测量员般的大步跨过碎损的人行道石板,仿佛在整理他在今天之前就制定好的原则。他的小腿,她喜欢的小腿,坚硬而黝黑,但枪伤造成的跛足因他双手扣在背后而更加明显了。

她喜欢这里的房子,大多数都比她预想的更漂亮、位置更好——比她和汤姆的漂亮的蓝色海角房子还要漂亮,她现在仍然住在里面。大多数房子都是标准希腊复兴建筑概念的美丽变体,但是有绿色的百叶窗和讲究的、弧形的、两步宽的门廊，偶尔还有一个屋顶天台，斜坡草地上种着胡桃树、老枫树、茂密的杜鹃花和修剪整齐的富贵草花床。跟马里兰东部的漂亮住宅区没什么不同。她觉得能用脚走走平时坐在车里驶过的路程很快乐，比起坐车匆匆到达然后离开，她更喜欢走路，匆匆到达然后离开现在感觉更容易放大他们刚刚经历过的误解和分歧。她喜欢并理解旅行的这些部分，你就在那儿，一切都停止了移动和变化。她仍能感受到刚才在市区感受到的那种令人愉悦的孤独所带来的颤动。但是这不是纯粹的孤独，因为汤姆也在这里；而是和你认识并爱着的人在一起时的孤独。这是理想状态。这就是婚姻。

汤姆现在开始大谈"预见生活"；那种走在生活前面的方式，他说，会让你注意到你所犯的错误，这些错误在你犯错之前看起来并不是错误，但事后看来很明显就是错误。有时候甚至是非常严重的错误。"预见生活"意味着你要很用力地在事前去感受你在事后会有的感受。"你躲过了大灾难，"汤姆清醒地说道，"这就是你应该去学习的。这就是所谓的成年，我猜。"她明白，他是在说——间接但也不是很隐晦地在说那个克里斯特尔什么的人。她心想，他这么担心那一切真是太糟了。

"可是那么做的话，难道你不会错过某些你可能很喜欢的事物吗？"当然，她是从汤姆睡克里斯特尔这个角度说话，在为大灾难说话。只是它其实并不那么重要。这一刻她更感兴趣的是想象这条街，诺耶斯街，在隆冬时节会是什么样子。白茫茫一片，从海湾呼啸而来的大风，一场让所有活动都瘫痪的冰冻。在夏末田园诗般的景象里是很难想象的。不过现在是人们买房子的时候。接着就是他们后悔的时候。

"但是当你想到其他人的生活时,"汤姆边走边说,"你不觉得他们犯的错误比你的少吗?其他人似乎总是对事情更有把握。"

"一个警察这么想可真奇怪。你不是应该对公正很有把握吗?"这可真是一场愚蠢的对话,她心想,顺着诺耶斯街朝她估计是自己居住的地方望去,在南边几百英里外,在那里她代表法律,为穷人和无依无靠的人辩护。

"我从来不是一个好警察。"汤姆说,停下来抬头凝视着一座淳朴的联邦风格的小宅子,高高的白色大门两边放着希腊式的装饰缸。早上修整过的草坪散发着清甜的味道。割草机在地面上留下凹陷的印子。男性屋主一个人站在屋里透过竖框的前窗看着他们。在另一条街的某个地方,电锯开动又停了,然后传来不止一把金属锤敲打钉子的声音,还有男人们在房顶上大笑交谈的声音。漫长冬天的准备工作正在全面展开。

"你只是和别的警察不一样,"南希说,"你人更好。但我不认为别人犯的错误更少。每个人的采样器的后面总是比前面乱。我两面都接受。"

空气中弥漫着温暖而浓郁的气息,好像木头、青草以及石板墙散发出一层甜甜的、慵懒午后令人沉醉的迷雾。她在想汤姆是不是想费力地坦白什么新的秘密,一个新的克里斯特尔,或者某种特别的不快,需要毁掉一个几乎完美的下午来履行它可怕的职责。她希望情况要更好些。尽管一旦你经历过这样一次坦白,你就一定会期待它再次发生。但是想着一件事和在意一件事是不一样的。这是她在法律事务中学到的有用的一课，让你晚上回到家能安心入睡。

汤姆突然又开始往前走了，显然是决定不再继续谈论别人能更好把握生活的话题，这很好。

"我们在海鲜汤餐厅的时候，我想到了帕特·拉·布隆迪。"他说，继续迈着有力的大步走在她前头，好像她就在他身旁一样。

帕特·拉·布隆迪是汤姆的搭档，死于汤姆受伤的那次行动。以前汤姆似乎从来不太想谈起帕特。她迈大步子走到他身旁，给他一个积极的倾听者的印象。"我在这儿。"她说着拉了拉他汗湿的衬衫的一角。

"我才意识到，"汤姆继续说道，"帕特错过的人生。我一直在想这个。然而当我这么想时，一切都好像堵塞了。帕特死后，所有的事情都成了我的阻碍。就好像因为有太多的困惑我无法拥有我的人生。我知道你不会认为我在发疯。"

"我不这么认为。"南希说。她想她记得汤姆说过这样的话。也有可能是她那样想过他。婚姻就是那样。可能他们俩都有同样的感受，就像一种哀悼的形式。"这就是你退出警局的原因，对吗？"

"也许吧。"汤姆停了下来，双手叉腰，看着一栋可观的、荷兰殖民时期建造的黄色建筑，它坐落在不远处的银杏和糖枫之间，可以通过一条蜿蜒的石板路，从石墙到它亮红色的、位于正中央的黄杨木前门。"这栋房子真漂亮。"他说。一条黑色的大拉布拉多犬躺在前院，但汤姆话音刚落它就挣扎着站起来，慢跑到房子里的某个角落不见了。

"真漂亮。"南希再次触碰到他衬衫的后背,靠下面的部分又热又湿。这里的肌肉鼓鼓的。她后悔最近没有碰他的背。比如昨晚在弗里波特。

"我觉得,"汤姆说道,似乎有点不情愿,"自从帕特被杀后,我就对人生很失望。你知道吗?"他仍旧看着黄色的房子,好像那是他唯一能承受的。"或者说我一直害怕失望。生活本来很美好,然后突然一下子我找不到方法来让一切保持简单。所以我只能让它变得更复杂了。"他摇了摇头看向她。

南希小心地把手从他温暖的背上移开,然后自我保护似的把双手背在身后。汤姆说的话开始让人觉得像是一段开场白,可能最终会破坏美好的一天,并重塑一切。可能他就是这样计划的。

"你现在找到了方法让事情变得不那么复杂吗?"她说,低头看着踩在颗粒状混凝土人行道上的她皮鞋的鞋尖。土里面嵌着一块方牌子,中间刻着"佩诺布斯科特混凝土,一九三八年"。她故意不与他的目光接触。

"我找到了。"汤姆说。他慎重地吸了一口气,然后吐了出来。

"那我能听听吗?"此刻站在这里让她感到恼火,有种被突然袭击的感觉。

"这么说吧,"汤姆说,"我觉得我可以在这样一个小镇找到一个地方开我的工作室。如果集中注意力的话,我也许能想出一些新的玩具造型,也许可以雇几个人。扩大产量。做网站。我想因为这里的变化我能干成点什么。就算干不成,我也还在缅因州,我能找到别的事做。必要的话我可以再做警察。"他用那双蓝中带黑的眼睛盯着她，尽管南希选择低着头听，双手背在身后。现在她抬头看着他，嘴角挤出一丝笑容。太阳照在她的脸上。她的太阳穴那里感到非常温暖。一个穿着卡其布短裤的男子刚刚从那栋黄色房子里出来，拎着一个高尔夫球包，向那条黑色拉布拉多犬消失的地方走去。他看见了他们两个并挥手致意，好像他们是他的邻居似的。南希也向他挥手同时向他露出了微笑。

"那我要去哪里？"她说，仍然微笑着。一辆棕白色相间的贝尔法斯特巡逻警车慢慢驶过，穿着警服的司机对他们毫不在意。

"我的想法是，你跟我一起来这里，"汤姆说，"这可以成为我们的一次大冒险。"他的严肃表情仍然停留在他英俊的脸上，他在谈起帕特·拉·布隆迪时就是这副表情。完全不是死人的脸，而是想表达不同意思的脸。是一个邀请。

"你想要我搬到缅因州来？"

"是的。"汤姆绽出一个满怀希望的、小小的笑容，点了点头。

多奇怪的一件事啊，她心想。他们来到这个小镇不到两个小时，就在一条街上，她分居的丈夫却提议放弃他们即使说不上无比幸福但也大致过得去的生活搬来这里。

"再问一次，为什么？"她说，意识到自己开始摇头，尽管她仍然在笑。在这个清澈宁静的下午，房顶上的工人再次因为什么笑了起来。电锯仍然沉默着。锤子又开始敲打了。那个拎着高尔夫球包的男人从他的车道上倒出一辆和他的前门一样亮红色的沃尔沃旅行车。他在用手机打电话。那条拉布拉多犬小跑着跟在后面，但在车驶上街道时停住了。

"因为这里还没有被毁掉,"汤姆说,"还因为在我住的地方我对自己知道得太多了,我想在变得太老之前找到一些新的东西。也因为我认为如果我——或者我们——现在做这件事,就不会眼睁睁看着这里的一切被搞砸。也因为我想我们会幸福。"汤姆突然向上看了一眼,好像有什么东西突然从他眼前闪过。他看上去困惑了一会儿,然后再次看向她,就像他不确定她在不在这里似的。

"这不会就是你预见的生活吧,是吗?"

"不,"汤姆说,看上去仍然迷迷糊糊的,"我想不是。"他可以是一个非常真诚、非常迷人的男孩。注意到这一点让她觉得自己老了。

"所以,我们现在这样站在人行道上,我是应该同意还是不同意?"她想起了那个戴着白手套晾衣服的女人。没有必要重提这件事以及再过一个月就要到来的毁灭一切的寒冷。

"不,不。"汤姆迟疑不决地说道。他看上去几乎准备收回这一切,此刻正在为刚才说出了自己想说的话而感到不安。"不。你不需要如此。这很重要,我知道。"

"这一切都是你计划好的吗?"她问,"这一周?这整个小镇?这个时刻?这是个计划吗?"她准备对这一切一笑置之,不予理会。

"不是,"汤姆用手捋了捋头发,那里混杂着白发,"我就是想到了。"

"要是我说我不相信你,那会怎么样?"她注意到自己的嘴角微微地、不赞同地翘起。这是克里斯特尔事件后这一年来养成的习惯。

"那样想你就错了。"汤姆点了点头。

"好吧。"南希微笑着看向四周那些漂亮、严肃的房子,静谧、风景画般绿树成荫的街道,所有人都喜欢的斜坡草地。要是你想寻找一个被精心呵护的环境,此刻它就在你身边。这里不是东部的密歇根。谁会不想搬来这里呢?她心想。这是某种男孩会有的难以置信的梦想。在某种程度上,全世界都在梦想它,等待着它能成真。奇怪的是,她从来没有过。

"我现在累了。"她用手指轻轻拍了下汤姆的前胸。事实上她觉得自己身体沉重,甚至比以前更苍老。疲惫不堪。"我们找个地方住下吧。"她露出一个迷人的微笑,转身向他们来时的路走去,下山回到贝尔法斯特中心。

在汽车旅馆里——这是一家位于大桥后面新开的"缅因人"旅馆,他们在午餐的时候看到的,房间里有长长的、无遮挡的后窗可以看见波光粼粼的宽阔海湾——汤姆似乎是他们两个里面更疲倦的那个。在车里,他表现出一种不相称的但很令人讨厌的沉默寡言,没有语言可以形容那看似脆弱的情绪。他们一办理好住宿登记,在冷冰冰的小房间里打开行李箱,拉下窗帘,他就打开没有声音的电视,穿着鞋子和衣服躺倒在床上昏昏睡去,只说了句他晚餐想吃龙虾。对汤姆来说,不管有没有心事,他永远都睡得很沉。

南希在台灯旁的硬皮扶手椅上坐了一会儿,翻着前面的房客留在床头柜抽屉里的杂志:一本《航海》,里面有一篇伦敦到开普敦的比赛报道；一本《佳人》，上面有几张柱状图显示卵巢癌同酒精的关系；一本《好色客》，有位业余艺术家在女孩的照片上画了墨水胡子并用小箭头指着她们的档部配上文字说明"这里藏着罪恶""仅供会员""跟你那话儿在一起"。真是些长着纤维瘤的淘气航海者，她心想，把杂志推回抽屉里。

那里还有一本她早餐时看到的杂志《省钱一族》。她看了更多的"下东部搜索"栏目。到北部来见识一下成熟的普雷斯克艾尔①吧，身材让你不由得想抱抱，单身犹太女性，可爱甜饼。喜欢对舞和午夜划船，在寒冷干净的海里裸泳。对感觉对味的单身犹太男性开放无限可能，寻觅对象在四十五至五十五岁之间，无病史。非诚勿扰。谢绝人字拖和法裔加拿大人。只讲英语。令人感动啊，她心想，这种对可能性的普遍感觉，对可能有什么在那里等待着的感觉。但是，一个孤独的单身犹太女性在缅因州做什么呢？为什么人字拖会如此惹人厌烦？身材让你不由得想抱抱可能是指胖。

她希望现在能少想一些事。当他们开车穿过贝尔法斯特时她很生气而且表现得很生气。没说什么话。后来，当汤姆在办公室里付房费而她在车里等着的时候，她突然完全不生气了，尽管汤姆拿着钥匙回来的时候没有注意到。这也是为什么他睡了过去——就好像他的睡眠就是她的睡眠，等他醒来后一切都会得到解决。当然，相安无事的时刻从来都不是不受欢迎。在绝对必要的时刻到来之前最好不要让生活复杂化。汤姆所有的问题也许只是和他事后对退休的

---

① 普雷斯克艾尔，缅因州最大的商业中心城市。

恐惧有关——另一种"反应"——等上一会儿，如果她没有让事情恶化，他就会忘记的。生活中充满了严肃但完全没有意义的谈话。

无声的电视上播放着高尔夫比赛；另一个频道播放着年轻的、脸颊光滑的克拉克·盖博主演的电影；还有一个频道播放着非洲纪录片，面黄肌瘦的狮子趴在黄褐色的草丛里，在一次真实的杀戮之后打着盹。电视机在汤姆身上投下令人愉悦的水样的光。不久，成群的牛羚开始在一条暴涨的浑浊河流中疯狂地淹死。无声中有一种平静——尽管有那么多淹死的画面——似乎是一个人听见的而不是看见的造成了这些问题。

就在窗外，她听见了一个孩子的笑声以及一个男人在耐心、低沉地说着一些鼓励的话。她把厚厚的塑料窗帘拉开几英寸，迎着刺眼的日光看向外面旅馆的草地，那里有一个身材壮实的年轻人坐在银色轮椅上，穿着红色运动汗衫和白色棉质短裤——他的双腿粗壮，晒得黝黑，背部毛发浓密——正试图用一根小鱼竿和鱼线，放飞一只喜庆的橙色纸风筝，一个金发小女孩大声笑着把风筝举过头顶。微风吹在纸风筝上发出啪啪的响声，风筝上面画着一张东方人的笑脸。轮椅上的男人不停地说："好了，跑吧，现在，跑。"就这样，那个小女孩——看上去一定有七岁了——突然跳起，玩耍着往这里或者那里跑，把风筝举得高高的，直到她跳起来把它抛向空中脱离她的手指，而男人猛地挥动鱼竿试图把那张笑脸拉向风中。但是每一次，风筝都垂下来，轻轻落回到一直延伸到岸边的草地上。每一次男人都会说，并在句尾抬高声音："好了现在。她又飞上去了。我们能办到。捡起来再试一次。"小女孩不停地笑着。她穿着粉红色小短裤和亮绿色的上衣，赤着脚，双腿呈褐色。她看上去快乐极了。

他就是镇上公园里的那个男人，南希心想，重新合上窗帘。无关紧要的巧合。她看着汤姆和衣睡着，无声地呼吸着，双手像死人一样抱在胸前，他赤裸的褐色双腿以一种完全随意的方式在脚踝处交叉着，蓝色跑鞋一只叠在另一只上面。在平静的睡眠中，他英俊、没有剃须的脸显得很普通。

她换频道看了一场棒球比赛。芝加哥小熊队对一支穿着浅绿色球衣的、她不认识的球队。她父亲曾是小熊队球迷。他们自认为都是北方人。他们会在这样的温暖的秋天午后去小熊队主场瑞格利球场。他会编一个理由让她不用去上学，买下一垒线的位置，让她用一支粗短的蓝铅笔记录比分。那是六十年代。她努力回忆球员的名字，用他们蓝白相间的球衣和爬满藤蔓的外场墙壁作为三十多年来记忆的填充。她记得微笑的厄尼·班克斯，还有一个叫罗恩什么的白人球员，以及一个苦着脸的、穿高腰裤的加拿大大个子黑人选手，他投得不错但后来卷入什么麻烦事进过警局，还在电视上痛哭流涕。当时太小了，记不清了。

但是这种回忆的尝试让她感觉好多了——进入了那种难得的和谐状态，就和刚才她站在阳光灿烂的街角被一车的日本游客错认时的感受一样：仿佛没有环境的帮助和很久以前所做决定造成的爱的拖累，她变得特别可信。当然，比此时此刻的她更可信。此刻，她被困在缅因州东部的什么地方，和一个任性的丈夫一路走下去，患着再多的人生预测或真正的婚姻都无法治愈的精神上的阻塞。

这整个旅行——汤姆拼命地推销他荒谬的想法，唯一目的就是让她拒绝，这样他就可以随心所欲做他想做的事了——让她觉得丈夫有点不够厚道。让他显得愚蠢而幼稚。让他显得不靠谱。不像个成年人。她认为这是个不好的预兆，当你发现自己是个成年人，而你一生所爱的人突然变成一个精力过分旺盛的孩子，把自己伪装成一个充满热情的人，而他那巨大的热情你根本无法分享。因为这意味着和汤姆·马歇尔的共同生活很可能已经结束了。这和她作为公设辩护律师服务的那些客户看待结论的方式不同——他们传递信息的媒介是威士忌酒瓶、扫帚柄、汽车保险杆、枪支、锋利的器具、易燃物、拳头的有力部分。在那里，情形都很生动、突然，灯光总是刺眼而粗暴，音量很大，门被用力地推开，就为了让所有人看见。（她的工作就是把这些事情带回到更安静、更理智的轨道上，这样一切都可以被更细腻地理解、感受和承受。）

对于她和汤姆来说，他们大体上是体面人，过程会不一样。她的冲动是想去帮助。他的方式是努力，更努力。他的不忠是他的热情。她的冷漠是耐心。但最终，所有热情会被耗尽，所有耐心也会被耗尽。可能性会越来越少。生活不再是一片你和你选择的伴侣一起走在上面的开阔平坦的平原，而是相反，它变得杂乱无章，难以通行。汤姆曾经说过：生活变成了一种禁锢，所有事情都成为另一些事的阻碍。你最终追寻的不再是一条新的、更清晰的道路，而是一条逃离的道路。他们自己的儿子无疑已经预见到了这样的生活，那就是应该简单轻松。尽管这看起来好像很奇怪——既然他们的儿子不在身边——想到他们竟然有个儿子。她和汤姆似乎更像是彼此的父母。

但是，现在最好还是朝着她想要的方向前进，即使那里并没有汤姆的位置，即使她不知道她怎么会想要一个没有汤姆的结果。即使这意味着她是那种做了事、说了话，然后重新思考，甚至在事后后悔的人。说到底，汤姆并不打算为了她而改善生活，不管他怎么想。他只想改善自己的生活。而要说服别人放弃改善自己的生活是徒劳的。他有愿望。他有恐惧。他是个足够好的人。生活不应该总是努力，努力，更努力。生活中的大部分时间都不需要那么努力。他会同意这才是真实的。

在这幽闭的房间里，现在似乎有一道奇怪的、来自另一个世界的金色光芒落在一切事物上。落在汤姆身上。落在她自己的双手和手臂上。落在床上。穿过静止的空气，像一层雾。这很美，有那么一刻她想和汤姆说话，叫醒他，告诉他有些事或其他事都会好起来的，就像他希望的那样；以某种充满希望、经过时间检验了的方式变得热情。但她没有这样做。然后那层金色的雾消失了，一瞬间，她好像稍微明白了自己是怎样的人——尽管她找不到合适的词，只知道说这么多话的时间已经过去了。

房间外面，那个小女孩在高声尖叫。"哦，我爱这个。我太爱这个啦。"南希拉开窗帘，柔和的光落在椅背上，她能看见那个轮椅上的男人把风筝放飞了起来，一手举着玻璃纤维的钓鱼竿，一手推着轮椅滑下了草坪山坡。那赤脚的孩子一蹦一跳的。她那张几乎成人的长脸上挂着灿烂的笑，仰头对着天空。

南希站起身，啪地打开汤姆敞开着的行李箱旁的台灯。一只鲜艳的、完好的、包着热塑包装纸的瓦格纳小狗和一座白色的缅因灯塔塞在他的衬衫、剃须包和袜子中间。还有他蓝布盒装着的勇士勋章以及他出于自卫习惯性带着的自动手枪。她只拿起了那只瓦格纳狗，关上灯，让房间重回阴影中，从后门走到草地上。

外面的空气清新凉爽，只有轻微的风，天空中布满棉絮似的云，似乎快要下雨了。每个房间都配有小小的混凝土露台和几把蓝色海滩椅。那只风筝，那张斜着眼睛的脸向下笑着，飞舞着，跳动着，随着那个轮椅男人滑下草坪滑向海湾，越飞越高。

"看我们的风筝啊。"小女孩尖叫着，朝着南希搭手遮阳，另一只手高兴地指着越来越小的风筝。

"真厉害。"南希说道，也用手遮在额头上抬眼向上凝视。风筝让她笑了起来。

轮椅上的男人转身看着她。他块头很大，你能看出他红色汗衫底下粗壮的肩膀和圆鼓鼓的手臂。他的头很圆，头发密而短，眼睛小而黑，凶悍且不友好。她朝他笑了笑，并莫名地摇了摇头，好像风筝让她大吃一惊。一个前运动员，她心想。一场浅水区的潜水事故，或者某次橄榄球冲撞，让他只能坐在金属椅子上放风筝。可惜了。

那个男人看着她，什么都没说，也没有做任何手势，他的表情是如此专注，好像不想被人打扰。但是，她感受到一种仅仅被人看着的愉悦，不需要做任何评论的愉悦。凉爽的微风，面对着艾尔伯勒岛的漂亮、开阔的水景，一只风筝停在空中，这些已经足够好了。

接着她满脑子都是可以预见的事情。这个瘸腿男人的鞋子。你总是会想到这个。他的鞋子是黑色的，没穿袜子，就像保龄球鞋，那种永远穿不坏的鞋子。他只会厌倦看到它们吧，会把它们送给比他更不幸的人。他会为此而愤怒吗？他会谈论这一点吗？他的妻子，不管她在哪里，会不会一直都非常疲倦？她会半夜起来站在窗前向外看，希望有些具体的事情发生，然后不为人知地回到床上。这里面有痛苦吗？所谓痛苦的幻影是否真的存在？他有没有做没有痛苦的梦？梦见从椅子上站起来，笑着走来走去，或者在梦里从来就没有那张轮椅？她想到一条狗，后腿连在一部小轮车上，小跑着，好像一切都很好。那下面有什么部位是功能健全的吗？她在心里问自己。他的生活里有没有理解和宽容？他会觉得他的困难处境"有意思"吗？双腿残疾有没有打开新的、重要的感知领域？他知道什么她不知道的事吗？

她心想，也许嫁给他，会比其他许多种人生都更好。尽管你很快就会触底，开始注意到太多的烦心事，开始对一切感到后悔。也许他在这里放风筝的时候，他妻子正在酒店的酒吧里喝酒，和侍者长谈，说着她的过去、她的父亲、她的家乡，以及她以前是怎么看世界的，什么曾经让她开怀大笑，她给谁投过票，她喜欢什么类型的音乐，她有多么喜欢缅因，它看上去是多么真实，他们觉得什么时候会回家。他们有多么希望能多待一会儿，多待一会儿，再多待一会儿。这是她——南希——不会做的事。

"你想放我们的风筝吗？"那个男人在对她说话，他的声音在句尾扬起来，几乎和汤姆一样。出于某种原因，他正在笑，眼睛明亮,越过他毛茸茸、圆鼓鼓的肩头以一种新的姿态往后看。她注意到他戴着眼镜——刚才竟然没注意到这一点。那只风筝,那根像丝一样的细线在一阵猛拉中向上鼓起,随风飞舞着几乎要看不见了,变成眼睛里的一个小点。

"哦,去放啊,去放啊,"小女孩大叫道,"那会很棒的。"她张开双臂举过头顶,就好像在丈量某个巨大的、难以想象的愿望。她一直在微笑。

"是啊,"南希说着,朝他们走去,"当然。"

"你能感觉到它在拉你,"那女孩说道,"就好像你要飞到星星上一样。"她开始在草地上转了一圈又一圈,像个小托钵僧似的。坐在轮椅上的男人微笑着看着女儿。

南希感到有点尴尬。自己被人看见了。这很令人震惊。宽阔的蓝色港湾从她这里延伸到山下,从那里升起一阵清爽的微风。她完全不清楚自己能不能抓住这只风筝。它会把她带起来,把她拉走,拉到远得看不见的地方。这令人不安。她拿着那个玩具瓦格纳狗想送给那个孩子。那将会有很好的效果。然后,她一边想一边走向他俩,受宠若惊地笑着,她会接过那只风筝——那根钓鱼竿,那根线——是的,当然,放飞它,抓住机会,变得坚强,无懈可击,尽她所能地坚持下去。

深　渊

在菲尼克斯的销售会议开始两周前,弗朗西丝·比兰蒂克和霍华德·卡梅隆从威拉曼提克镇和波卡图克镇各自的家中开车出来,在密斯提克镇的橄榄园见面把事情又详细讨论了一遍,紧张地在福米加桌面上留下指纹。然后各自走进洗手间打了一个私人电话,谎报接下来的几个小时他们会在哪里。然后他们开车去了州际公路下面的豪生酒店,以加菲尔德夫妇的身份办了入住登记,在五分钟里锁上房门,打开空调,拉上窗帘,遮住洒满阳光的窗户,放纵沉湎于他们压抑了一个月的激情。一个月前他们在授奖晚宴上相遇,当时他们被授予康涅狄格州年度最佳房产经纪人。

那个授奖晚宴上他们之间到底发生了什么对他们两个来说都像是一个谜。他们在主桌相邻而坐,在拿到年度最佳房产经纪人奖之前几乎没说过话。但头盘吃过后,霍华德对坐在自己另一边的人说了一个关于阿尔茨海默症的笑话,让弗朗西丝笑了出来。当霍华德意识到她觉得自己很幽默时,他们的眼神交会了,以一种弗朗西丝觉得震颤但同时又无可否认的方式,因为,在她看来,他们俩都体验到(也百分百承认)一种巨大的、发自本能的肉体上的吸引力——这种吸引力,她觉得,动物可能经常能感受到,而这一发现让他们两个的生活一下子都变得可以忍受了。

在十五分钟里,她和霍华德·卡梅隆开始就其他获奖者的餐桌礼仪、他们难以捉摸的穿衣品位以及可能的销售风格窃窃私语,同时一直避免谈论那无聊的房地产经纪人的陈词滥调:关于如何卖出房子、灾难性的建筑审查报告,以及客户们经常在他们的车里发生的难以置信的争论。

到上甜点的时候,他们已经进入更敏感的地带——弗朗西丝大专时的室友梅瑞狄斯,六月死于脑癌,年仅三十四岁(也是弗朗西丝的年纪);霍华德父亲的心跳过速,到死也没有实现到苏格兰坦伯利打高尔夫的人生愿望。等到餐巾放上空餐盘时,他们的话题转到了人生短暂,应该榨出每一秒的价值。到上咖啡时,他们已经能安心地讨论像性这样的话题了,谈到这是一个在文化中被误解得多么厉害的主题,谈到让性甚至成为一个主题全都是清教徒的错,因为它本来应该是完全自然、不该被污名化的。他们各自充满爱意地说起他们的配偶,但没有谈太多。

坐在这长长的主桌上,旁边满是获奖者和老板,正对着华美达酒店的宴会厅,里面坐满了喧闹大笑的人,他们不认识这些人,但这些人偶尔会眯着眼睛向他们两人投来燃烧着的恶意之箭,渗透在他们交谈中的性,就像是他们——但只有他们——决定分享的一个浓稠、丰富但具有爆炸性的秘密。而一旦这种情况发生了,所有一切,房间里的每件事、每个人,弗朗西丝和霍华德计划晚上做的每件事——深夜沿着黑暗狭窄的康涅狄格高速公路开车回家找各自的伴侣，到威拉曼提克找埃德，到波卡图克找玛丽；可能会心血来潮地和小丑一样的同事们去逛逛酒吧；可能会检查电话留言里有没有下班后客户打来的电话——所有关于这会是一个平淡无奇的夜晚的想法都终结了。

以弗朗西丝的观察，绝大多数美国人在对性失去兴趣之前都还没有开始在性爱方面达到成熟。说真的，北欧在这方面的态度是最好的，不把性当成了不得的事——只是人类的一种正常反应（就像睡觉），理应得到尊重，而不过分沉溺。

美国人对有关青春与美的错误观念太上心了，霍华德赞同这一点，像个智者似的把长胳膊抱在胸前。他有六英尺五高，一双像比萨饼盘子一样大的手，曾在西康涅狄格州打篮球。他父亲曾是他高中时期的教练。霍华德的眼睛是无生气的灰色，靠得很近，仍然留着老式的马虎的板刷头，让他看上去比二十九岁要老。性高潮被过分重视了，他说，相较之下，真正的亲密关系则被过分低估了。

他们都同意，婚姻里没有什么可以达到绝对的完美。婚姻不应该是牢房。最好的婚姻关系总是那些夫妻双方都能自由追求个人的需要，尽管他们都不倡导开放式婚姻的概念。

"婚姻"这个词，弗朗西丝说，实际上来源于古斯堪的纳维亚语，意思是指一种特殊的致命疾病发作后的时间，这时候疾病已经控制住你但你仍然可以没事一样四处走动。这是她父亲开的玩笑，但她并不是把它当成是讨人嫌的家伙的牢骚话来说的。只是表示一种轻微的厌恶，就像霍华德的阿尔茨海默症玩笑一样。她发现自己能和霍华德·卡梅隆开玩笑，他有种直接但耀眼的小智慧，呆头呆脑的前运动员也不完全是白痴，有时也可以很有趣。她有点惊讶仅仅过了两个小时她就已经因为懂他而可以放松相对。和埃德在一起六年她都没到这种程度。

"我是五个里面的第五个。全是男孩。"霍华德说，看着墨西哥侍者收拾着桌上的餐碟。他们自己的桌子已经空了，人群正从后门渐渐散去，留下他们两个显眼地独坐在铺着白桌布的桌台后面。人们在互道再见，说着在州际公路上开车过夜的蹩脚笑话。大厅里的灯全亮了，表示散场的时候到了，房间里弥漫着一股食物的酸味。他意识到他们明显是在拖延着不想离开。但是他感到和弗朗西丝·比兰蒂克在一起有种亲密感。"我想我父母一定有着高质量的性生活直到我父亲不得不使用血液稀释剂，"霍华德阴郁地继续说道，"然后，好吧，我想事情就不一样了。"

"科技介入了，对吗？"弗朗西丝说道，得意地笑了笑。她很有精神，有一双抓人的蓝眼睛，一头金发弄了个有点男性化的迷人发型，有一颗几乎注意不到的小龅牙，露出了门牙的牙根。她是一个来自布里奇波特的波兰鳏夫的独生女，在高中练过平衡木，身体硬得像小砖头。她可能见过许多世面。但他知道他有点太快变得认真起来，而这可能会吓到她。只是她必须明白什么是什么。这是个游戏。"他是服药？还是用泵？"弗朗西丝用拇指比画了一个上下抽动的动作，上下，上下，还发出一点"嚯嚯嚯"的嘎吱声，"这对老人效果更好，我猜。"

"他用的不是那种。"霍华德说。然后他想到他父亲悲伤地站在他们家后院宽阔、刚修剪过的草地上，那草地一路延伸到康涅狄格庞弗里特波光粼粼的奎纳博格河。那是晚春的某一天，他父亲做完血管扩张手术后从医院回来。大雁呈 V 字形从空中飞过。他父亲穿着褪色的马德拉斯短裤赤脚站在凉爽的草地上，出神地望着某处。他的双腿瘦而苍白。这一幕令人心碎。

但不管心碎与否，霍华德心想，这只是表明在有人拿着血管扩充器追着你跑之前，你必须紧紧抓住人生尽情压榨它。婚姻、孩子——这些当然都是你能压榨生活的方式。他父母的方式（尽管他们现在也许并不这么快乐）。但还是有其他方式，这个社会或者他们的雇主威博尔特公司——从五月岬到安娜岬海岸线上到处都有他们红白色相间的"吉屋待售"和"真遗憾你错过了"的广告牌——不一定会接受的方式；还有些道路是你铁定不会每天都去走的。当然，除了那些每天选择的道路。每分每秒都可能有人在某个地方走在另一条道路上压榨着人生。也许就在这个华美达酒店里，当他们的宴会结束时，有人正在这么做。为什么要抗拒呢？

"我希望我没有点燃一个严肃的话题。"弗朗西丝冷静地说道，她是指他的父母。她穿着白色的长裤西装配一件绿色圆点衬衫，她知道，这身衣服丝毫没有展现出她的曲线。但是今晚，她获奖的特殊之夜，她想让自己看上去既华丽动人、引人注目，但又带着点职场正式的感觉。毕竟，她在她负责的康涅狄格西部卖掉的房子比谁都多，并且为此拼尽全力。那些可不是登记挂牌后轻轻松松就能卖掉的沃奇山的现代水景房和联邦风格的别墅，而是磨破嘴皮卖掉的危地马拉移民区附近的联排屋、四居室的海角房，以及一百五十间位于威拉曼提克垃圾填埋场下风口的公寓房——这些房子在任何一个市场里都可以埋葬你。而她知道做生意不是轻松的事，所以你必须看上去像那么回事。她把自己想象成一个聪明、强硬的人，一个波兰血统的老手，一只早起的鸟，一个面对困难眼都不眨的快速学习者。

但这并不是说你就不能和霍华德这样的大高个去找点乐子。一个个子高大、笨重的前运动员，眼睛里带着一丝顽皮，也有一肚子的压力需要释放。和霍华德·卡梅隆进行这样深度、私人的交谈就是对她把工作干得那么出色的奖赏。

"我敢打赌，如果我们找一家没有这么多熟悉面孔的酒吧坐坐，我们就不会这么严肃了。"弗朗西丝说，拿起餐巾擦了擦嘴角。她喜欢自己说这话时的声音。

霍华德已经在点头了。"对。我相信你是对的。"他拿起那份廉价的、镶着假木框的证书，这是他靠卖掉大量的房产让自己以外的所有人都变得有钱而得来的。"我打算把它挂在家里的马桶上方。"他说。证书上他的名字下面有一个金色的胶印，边缘用哥特式字体压印着"此印汝将战无不胜"[①]几个字。他不知道这是什么意思。

"我打算把我的留在什么地方。"弗朗西丝说。她离开长长的主桌时，他感觉到她那硬得像块木头的体操运动员的大腿（相信是无意的）擦到了他的膝盖。"你找个酒吧，好吗？我会来找你。"她把她的小手放在他的大手上摁了一下。"不管哪里我都会过去。"她朝后门走去，把他一个人留在桌边。

---

① 原文为拉丁文 In Hoc Signo Vinces。

透过厨房门上的圆形舷窗，一个黑人女人的大圆脸盯着他们看了有一阵子。里面的工作人员在等着下班回家。但是当霍华德看见那女人的眼睛时，她对他眨了一下，给了他一个他很不喜欢的放荡的眼神。

这些事就是这样发生的，他明白了，手指扒拉着廉价的"年度最佳房产经纪人"的奖牌。今晚过后他还会见到弗朗西丝·比兰蒂克。这不可能不发生。他预想不出会是怎样的环境或者会有怎样的风险——他们是会直接上床还是只吃个午饭。但是在这种热烈又出奇熟悉的方式里他知道性爱可以在最不受怀疑、最纯洁的人际交往中成为无可避免的必然，现在好像没有什么不一样，但是他们两个才喝了一杯就已经差不多认真地考虑在不久的将来颠鸾倒凤了。她也知道这一点。不管接下来会发生什么她一定是准备好了——那在他腿上的轻轻一擦绝没有错。女人现在完全不同了，他想，职业女性更是这样。口交等于过去的握手。他沿着熙熙攘攘、挤满度假者的九十五号州际公路开车过来的时候根本不知道这个星球上还有个弗朗西丝·比兰蒂克，也不知道她在等他，而等他们当选年度最佳房产经纪人之后，他们已经摸索着要寻找一间黑黑的小酒吧去干下流事。这个世界充满了奇迹般的惊喜。他绝对为这个惊喜准备好了，准备去发现它将带来的所有神秘和奇迹。

他回头看向那个黑人女人对他眨眼的舷窗，想给她一个回应的眼神，告诉她他知道她是什么意思。但窗口空无一人。窗后面的灯已经熄了。

在菲尼克斯，威博尔特公司的"销售节"占据了高耸入云的由金属和玻璃构成的丽笙酒店，酒店位于人潮拥挤的西部山脚下的郊区，在那里你能观赏到那座具有压迫感的、没有边界的城市的宏大景象。那里有两个高尔夫球场、四十五个网球场、一个儿童水上娱乐中心、一个水族馆、一家赌场、一家巨幕电影院、一家有十八块银幕的多功能电影院、一所医院、一座图书馆和一个心理危机咨询中心，以及一条快速通往沙漠某个地方的高架单轨铁路。所有这些似乎都是在保证安静空荡的走廊里没有人会碰到他们两个在一起，空无一人的后门楼梯、打开的电梯门里每张脸对他们来说都是不会再见到的。再加上密闭的空调房间、厚重遮光的窗帘、铺着凌乱床单的巨大的床、巨大的电视机、满满的冰柜、按摩浴缸和二十四小时匿名的客房服务。

但是他们知道他们会因为任何蛛丝马迹而被人探知。如果这样的话他们会立刻丢掉工作。房地产业已经不像以前了，那时候有办公室恋情燃起，每个人都会觉得很甜蜜并且看向别的地方（去嚼舌头）。而现在，办公室恋情，即使是发生在相隔几十英里的两个办公室之间的恋情，都会把你送上联邦法庭，理由是你个人混乱的生活破坏了工作环境，你搅乱了那些一心只想在繁荣市场中发财的失败同事的情绪，他们都在为自己的失败寻找借口。如今，个人生活几乎等同于犯罪。每个人都怕得要命。

所以，霍华德和弗朗西丝从不同的机场（普罗维登斯机场和哈特福特机场）飞过来，预定了位于不同"塔楼"的房间。霍华德要了间吸烟房，尽管他不吸烟，然后要求不要接任何电话进来。到这里的第一晚，在白金会员俱乐部的见面会上，他们各自和不同的人群混在一起——弗朗西丝和几个来自新泽西的精神高亢的女同性恋经纪人，霍华德和一群沉闷的定期去教堂的缅因州经纪人。之后他们又去了不同的鸡尾酒酒吧，然后是不一样的墨西哥餐厅，在那里他们确保自己不喝太多酒并且不停地谈论自己的伴侣，一次也不提对方的名字，连康涅狄格都没提。

结果是第一天晚上结束时，当弗朗西丝在十一点三十分轻轻敲响霍华德的房门准备找点乐子时，他们俩都感觉很难马上抛开他们在公众场合无可指摘的伪装，所以他们围着一张木质小牌桌，在酒店不舒服的椅子上坐了一个小时，除了谈论这一天是怎么过的，什么也没做，尽管他们的这一天百分之一百相同。

弗朗西丝喜欢谈论房地产。让她自己也没想到的是，她很享受跟"花园州女同志"一起度过的夜晚，学到了一些新思路，针对由不同种族构成的低收入人群进行电话推销的策略，发现她自己也能贡献有用的经验，比如巧妙设置保证金让买家一开始就付全款，但交易结束时他们会受到保护，即使卖家事后后悔也可以毫发无损。她说是因为她丈夫埃德在许久以前遭遇了一场工业事故，一处无法确诊的伤让他不再适合工作（他年纪要"老"一点），她被迫投身房地产业作为她的全职事业，而她本来有望成为一名理疗师，也许还能在法国工作。这是一种运气，她觉得，让她最后变得"这么令人发指地擅长推销"。

另一方面，霍华德（他已经在八月那次颁奖晚宴后找到的那家光线昏暗、适合老板和秘书幽会的舒适酒吧里解释过了）只是把销售房地产看作一种"过渡策略",在他大学毕业后的第一份工作(游乐场管理员)和更有创业精神的工作之间的桥梁,同时考虑到干房地产还可以到处旅行、有激励性奖金以及公司用车等便利因素。他全家都是终身的共和党人,他的两个哥哥是工程师,在康涅狄格的新伦敦从事铺路业务,他们在考虑把他也带入这一行。唯一的问题是他跟这两个哥哥相处得不太好,还有他的妻子玛丽根本就不喜欢他们。这也是他还在推销房子的原因。

弗朗西斯带来一瓶不是很冰也不是很好的灰比诺葡萄酒,这瓶酒摆在酒店的桌子上冒着水珠,旁边放着两个从浴室里拿出来的透明塑料杯,他们就用这杯子喝。菲尼克斯那巨大暗沉的沙漠身躯躺在东边的玻璃窗外——汽车在移动,飞机降落在勾勒出轮廓的跑道上,蓝色的警车灯光闪烁,在警灯的照射下,附近房子宽宽的墙壁染上了一块块夜晚的南瓜橙色。这景象很异国情调。这是西部。他们俩都没有来过这里,尽管霍华德说他读到过菲尼克斯是美国最容易被盗车的城市。

弗朗西丝喜欢霍华德·卡梅隆。此刻感到一点微醺,还倒着时差,又说了那么多话,她很欣赏他还能展示出很好的幽默感,同时又显出亲切的体贴——在今天这件事上,他没有擅自假定她一定会出现在他房间里,尽管他们在授奖晚宴之后已经在四个不同的海边汽车旅馆的床上度过了四个下午。他明白什么是体贴(即使她认定他和她一样早就准备好了投身欲望)。他也意识到了他俩危险的处境以及她会承受多大的压力。对,他准备好要在波卡图克对他妻子说谎;但是他看起来也像一个体面的顾家男人,有着强烈的是非感，并不真的希望伤害任何人。她也有同样的感受。这很微妙。对于他们现在所做的事，像这样的左右摇摆，也许教科书上会有某种归类，但是她还不想说是什么。

她让自己带着醉意的目光从菲尼克斯那块华丽的闪闪发光的菱形往上进入没有月亮的黑暗夜空，在那里，霍华德的妻子玛丽，一个她甚至连照片都没见过的女人，像显影盘里的照片一样从乌云中显现出来。那是一个年轻的、有着甜美脸蛋的、和她一样的金发女子，她椭圆形的脸庞和心形的小嘴挂着失望的表情，她的眼睛很大、很哀愁，明明白白地表达着受伤。

"这是真的，"弗朗西丝·比兰蒂克说道，"我能理解你的感受。"

"嗯？"霍华德说。他回头看向房门，仿佛有人走进来而弗朗西丝开始和这个人说话了。电话机上的红色留言灯在不停闪烁，从他吃完晚餐回来后就一直这样。由于时差的关系，现在打电话回家太晚了，他想。

然而，并没有人走进房间。房门上了锁链。"你是在和我说话吗？"

"我想我是累坏了，"她说，"我刚才一定是坐着睡着了。"她笑了笑，心里知道那是一个甜美的、也许还有点悲哀的微笑。这是她投降的表情，她已经准备好他放弃矜持了。在空中看见霍华德妻子皱着眉的脸一点都不愉快。这不是世界末日，但让她感觉有一点眩晕。但是这眩晕会消失的，只要她能让霍华德把她带到床上，用他们在家里那种该死的近乎吓人的方式对她。

"我现在感觉是那么自由。"他突然令人不解地说道。他那光滑的、篮球运动员的大手握着那只装着廉价红酒的小塑料杯。他直直地看着弗朗西丝,他那拉长的、并不那么英俊的脸上充满了惊奇,肉感的双唇绽露一个蠢蠢的傻笑。"真的。我无法解释,但这是真的。"

"那很好。"她说。她希望他现在不要发表什么演讲。

霍华德带着小小的惊讶摇了摇头。"不是说我真的认为不一样。但是我们现在在这里,不是什么岔道。这是我真实的生活,你知道吗?从来没有这么自由和舒服。我是说就像——这么说吧,"他点了点头而不是摇晃他那兴奋的脑袋,"这就像婚姻一样真实,千真万确。"

"很多事情都那么真实。"

"好吧,"霍华德说,"但是我不确定我以前知道这一点。"

"看细则。"弗朗西丝说道。这是她父亲的又一句波兰格言。一切你不喜欢或感到惊讶的事物都是因为你没有"看细则"。婚姻,孩子,工作,变老。细则是真相所在,而它永远不是你期望的样子。

"我真的很喜欢你,"霍华德说,"不知道我有没有这样说过。"

"我也喜欢你,"她说,"我要是不喜欢你就不会和你上床。"

"对,当然不会,"他笑了,露出他那近乎女性化的嘴唇后面的大牙齿,"也许我也一样。"

"那你为什么现在还不行动呢。"她故意睁大美丽的蓝眼睛,表示这也是真实的。

"好的，我会的。"霍华德·卡梅隆说着，向她靠过去，以迅猛得令人喘不过气的攻势摸她的膝盖、她的胸、她柔软的脸颊、她的嘴唇。"我想，"他说，"我一整天都想要这么做。不知道为什么我们要等到现在。"

"现在很好，"弗朗西丝说，"现在很完美。"她觉得，这是唯一的真实。

他喜欢弗朗西丝·比兰蒂克的一点就是她和他做爱时那种折腾得他死去活来的方式，直接，不羁，近乎严格又充满激情。他喜欢的性爱方式一直充满大喊大叫的弹跳和激情四射的、喧闹的投入；玛丽把他们以前的做爱称作余兴表演，这让他很难堪。但弗朗西丝赋予了性爱这件事全新的意义。她的眼睛以一种时时令人生畏的炽烈盯着他，她进入了另一种境界，坚定地宣告她要怎样控制他，他又该怎样控制她，她尖声嘲讽他，指示他该怎样用力让她满足，还要有无限的体力、各种复杂的性高潮体验和体位。"不是那样，不是那样，不，不，不。上帝，上帝。"她会在他以为已经让她达到高潮时在他耳边这样大叫。单单这不依不饶的声音就能把他炸飞了。"你胆敢输给我，你敢输给我，该死的，"她会如此命令，"这样就对了。你对了。就是那里。我现在看见你了。你在那里。没人比得上你，霍华德。没有人。霍华德。没有人！"

她让他以为这是真实的。由于某种神奇的运气，在所有男人中没有人比得上霍华德·卡梅隆。他和她一样在性爱上不知餍足；他的确拥有这份需求、这份精力、这份精巧——加上成事的装备，看上去似乎普通，就他的身高而言。但是，为什么其他男人就做不到这一点其实并不是个谜。人生本来就不公平。没有人说过它会公平或者应该公平。

然而，弗朗西丝绝对是他的性爱理想。这是无法否认的。他从来不知道这还有个理想，或者这样的性爱才是他真正想要的（他的性经验并不那么丰富）。只是这是最有冲击力的全力以赴的性爱，还带着一丝傲慢说要不是精彩绝伦她根本就没兴趣做。除非它是精彩绝伦。他被弗朗西丝感动了，被和弗朗西丝的性爱感动了，这是他这辈子从没想过会有运气体验到的。

当然，这不是那种会引向婚姻的体验，或者引向任何持久的重要关系。他记得她说的那个古斯堪的纳维亚词语。她懂得很多。她和可怜的瘸腿埃德也许有礼貌的、不经常的性生活，就像他的父母那样，以至于她自己的凶猛渴望被对埃德的怜悯永久性地压制着。他自己的运气，霍华德明白，就是在他们单调无聊的生活中扮演了一个小角色。但是这实在好得不容错过，不管它会引向哪里或来自何处。

有一件事让他很惊讶。九月他们在豪生酒店第一次史诗般的相逢之后——在威拉曼提克和波卡图克之间的康涅狄格州的无名小镇上，他们在那些影影绰绰的酒吧和路边咖啡馆里历经三个星期的会面之后——他们从房间里走出来，来到停车场，那里的阳光像激光一样耀眼，九十五号州际公路几乎就在他们头顶隆隆作响。他抬头看了看苍白如氧化的天空，揉了揉已经习惯了房间黑暗的眼睛，不假思索地喊道："老天，那可真是好家伙。"他这么说意味着赞美。

"你什么意思,好家伙?"弗朗西丝用她沙哑的金发女郎的声音说道——这声音在床上让他像触了电一样,为性爱而造的声音,但此刻在粗糙、正在烧烤的沥青路面上突然变得不一样了。她戴着一副红色边框的太阳眼镜,穿着一条凸显大腿线条的蓝色皮革短裙,以及一条褶皱很多的白色围裙式衬衫。她头发的两边压得很平而且满头大汗。她看上去像是被粗暴对待过,神情茫然,这也是他的感觉。做爱到死就是这副样子。

他不自然地笑了笑。"我只是说,好吧……你在这方面真的非常在行。你知道吗?"

"我对这个不在行,"弗朗西丝厉声说道,"我只和你做才在行。不是说我爱上了你。我不是。"

"当然。我是说,不。你说得对,"他说,因为受到责备而感到不快,"做这种事可不能一个人,对吗?"他微笑着说,但弗朗西丝没有笑。

"有些人也许是这样。"她在太阳眼镜后面皱着眉头,似乎就在这一刻重新评估他。就好像有那么一种人,你遇见了他,也许会喜欢上他,觉得他长得可以,挺幽默的,于是和他上床了——这是一种类型的霍华德;但还有另一种类型的霍华德,你绝不会喜欢这种类型,他会在和你上床的那一刻就开始拿你和其他女人比较,让你生气。她刚刚碰上了那个霍华德。这是她"强硬"的一面,而且她对此很严肃。

不过,他心想,弗朗西丝可能只是想要他明白,如果他们两人中要有一个强硬的话,那一定是她。他对这一点没问题。如果你的生活中只有一种情况，没有令人不快的意外，而且它或多或少还很顺利——比如他父母持续了三十年的情况——那么你就是只幸运的鸭子了。考虑到所有因素，他自己的婚姻，可能就是这样的稀罕物。他并不希望让弗朗西丝·比兰蒂克成为第二个。他只希望她不要那么严肃。他们俩都知道自己在做什么。

弗朗西丝有一双小小的、孩子般的手，但很坚强，手掌上有着如同老人的手那样深深的印痕。当他握着这双手，在豪生酒店的床上，他对她生起一股柔情，仿佛她的手彰显出她对像他这样块头大得不同寻常的人的脆弱无力。他把她的两只小手放在他的两只大手里，像是九十五号州际公路上的大卡车在掂量大梁的重量。她如此娇小——一个强韧、性感的小包装，但也是一小包麻烦，要是你不对她使上大力气的话。

"我希望你不要生我的气。"他说，把她拉到自己身边。她强壮的小子弹乳房碰上了他那紫褐色的波卡图克公园游乐场T恤衫。

"这种事我从来没做过，好吗？"她说的话几乎听不见，尽管她任由自己被拉了过来。他们不必相爱，他心想，但是他们能温柔以待。否则为什么要在一起呢？（他绝对不相信她以前从来没做过这种事。倒是他自己，正相反，从来没做过。）

"我也一样。"他说。尽管这并不重要。他只是想要一个机会在不久的将来再做一次。

一辆拖拉机挂车在头顶摁响了喇叭。他们正站在下午两点炎热的停车场上，在一个九月初的星期二。这很甜蜜、动人，但也完全愚蠢，因为威博尔特的办公室就在五个街区之外。某个房产经纪人可能会来豪生酒店接客户。要是有谁多嘴，这一切可能顷刻之间就玩完了。嘣……工作没了。对他们的同事来说，没有什么比两个年度最佳经纪人被炒鱿鱼然后接管他们的客户名单更诱人的了。而这都是因为什么？就因为对弗朗西丝在床上很棒的一个小误会——她的确很棒啊。这让他突然对在户外与她肢体接触感到恐慌，所以他停下来看了看四周。没有人。"也许我们应该回里面去，"他说，"我们的房间可以一直用到晚上呢。"他并不真的想这样——他想去白石镇赴约。但如果命运要求，他会回里面去的。事实上，他的一部分——一小部分——想要坐进车里，把弗朗西丝·比兰蒂克安顿在他身旁，一直开上州际公路，转向南方永不回头。把这整个令人难受的烂摊子留在尘埃里。他能这么做。以后再担心细节吧。这么做的人是他仰慕的人，尽管你从来没有真正听说过他们之后的生活是怎样的。

"我担心要是回到那个房间，我就一个星期都出不来了。"弗朗西丝说，回头看向旅馆房间的绿色房门。她用粗糙的小手明目张胆地抓住他仍然硬着的那里捏了一把。"你可能会喜欢那样，不是吗？"

"我想那就是你的证据。"霍华德阴沉地说道。

"下次用加菲尔德的名字登记，"弗朗西丝在她的太阳眼镜后面说道，"我要把他留到菲尼克斯。怎么样？"

"我等不及了。"霍华德意识到自己像个傻瓜似的在笑。

"你最好等到那时候，"弗朗西丝说，"要是你等不及，我会知道的。"

他们就是这样离开的。

销售大会在经历了第一天带着时差反应的欢愉气氛和无精打采的称兄道弟之后，立刻进入了艰难跋涉的阶段。弗朗西丝继续和那些说话大声、来自新泽西的女人在一起，她们还在重复抖前一晚已经说过二十遍的那个笑话的包袱。"萨科夫对我来说就是一个俄国将军，士兵。"① 她们会在电梯里、洗手间里或在等待座谈会开始时叫嚷这句话，然后爆发出一阵大笑。她不记得这个玩笑是怎么开始的，所以她没法在电话里告诉埃德。

所有的讨论会、用粉笔在黑板上进行说明的座谈会、动员演讲，以及和威尔博特公司的高层管理团队一对一的谈话，都是沉闷、重复而且通常是侮辱性的。她感觉所有这些内容都是专门为从没卖出过一套房子的人设计的，而不是针对突破四百万销售额大关的白金经纪人，他们最好在夏天销售季节结束时，舒舒服服地待在家里，侍弄院子里的蔓生植物。

霍华德跳过了大多数会议，找到了几个来自马萨诸塞州西部的新人。他可以和他们聊聊体育——其中一个秃顶的拉脱维亚人，曾在八十年代的一次州锦标赛里与他对阵过。"要是你在五个孩子的家庭里长大就会习惯这里。"他对弗朗西丝说道，这是第三天，他们打破自己的规定，在酒店的美食广场里共进午餐，那里的风格主题是西部荒野，服务员穿得像亡命之徒，配着枪，粘着假胡子。"我

---

① 此处萨科夫是英语 Suck-off 的音译，从读音上像俄国姓名，但其字面意思是"拍马屁"。

整个青春期都在听我父母告诉我第十三遍我已经知道的事，"他看上去很高兴，一边吃着墨西哥玉米沙拉，"我是说，我不介意有人在我卖掉五百套房子之后来告诉我怎么卖房子。但我不需要主动去寻找这种东西，你知道吗？"

霍华德·卡梅隆身上有些特质是永远不会让你着迷的，弗朗西丝心想。他总是乐于让别人告诉他一些事情，而不是自己生成重要的数据。这是被动的一面，起初让他显得很敏感。但这并不是真正的被动，实际上是具有攻击性的：愿意让别人说错一些什么，然后他坐在一边做判断。你在体育运动里能学到这一点：对手搞砸了，当他真的搞砸时——因为他总会搞砸的——你就在那儿坐收渔翁之利。这是一种优越的、郊区化的、愤世嫉俗的行事方式，假装很好相处的样子。他让这种方式为他所用。而像她这样的人就不得不努力忙碌着用直截了当的方式把事情搞定。

当然，你永远别想说服他，他的方式是错的。他从骨子里喜欢事情本来的样子。"这会奏效的"是他在决定大多数事情时最喜欢说的话——比如某处房产一个较低的报价已经被接受后是否要再去争取一个更高的报价，或者给客户报一个比银行更低的利率来绑住他们。这些事她从来不做。但是霍华德——长手臂、严肃、呆瓜脸、冷酷的霍华德·卡梅隆——会做，而且已经做过无数次了，但他喜欢让你觉得他不会这么做。这是个意外的发现——连续两个晚上和他单独在一起后学到的东西——但她已经决定了，如果他们各自回家后她再去找他，她会为此感到震惊的。他不是个职业骗子，但也好不到哪里去。越过喧闹的美食广场，她看见两个新泽西女人等在房间中央的大镀铬雕塑旁,向四周扫描有谁能一起吃午饭,像往常一样大声说话。这个美食广场占据了一个宽阔的、阳光充足的、有玻璃屋顶的中庭,在建筑结构上,它是嫁接在丽笙酒店上,有二十层楼高,墙壁上有真正的麻雀筑窝。从一个中央倒影池向上突起十五层楼高的地方是一块巨大的长方形的镀铬板,上面不知怎么的有水滴下来。人们很自然地往这个池子里扔了几百枚硬币。那两个新泽西房产经纪人向上看着,一阵大笑。她们认为一切事物都带有证明"男人是蠢货"的性含义。弗朗西丝希望她们不会看见她,不想让霍华德·卡梅隆事件成为她们的话题。他们本不该一起来这里。

但是,她有个好主意,她想如果到了周三周四他俩仍然如胶似漆,她就招霍华德入伙。有个人一起会更有趣,她仍然喜欢霍华德,即使他的一些个人特质让她开始厌烦了。"你知道我想我们应该去做什么吗?"她想要显得是随口说起,虽然这想法并不是刚想到的。她笑着,试图打断他正在想着的什么事情——运动、性、他的父母、他的妻子——不管什么。

"我们上楼去我的房间,"霍华德说,"这是你想的吗?"

"不,我是说真正意义上的做。"她用中指敲打他的手背以吸引他更多的注意力。"我想去看大峡谷,"她说,"我带了一本关于大峡谷的书。我一直都想去。你想跟我一起去吗?"她努力向他绽开笑容。

"是在菲尼克斯吗?"霍华德看上去很困惑,这也是他表示惊讶的样子。

"没那么远,"弗朗西丝说,"我们可以租辆车。明天是我们的自由日。我们可以在一个小时后出发,明天下午回来。"

霍华德推开剩下的一点墨西哥玉米沙拉。"我们得开多久?"

"四个小时。两百英里。我不知道。我看过酒店欢迎资料包里的地图。笔直向北。我们会有一段好时光。你一直想去看看的,我知道你想。去做吧。"

"让我想想。"霍华德说,带着怀疑的意味撇了撇肝红色的嘴唇。他嘴唇这样做时可能看上去像他的父亲,她想,他可能喜欢这样。

"我来开车,"弗朗西丝说,"我去租车。你只要坐在那儿。"

"嗯……"霍华德努力笑了笑,但并没有显出在分享这份热情。当然了,这是他自给自足的方式:让别人——比如他那可怜、无辜的妻子——先开口,向他提出一个好主意,然后他像撒尿一样甩出一些疑虑直到他能让自己被说服,然后绝不真正表现出欣赏直到这个主意显出好来,之后他就把全部功劳占为己有。她也可以一个人去,只是她不想这样。要是埃德在这儿,他一定不会去的。

"好吧你看,"她说,"要是你去的话,我建议我们在分期偿还的专题讨论会之后就出发,这样我们能在黄昏时看见沙漠。我们可以在路上过夜,在日出时看见大峡谷,然后回来吃晚饭。"

"你把一切都想好了。"霍华德假笑着说。他开始想去了。在他心里,同意去就让这想法变成是他的了。

"我是个好策划。"弗朗西丝说。

他的假笑变成了标志性的咧嘴笑。"我从来不计划任何事。事情总会变得不错,管它呢。"

"我们会成为一个好团队的,对吗?"她已经站在桌旁,准备去酒店大堂的安飞士租车柜台了。她在想租一辆红色大林肯或凯迪拉克。车子——不是旅伴——可以让人兴奋起来。

"我想我们会很享受这趟旅程的,"霍华德说,突然显得很可亲,"我们要去他们引爆原子弹的地方,对吗?"他带着愚蠢的欢愉注视着她,仿佛刚才他忘记自己喜欢她,此刻又突然想了起来。也许他没有这么坏。也许她把他和埃德搞混了——把所有男人都混为一谈,忽略了他们更细微的差别。就像那些女同志一样。

"那是在新墨西哥,"她说,向新泽西的姑娘挥手,她们做着手势,表示她们认为她和这个共进午餐的男人之间发生了什么,"他们引爆原子弹的地方是在新墨西哥。"

"好吧,管它呢。同一个沙漠,对吗?那才是最重要的。"他看上去很高兴。

"对,那才是最重要的。我想是的,"弗朗西丝说,"你总是能抓住要点。你也许知道这一点。"

"我以前听说过。"霍华德说,站起来朝他的房间走去。

他没有坐在车里适合看日落的那一边。通往旗杆镇的十五号州际公路除了荒芜的矮灌木丛什么都没有,车的另一边是没有树木的险峻高山,太阳就落在山后面。视野中的大多数建筑都是新建的各种设施——大型加油站、购物中心、建到一半的电影院广场、新的特许经营餐厅场地,房子沿着空荡荡的河床分散开来,河床和大型高尔夫球场之间隔着墙，还有几百个洒水器把干燥的空气变成水雾。没有什么有趣的、原生态的或狂野的风景可看，只有更多的人填充了那些以前没有人想来的空间。他想，住在这里的原因就是你原本住的地方更差。这就是失落部落的现代版本。最能引人好奇的是成堆的被车撞死在公路上的长腿大野兔。他数到六十只就放弃了。玛丽相信是人类不敏感的大气条件使得动物们自动飞到他们的车前。在康涅狄格州是鹿、浣熊和负鼠。有一天这会发生在人类身上——也许就是这里的这些人。也许他们是某个邪教的成员，正在计划这么做。

弗朗西丝租了一辆崭新的红色林肯豪华轿车——她称之为犹太人的终极独木舟——这是一辆大马力的老板座车，配备着还没人触碰过的白色皮革座椅、红色地毯、没用过的烟灰缸和一股浓烈的新车气味。他不被允许驾驶这辆车是因为他不是弗朗西丝的丈夫，这样很好。为了舒服一点，他把开会的行头换成了绿色绒布短裤、白色T恤和一双旧篮球鞋。把座椅向后推，他可以伸展双腿靠在头枕上睡去。这整件事都安排得很好。

弗朗西丝兴高采烈地坐在白色皮革方向盘后面。她带上了大峡谷指南书、手机和几张喧闹的提托·普恩特的CD，里面都是吵闹的手鼓音乐。她换上了紧身的白色百慕大短裤、一件蓝色海魂衫（正面印着一个白色的锚）、一对蓝宝石小耳环和一双粉红色科迪斯牌运动鞋，配有流苏的短袜。她还买了一夸脱便宜的金酒，他们两个已经开始喝上了，没有冰，用白色的一次性塑料杯。

计划是在旗杆镇吃晚饭，开到天黑，然后在峡谷入口附近的随便哪家汽车旅馆停下,第二天破晓时分早起去看那巨大的空洞,弗朗西丝相信这将是大峡谷最具精神力量的时刻。"我从不知道我想去看它。你知道吗?"她一边开车一边手里拿着杯子,"但后来我读到一些关于它的文章,然后我想我必须去看一看。印第安人认为它是通向地下世界的通道。泰迪·罗斯福在里面杀死过美洲狮。"她已经撞死过一只长腿野兔。"哦,对不起。该死。"她说,接着就忘了这件事。"一五九几年的时候西班牙征服者来到那里。"她继续说下去,淘气地看了一眼霍华德,他正在想那只被撞死的兔子,心神不宁地盯着外面一座大型电影院,它建造得就像一台埃及自动点唱机。在电影院和高速公路之间有一大片没有划线、没有占用的黑色沥青铺就的广阔区域。他心想,很快这里就会塞满新车和人。然后在十年内就会消失。

"我从没想过这个。"他敷衍着她说的话,想着那电影院里会放什么电影。西部片。太空电影。关于高尔夫的白痴喜剧。这里又完全变成了加利福尼亚,只是更差。"加利福尼亚化"这个词是两年前在房地产经纪人圈子里流行开来的。金酒可能对他起作用了,他心想。

"就跟大峡谷一样大,人们不是这么说的吗?"弗朗西丝像做梦似的继续说道,"我父亲就说过这话。他是个移民。他认为大峡谷意味着某些绝对的东西。它意味着和美国有关的一切重要事物。我想这就是它对我的意义。"

"'从某种意义上说,它就是因侵蚀而在地面上形成的一个大窟窿。'"他响亮地读着她那本大峡谷旅游指南封底上的文字。前方,又一只灰白色的大兔子坐在路肩,汽车呼啸而过。他盯着它。这只兔子似乎正准备向前跳,但在等待一个在它那忙碌的兔子脑袋里感觉完美的时机。对面的车道上,长途货车正在暮色里朝南向菲尼克斯疾驰。兔子碰到问题了,霍华德心想。要克服人类构成的障碍。绕过非自然的危险。避开路边的有毒垃圾。"小心那只兔子。"他说,为了不显得恐慌,又喝了一口手里暖和的金酒。

"听到了。那是个复制品,休斯敦产的。"弗朗西丝说。她用手指捏着白色一次性塑料杯的边缘,让杯子在自己放在方向盘上的上臂下晃荡。她根本没有做任何努力来避开那只坐在路肩的兔子。她醉了。

就在林肯几乎和兔子并肩时,在那关键的一瞬间,兔子本可以幸免于难,也许还能穿过四车道,在公路的中央隔离带舒服地再睡上一晚——就在那一瞬间,兔子向前跳起,直直地撞上了汽车的头灯,没有向右看也没有向左看。砰的一声!林肯开了过去,不知撞在兔子的哪个部位,它毫无知觉地在高速公路上翻滚。

"哦!该死的!不好。已经两只了。对不起小巨人,"弗朗西丝说,"昏头了,昏头了,昏头了。"

"你为什么不变车道?"霍华德说。

"我知道,"弗朗西丝甚至没有看后视镜,"现在这已经在我的命里了,我会有报应的。"

"这真的很蠢。"他怒视着她,然后转头看那正在暗下来的灌木树林。真他妈的白痴,他心想。

"现在我会打起精神。"她说。

"要不是那只兔子你就不会打起精神。"

"对。要不是那位兔子先生,"弗朗西丝说,"它现在是历史的一部分了。"

他真希望自己现在能回到丽笙酒店喝一杯灰比诺,而不是他根本就不喜欢的廉价的、热乎乎的金酒。他可以慢慢享受菲尼克斯的琥珀色夜色,同时准备给玛丽打电话。

"你能找点开心的事想想吗?"她看着他,脸上挤出一个夸张的笑容,"试着想一件事。"

她是可憎的,他心想。压扁一只兔子表现出来的可憎程度还不到一半。她可能就是这样卖房子的:从来没有怜悯心,除了销售从来不看别的;坐在车里用手机轰炸客户把他们逼疯;每个周末都工作。

"换点音乐放放吧,为什么不呢,不高兴先生?"弗朗西丝说。那疯狂的手鼓声已经停了几英里了,车里一片寂静。"放滚石的吧,"她说,"你喜欢他们吗?我喜欢。"

"随便吧。"他说,拨弄着那堆她放在他们中间皮革座椅上的磁带。他试着回想起一首滚石的歌但想不起来。他一定喝多了。

"放那首《让它流血》,纪念那只勇敢的兔子,牺牲了自己的生命让我们能去看大峡谷和通奸。"她连看都没看他一眼。

这真是糟透了,他心想。突然之间,她完全变了一个人。现在最好的办法就是找到旗杆镇的公交车站,让她一个人醉醺醺地开进夜里再也见不到她。聪明的男人会这么做的。

"我说《让它流血》是开玩笑的,"她嗤笑道,"那里面没有这首歌。再放点金吉达香蕉音乐，再来点金酒。我们很快就要看见旗杆镇的亮光了。那里一定有东西能让你高兴起来的。那不是个很有名的地方吗？"

"我不知道，"霍华德说，然后小声地补充道，"希望是这样。"

"我也是。亲爱的，"弗朗西丝说，递过她的空杯子让他倒满，"不然的话，我们就只能让它出名了。"

在旗杆镇，他们在临街商场里找到一家灯光昏暗的小寿司店，正对着一条傍晚车流堵塞的宽阔大道。他吃腻了墨西哥菜和意大利面，想吃鱼，即使是生的。他永远成不了西部人，他意识到；他需要每周去看一次大海，海鲜更健康。尽管他也意识到，就在他们寻找饭店的时候，远处的交通灯绽放着蓝光，他其实来过旗杆镇——在八十年代，一个十天的假期，卡梅隆全家去往迪士尼乐园的路上。他不知为何忘记了。当然，一切都不一样了。街道宽了两倍，现在有一千家汽车旅馆、汉堡连锁店和洗车店。你到过一个地方然后这个地方完全从你脑子里被抹去，这感觉很奇怪。当然，也有可能——他已经开始再次忘记那段记忆——他只是梦见过旗杆镇，或者可能只是在电视上看见过。

站在窗边的仿柚木桌旁，弗朗西丝开始张望外面停车场上的电话亭。她想给埃德打电话。他马上就要上床睡觉了，尽管这山顶的天空还亮着。她记不得上次打给他是什么时候了。她为喝得大醉而感到歉意，为撞死了兔子而感到歉意，为完全忘记了她的丈夫而感到歉意。这种自由的感觉太不寻常了，还要和一个她根本不在意的男人上床，或者说和任何一个人。这让人迷惑不解，而且实际上很难堪。

霍华德正在吃石斑鱼天妇罗，很高兴她要去打电话。她走到外面温暖的夜晚，站在林肯边用手机打电话。空商场的一个铺位里设立了一个警署。透过窗户你能看见警察们坐在办公桌前打电话，在荧光灯下写字。一个年轻的黑人也站在里面，似乎戴着手铐，双手背在身后。两个和他站在一起的警官在大笑，好像他说了什么好笑的事。

"嗨，亲爱的。"她隔着遥远的距离，欢快地对埃德说道。她想要显得高兴一点。"猜猜我在哪里？在旗杆镇。"

"是吗。怎么了？"埃德说，"那是在哪里，得克萨斯？"埃德得了一种罕见的血液病，使得脚趾以上的骨头都在分解，他承受着巨大的痛苦。他服用类固醇并且一直控制饮食，这让他长期要么感到饥饿，要么感到恶心，而且他几乎总是情绪很坏。当她遇见比她大十五岁的埃德时，他像匹赛马一样强壮并且经营着自己的水上摩托生意。现在他不能工作，就只能看电视和吃药。

"不是，真笨，在亚利桑那，"弗朗西丝说，"但你猜猜我要去哪里。你不会相信的。"她不知道自己刚才有没有说成"猜猜我们要去哪里"。

"保加利亚，"埃德说，"伊朗。我不知道。谁在乎呢？反正我不会去那里。"

"是大峡谷。"她说，假装热情。她感到自己的嘴巴不自觉地笑开了。她在为埃德笑，站在一辆红色大林肯旁边。

埃德那边一片沉默。

"大峡谷,"她又说了一遍,"那不是很棒吗?我明天就会看到。"她要小心细节。她可以说是和那些女人中的一个。埃德会以为那是场暴动。

"然后又怎么样呢?"埃德急躁地说,"你看到了然后又怎么样呢?"

"我还真不知道。"

沉默再次降临。埃德被他房间里的什么东西分了神,也许是红袜队的比赛。一个想法在她脑海里飞快闪过:"我要和一个男人去大峡谷,我和他每晚都上床,他有个像锄头柄一样硬的阳具。"尽管那即便是真的也没有让霍华德变得更有趣。他还不如没有呢。

她盯着那灯光明亮的警署。穿着制服的警察正把那个戴手铐的年轻黑人带进房间后面的一个铁丝笼子里。这就像个关动物的笼子。她突然感到丧气,担心自己会在电话里哭出来。金酒让女人做爱,然后哭,然后挣扎,她父亲总是这么说。她需要远离金酒。当然,埃德仍然很英俊——一个脾气暴躁的大个子,蓝眼睛的爱尔兰裔波士顿人,很不幸,他的人生没有让他感到快乐。但是他爱她。她知道。这让她感到羞耻。最近他开始在后院种绣球花,看上去很不错。"我希望你能和我一起去看大峡谷,亲爱的。"

"也许我今晚会飞去那里。"埃德嘲讽般地说,爆发出一阵干咳的大笑。

"那会很棒。我会来接你。"

"也许我可以直接跳进去,"埃德悲伤地说,"那样也会很棒,不是吗？"

"不，亲爱的。那样不会。"

越过停车场，她意外地看见霍华德从餐厅里出来了，嘴里叼着一根牙签。他瞥了一眼拥挤的街道，然后沿着商场的人行道开始走。他从警署门前走过。里面的两个警察停下手里正在干的什么事，透过窗户看向他。霍华德的样子很古怪——高大而笨拙，像五十年代的人。

但他要去哪里！她感到心脏跳了三下然后又突然跳了两下。他是要离开吗？要走到公交车站搭车回去？看着霍华德迈着几乎是优雅的大步，还有那极客般的发型（他看上去很蠢，那绒布短裤、大 T 恤，赤脚穿着运动鞋），她的心又狂跳了几下。但是她感到恐慌——仿佛一场大灾难正在她眼前上演，而她无力阻止。就像撞死那只兔子。咔——砰，她的心在狂跳。她意识到她并不真的在意他是否离开，但是看到他离开的一幕让她几乎瘫痪。

"哦，上帝，不要走。"她说。

"我的双腿正在分解。我可能活不了几年了。这就是我要去的地方。"埃德说。

"什么？"

"我说了什么？"埃德说，"我是说……"

霍华德走到公交车站前的沥青路面，直接左转走进一个空电话亭开始拨号码，不过在拨号时他把头扭向她的方向，冲她笑了笑，电话对电话——各自打给配偶汇报他们在哪里，漏掉故事的关键部分。这绝对不是人生应该的样子，她心想。人生应该一直向上。她希望自己一个人在这里，没有任何谎言。那会感觉多棒啊。独自一个人在旗杆镇。

"也许你只是不懂他妈的受够了是什么意思。"埃德愤怒地说。

"我很抱歉，亲爱的，你说什么？你的声音刚才断了。我现在在一片大草原上。"

"什么大草原，"埃德咆哮道，什么东西激怒了他，"我们早就断了。"

"你不需要这么说。"弗朗西丝说。她努力把霍华德从脑子里赶出去，试图把注意力集中在埃德身上，她的丈夫，因为她去大峡谷而暴怒，因为她自己去享受或试图去享受而暴怒，因为她做自己而不是他而暴怒。也许她以前不知道受够了是什么意思。"你为什么不先吃一片药，我过会儿再打给你吧，亲爱的，好吗？"她盯着霍华德，后者背对着她，他的头前后摆动着。他在和康涅狄格州的妻子热切地交谈。快乐地说着谎。

"你才去吃药呢，"埃德说，"然后消失掉吧。"

"这样说可不太好。"

"这就是我刚才心里在想的。"埃德说。

"我过会儿打给你，亲爱的。"她温柔地说。

"过会儿我就睡着了。"

"那就睡个好觉。"她说，把手机折叠起来。

又来到外面暗下来的沙漠，霍华德把车窗放下来一点，让凉爽的微风吹进来。弗朗西丝放了一些苍白无力的新世纪电子音乐，让他觉得晕乎乎的。他脱掉鞋子,向后仰躺,面对着夜色屏障后的风景。

在来旗杆镇的这一路上,有一小团他并不喜欢的恶心开始在他们之间变得越来越大。这是那种你在工作的地方会有的感受。但是,恰恰因为那是工作的地方而不是你真实的生活,你不会像现在和疯狂的弗朗西丝绑在一起一样,和你工作上的任何人绑在一起。这也解释了为什么结婚是如此之好——至少在他的理解中是这样的:如果你和对的人结了婚(他就是),你就不用经历不受欢迎的惊讶和难过。你越是了解那个对的人,情况就会变得越好——而不是越糟和越灰心。你喜欢他们,你喜欢生活。这种制度把你带向更深的深处,你会感受到一些在其他状况下感受不到的严肃事物。像这次旅行这样白痴而不必要的逃离根本就不会发生。他结婚的时间还不够长——只有一年——还不能完全理解这一点,但他已经开始理解了。当然,现在这样也不错,坐在一辆昂贵的大车里,向某个不知名的异域之地驶去,在那里过上一晚,和一个你事后不用去照顾的漂亮女人。但是,他仍然后悔没在旗杆镇搭上公车一走了之。弗朗西丝也许会希望他这样。他只是忘记了。

偶尔会有灯光昏暗的居民点从旁边掠过。星星点点的灯光,几个男人的身影站在酒吧或脏兮兮的小店门口,或是一排皮卡旁边,似乎根本没有意识到高速公路的存在。

"印第安人。"弗朗西丝以权威性的口吻说道。她调高了驾驶座,离方向盘靠得更近,此刻看起来就像一个在闪着绿光的驾驶舱里的飞行员。"我们现在是在霍皮人保留地。"

"这样的话我们可不能抛锚。"霍华德说。

"我相信他们会照顾好我们的。"

"等他们扒光这辆车杀死我们之后。你说的可能就是真的。他们会把我们体面地埋葬在某个高台上。"他注视着黑夜,黑暗中亮着一道光,就像深海里的一艘船。"我身体里流着印第安人的血,"他说这个并没有什么特别理由,"我父亲是尤特族人,我母亲的名字叫苏。"这是个他以前从不觉得好笑的玩笑但现在显得很有趣,"我母亲的名字叫苏。苏·克劳斯贝。"他补充了一句,对周围的感觉好多了,包括弗朗西丝。那团恶心似乎突然飘走了。尽管他不是很欣赏她这次的打扮,白色短裤(太紧了)、蓝色上衣和上面那个傻乎乎的手绘的锚。她看上去像个小个子波兰人——那种把便宜房子卖给其他波兰人、在塔吉特平价大超市里买衣服的人。她的肌肉也太发达了——像波兰体操队的某个队员。某个叫玛格达的人。她的身体摸上去触感不是那么美妙。他更喜欢柔软的、不那么健硕的女人,就像他妻子那样。尽管弗朗西丝年纪更大一点,他觉得,她必须更好地照顾自己。

出于某种冲动,他把手伸过椅子,将她握在方向盘上的右手松开,握在自己的手里。"我一直想这么做。"他说,尽管这不是真的。

"好的。"她说,没有看他,只是注视着前方灯光的通道。

"我在想饭店里的那些日本人,"他说,"那多么奇怪啊?在他妈的旗杆镇。印第安人。沙漠。蛇。你会想知道他们是怎么到那里去的。"他使劲捏了捏她的手以示强调。他痛恨电子音乐,在听得晕车之前把音乐关掉了。

"他们现在无处不在，我猜，"弗朗西丝在新的沉默中说，"我卖过房子给他们。他们人很好。他们会保管好自己的东西。"

"就像女同性恋一样，"他说，"女同性恋都是很好的业主。"

弗朗西丝咬住下嘴唇，眯起眼睛，皱着脸，然后看向霍华德。她这是在模仿日本人。"财——产——共——有——权。"她从牙缝里发出这个词。

"我们想买财——产——共——有——权的房子很久了。"霍华德说，然后两人大笑起来。她很风趣——是他没有见过的一面。"你真棒。"他说。然后他又说："你棒极了。"

"男人有时灰常难被取悦，"她说，仍然在模仿日本口音，"太难了。"

"是啊，但这很值得，不是吗？对不对？"这是他唯一会的模仿——兔唇。人们听到总是会笑出声来。

"不是现在，"弗朗西丝说道，"还早。以后会知道得更多。"

他把手移到她小小的、坚挺的乳房，然后不确定接下来该怎么做，因为她正在开车，也没有做出任何表示想要停下车来做点什么。"要是你把车停在路边，我现在就在前座上和你做爱。"他摁下按钮，放倒座椅，仿佛要说到做到。

"现在可不是个好主意，"弗朗西丝说，仍然在学日本人，"控制那条火龙。等得起的男人会有好报。我向你许下大承诺。"

他抚摸着她的胸，凑近她，闻到她在旗杆镇时洒的香水味。"大承诺，是的，当然啦。"他说，但又不确定该做什么。他又握了一会儿她的乳房，直到他开始觉得不自在，然后重新调好座椅，看向窗外。

之后的一段时间里，也许有一个小时，他们陷入了沉默——弗朗西丝盯着前方亮着灯的高速公路，霍华德凝视着沙漠的边界，在那之外，在黑暗的灌木丛中，谁知道是怎样的存在？他默想了一会儿弗朗西丝可能会住在什么样的房子里。当然，他从来没见过，但他认为那应该是一栋小型的、白墙绿顶的尖房子，有着装饰性的天窗，没有车库，一个她自己出资购买的地方。然后他带着恶意想到埃德，他一整天都没有想过他，直到看见她给他打电话。弗朗西丝基本上是一个可靠的、以家庭为重的人，不管她在这次逃离中和他做过什么。她是个有能力的实干家，照看一切，让生活过得不错。她只不过没法让每一件事都满足埃德特殊的利益。比如和他上床——这就无法满足。尽管你要能做到一些不寻常的事情——结婚，并把它维持好。即使你不得不说谎。没有必要因为他们无法控制或者连你自己都无法控制的原因而去伤害他们。帐篷里的东西不总是让人满意，但你不会因此把整个帐篷都扔掉。

他脑子里有一幅清晰的关于埃德的画面，尽管他从未见过他。他感觉埃德是一个大个子、摇摇晃晃、不刮胡子的男人，穿着灰色衣服和不系鞋带的鞋子，一度身体非常强壮，甚至令人生畏，但他再也不是以前的他了，所以变得性情阴郁，会对无辜的人说出残忍、不公平的话，这一切都是因为人生并不完美。当然，人生对任何人来说都是不完美的。在他脑海中，老电影演员朗·钱尼那张饱经风霜的受伤的脸和脸上"木块头"的表情，已经同埃德以及弗朗西丝暗示他提供的不存在的性生活联系在一起。

每当霍华德想到埃德，最终都会出现一幅想象中的对抗场面，其中他，霍华德，冷静镇定，埃德则怒火中烧，混乱糊涂。霍华德会努力表现得宽容友好，但埃德不可避免会开始出口伤人、语带嘲讽。他会努力让埃德意识到弗朗西丝真的爱他，但有时不得不把别的帐篷带进来搭起来。然后总是有必要踢埃德的屁股，尽管不足以造成真正的伤害。而之后，当他俩的婚姻都得到修复，随着时间流逝，他和埃德会勉强成为朋友，基于他们对现实的共同理解以及他们都深切地关爱着同一个女人这一事实。他想象着自己出席埃德的葬礼，庄严地站在天主教堂的后面。

在苍白头灯照出的前方，对面路肩上出现了一个男人和一个女人的身影——一开始小而模糊，然后突然变得非常真实，就像他们从黑暗中跳了出来，肩并肩地走着。两个印第安人——穿得很破旧，朝同他们相反的方向走去。男人和女人都看着他们的红色大林肯飞速驶过。男人穿着一件明亮的绿松石色衬衫，戴着一条红色头巾，女人穿着一条单薄的灰色裙子。就这么一瞬间，他们消失了。

"他们是我们古老的灵魂。"弗朗西丝说。她一直沉默不语，此刻她的话语带着意想不到的庄重。"这是一个征兆。但我不知道预示了什么。我得说，不是什么好的事情。"

他不再想埃德了。

"我想要是他们往另一个方向走的话，我们可以载我们古老的灵魂一程。把他们在某个便利店门口放下。"

"他们正从我们要去的地方回来。"弗朗西丝用严肃的声音说道。

"大峡谷?"

"那是一个完全充满灵性的地方。我已经告诉过你,印第安人认为那里是通向地下世界的大门。"

"也许我们还会看见泰迪·罗斯福,"他对自己感到满意,"我们应该掉头回去问问他们我们还需要看点什么。"

"我们找不到他们的,"弗朗西丝说,"他们已经消失了。"

"消失去哪里了?"他说,"就这样凭空消失了?"

"也许吧。"现在弗朗西丝严肃地看着他。他知道她不赞成他。"我要告诉你一件事,可以吗?"她回头看着那流动的白色中央线。

前方是一串白色的灯光——他希望是一家旅馆。十一点已经过去很久了,他突然觉得撑不住了。那两个印第安人也许是疲劳的幽灵,但奇怪的是,他俩都看见了吗。

"如果我出了什么事,你知道吗?"弗朗西丝说,没有等他回答,"我是说,要是我在旅馆里——或者在车里心脏病发作,或者我就这样倒地死去,你知道我希望你怎么做吗?"

"打电话给埃德,"霍华德说,"坦白一切。"

"这正是我不想要你做的。"她说,声音因肯定而显得尖锐。她的眼睛再次在车厢的绿光里找到他。"你明白这一点。你应该就这么离开。别管。这需要太多解释。就像那两个印第安人一样消失掉。我是说真的。我总要死的,对不对?"

"什么乱七八糟的,"霍华德说,他已经能看见魔术般的字"汽—车—旅—馆","别他妈的吓我。我不知道你刚和埃德打电话时发生了什么，但你不需要就此开始计划你的葬礼。上帝啊。"他现在不想谈论任何比性爱更严肃的事。现在已经太晚了。他再一次彻底后悔来到这里。

"答应我。"弗朗西丝边开车边说，但眼睛一闪一闪地看着他。

"我不会承诺任何事，"他说，"除了我答应你，等我们摆脱这辆灵车找到一张床后我会好好待你。"

很显然她严肃得像块石头。只是他不是那种会一走了之的人，而且承诺也没有用。他的家庭给他的教养要好过这个。

"你知道要是你被车撞了或者遭雷劈了我会怎么做吗？"弗朗西丝问道。

"让我猜猜。"

"你不需要猜。有些复杂情况不值得深究。你没懂我的意思，是吗？"

旅馆的标志在路的右边。左边——像一片小小的绿洲——是一个明晃晃的红色霓虹灯赌场标志，上面是旋转的蓝色警灯，还有一条红色的霓虹灯响尾蛇，盘旋在下面随时准备出击。在蛇的旁边，霓虹灯上写着"猛赚一把"几个字。赌场本身只是一个低矮的、没有窗户的立方体，只正中间有一扇门，前面停着许多破旧的汽车、皮卡和几辆警车。"女人有时真难以取悦。"霍华德用日本腔说道，只是为了打破阴沉的气氛。

"我希望你会按我说的去做。"弗朗西丝失望地说，把车开进汽车旅馆停车场的沙石地上。高速公路旁边有一栋亮着灯的办公楼，能看见里面有个男人在柜台后面打电话。在办公楼的后面一排，是白色的拉毛粉饰的圆锥形帐篷，假的帐篷杆从假的通风孔中露出来。有十个这样的圆锥形帐篷，每一个的前门两侧都有一扇圆形小窗。有另外两辆车停在两个帐篷外面。灯光从他们的窗户透出来。

"要是你心脏病发作，"他说，"我保证会开车把你的尸体送回威拉曼提克，就像不管那是什么人一样。哪怕肯尼迪总统。"

"那你就是个白痴。"弗朗西丝说，把车停在办公室前，厌恶地盯着前方。

"但是，我是你的白痴。至少今晚是。"霍华德说。

他飞快地走下车，运动鞋踩在沙石上，周围的天空突然因为满天的星星而亮了起来，尽管这个小停车场弥漫着一股消毒水的味道，还有从赌场那里传来的乡村音乐。弗朗西丝继续在车里说着话——仍然是把她扔下不管的事儿——但他没有听见。他抬起头，把那刺鼻的消毒水味一直吸入肺部深处。这是种解脱。他们开了太远的路。这整个主意从一开始就很糟糕。但他只想让她别再提那个愚蠢的话题——心脏病和死亡，诸如此类——回到他们为什么要来这里。人们总是说啊说，但这些话对整个局面而言并不重要。这就像买家的懊悔——但不管你今天担心什么，明天都会不一样。你会挺过去的。他很短暂地想了想自己被评为年度最佳经纪人。这让他在这一刻感到快乐。

弗朗西丝坐在驾驶座上，看着一只长尾巴的大老鼠纠缠戏弄着一条蛇，这条蛇正试图从帐篷那里穿过沙石地爬去沙漠里的灌木丛地带。旅馆的招牌嗡嗡作响，让这个被灯光照亮的停车场感觉像通了电一样,也让这整个小小的争斗清晰可见。她从来不知道还有这样的事情。她以为蛇是老鼠的天敌,而且体力上远超老鼠。老鼠应该有所畏惧。但眼前的事实令人吃惊。她望着窗外,蛇好几次停下来,盘旋着向老鼠发起攻击,老鼠像一匹小种马一样靠后腿站起来,绕着蛇舞动。然后蛇失手了,又开始向灌木及阴影处滑行。老鼠几乎是悠闲地追赶着,上前咬一下又退开,然后再咬一下,就仿佛它认识这条蛇一样。最后她摇下车窗,想听听它们有没有弄出声响——有没有吱吱呀呀的声音,或者哪一方在嘶嘶作响或尖叫的声音。但赌场那边传来的乡村音乐太吵了。最后,蛇沿着沙石地的边缘溜走了,而老鼠完成了它的任务,飞速穿过停车场消失在某个黑暗的帐篷下面——她希望,不是他们要住的那个。

她觉得在这里等待很奇怪。不怎么像她自己,来自康涅狄格州无名之地的小房产经纪人——过渡房和翻修公寓楼的销售专家。女儿。妻子。拥有官方认证的社区学院零售专业的准学士学位。虽然在某种程度上,这个男人完全适合她,又完全不适合她。你不一直都是你自己吗?你想要的人里有谁是你错误的选择吗?她的确想要他,特别是喝了那么多酒之后。就像她父亲说的那样。而且不管怎么说,为什么不想要他呢?人生有时就是要让自己解决掉这个或那个冲动,然后其他事情就变得简单了。

而通奸——她脑子清醒的时候喜欢这件事——通奸就是那个解决、抹去的行为,甚至在行为本身结束后将自身抹去。有时,她想,它必须抹去的不仅仅是它自身。有时,它无疑抹去了周围的一切。这是治疗你无法用其他方法治愈的疾病的药,但这也是你需要小心对待的一种危险。不管怎样,她今晚对此心存感激。而因为她想到了这一切,她知道自己一定是对的。

霍华德从汽车旅馆的办公室里溜达出来,拿着一把房间钥匙前后甩着,一脸假笑。她想知道他做这种事有多频繁。这对他来说似乎很自然,而她并不在乎。她以前从没这样做过,但做起来感觉轻车熟路,就好像她一直在做一样。

"开到最后一个帐篷,"霍华德说,侧下身来,把双手放在赤裸的膝盖上,"要是你想去赌场试试运气,里面的扑克脸主管给了我两张饮料券。"

"我就想做爱,仅此而已,"她望向另一边的窗外,"我不喜欢玩老虎机。"

他眯起眼睛,那不聪明的大大的嘴角几乎不易察觉地向上翘起。他长得并不好看,头发乱糟糟的,耳朵和嘴巴也太大了。像个小丑。但是这可能让他的妻子狂喜不已:一个没有人想要的丈夫,但他能创造奇迹。

霍华德再次把他的大手窝成杯状,穿过车窗伸进来,托住她的一个乳房。他似乎并没有什么目的。只是一个没有意义的、冷漠的熟悉举动。"把这辆宝贝倒回停车场,我们在车里做。"他用沙哑而戏剧化的嗓音说道。他的小眼睛抽搐着看向远处沙石地的角落。"没有人会看见。"他用鼻子哼出一小声毫无幽默感的笑声。

"我等着。"

"那就这样。"他说,直起身子,再次哼了一声。

"很好,"她说,"我已经准备好了。"她转动点火器上的钥匙开始倒车。

她确切知道他喜欢什么。他喜欢她的眼睛看着他。他喜欢她把他的阴茎含在嘴里,就在这么做的时候,她抬起眼睛看着他。"我现在就给你这么做。"就是这个意思。像是廉价的订婚仪式。另外他还喜欢她的声音。用她的声音,不管她在他耳边轻声说什么话,都能让他射出来。就是那样。甚至她的呼吸声也能做到。所以她必须小心。他可不想出来。他很聪明。他想在里面和她一起,在床上把她移到她需要被移到的位置,不停地动,动,动,直到射出来成为只是结束这一切的一种方式,当他们不再感兴趣的时候。真奇怪,在床上如此机智,其他时候却一点也不机智。是因为她的所作所为,她认为;她开发了他,把他变成了对她有用的人。他真正聪明的地方在于不抗拒。

只有这一次,在逼仄窒息的帐篷里,门口挂着人造纤维的门帘,甲虫在地板上爬行,空气里弥漫着浓重的杀虫剂的味道,他要她要得太快太暴力了——突如其来,大喊大叫——就仿佛他刻意要把她从那掌控着她的什么力量中解脱出来,全凭他的一己之力。仿佛这是他的责任。猛冲,猛冲。就像那样。没有时间用她的声音对他做什么,或者带上他,让他放松进入得到解脱。就只剩那蛮干的方式,直到结束。然后再来一次——这是如此奇怪,这个男人竟然感知到她;知道哪里出了错,想要用他知道的方式来解决问题。这是亲密。某一种特殊的亲密。是的。

当然,也可能——当她躺在模糊不清的黑暗中,霍华德就在她身边陷入无尽的睡眠——可能她在车里充分地表达了自己的想法，而他只不过是按她说的做了。"我就想做爱。"这就是她所说的。任何人都能理解这是什么意思。那么是她在控制着事情的进展，而不是他。她只是没有意识到这一点。他只是让她雇用了他——就是这个词——成为她想要修理、清空、结束、摆脱——不管什么东西的工具。真的，他们并不那么了解对方。她误解了亲密关系。

在停车场，她听见了男人的声音，有说有笑，接着是车门关上、引擎发动以及轮胎碾过沙石地的声音。更远处突然传来一阵刺耳的乡村音乐，似乎有扇门被推开了。接着音乐声小了，让她意识到自己已经不知不觉听了好一会儿。有人大喊"哦——喂"，一辆车呼啸着离开。她把车里的那瓶金酒带了进来，伸手到床头柜上拿过来，拧开盖子喝了一小口——就为了消除那掺杂着陈腐的、像纸一样的杀虫剂的味道。接着她忍不住开始胡思乱想，她想知道，现在真的走到尽头了吗？今晚过后还能不能再维持一段时间？不需要一个固定的目的地吗？这也有好的一面。他们两个都明白一些事。人们总是过早地结束某些事，在他们还能走下去的时候就失去了耐心。如果真的能消除对彼此不快的记忆，他们可以一直这样走下去。反正她能。霍华德也不会抗拒，她认为。这是一个让她高兴的想法，比她对今晚的期待更好的东西。在黑暗中发现的惊喜。

在他们帐篷的水泥台阶上，散落着两百只甲虫的棕色尸体，有人在他们睡着后往门口喷洒了杀虫剂。踩在上面的感觉很不舒服。一个印第安女人正用扫帚和一个塑料簸箕，把它们从另一个帐篷的台阶上扫走。一个扎着马尾辫的印第安年轻男子站在她身旁，轻柔地说着话。停车场里仅有的另一辆车是一辆有凹痕的黑色雪佛兰科迈罗，车身两侧画着黄色的火焰，后面还有一个备胎。

早晨的太阳很温暖，但是一阵凉爽的秋风吹过，把碎石路上的尘土吹向赌场，赌场前面还停着几辆小轿车和卡车。现在是八点。一个小小的长方形霓虹灯亮着，之前在"猛赚一把"的标牌上根本看不见，现在则显示着"现在供应早餐"。蓝色的警灯关掉了。

早餐是个好主意，霍华德心想，他站在帐篷门口，没有穿衬衫，眼睛生疼。他在黑暗的房间里找不到他的衬衫。但是，在无人的赌场里吃早餐，让弗朗西丝继续睡，即使不穿衬衫，也会让人放松。他们在赌场里什么都见过。他可以把咖啡带回来，用那些饮料券付账。

在"猛赚一把"的招牌后面，没有树木的群山突兀地矗立在冷冷的天空下。他们昨晚到的时候这些东西都不存在。你在东部一定从没见过这样的景象——那里只有树木、云和较小的雾蒙蒙的天空，甚至在海边也是这样。所以这很好——这次开车旅行把他们带到空气更干净、更稀薄的地方；来到一个美丽的、只有印第安人才能忍受的荒原。在这更远的某个地方就是大峡谷——也就是弗朗西丝正在睡梦中穿过的那个巨大的溶洞。也许她已经忘记它，想开车回去开会。

他走进停车场，没穿衬衫，穿着他的绒布短裤和运动鞋。高速公路对面，赌场旁边，是一座白色护墙板围成的小教堂，有一个尖顶和一些看上去像塑料的彩色玻璃窗，周围有一圈白色的尖木桩围栏，看上去也像塑料的。这是给人闪婚用的，霍华德心想，在赌场里春风得意时跟钱一起赢来的妻子。就像大西洋城。印第安人也曾拥有那座城市，他很肯定。在那片被木桩围起来的、没有草的院子里，竖着一块木牌子，上面写着"基督因你的罪而死"，这让他想到他的家族曾是基督徒。卡梅隆家族是来自苏格兰某个地方的基督教长老会教徒。但现在，本质上已不是基督徒了。星期天是每个人的私人日子。但他们都是非常好的人。看到教堂他父亲总是很高兴。

除此以外，这座寒酸的小教堂让他想到，生命充其量只是一个渺小的、几乎注意不到的实体，但它又是一个至关重要的实体。而你可能在意识到之前就毁掉了你的实体。他进一步想到，就在毁掉你的实体的过程中，你在那个确切时刻的感受，也许就是眼前这片该死的风景的样子。干燥，空洞，明亮，寒冷，陌生，难以呼吸。这里的一切其实就是地狱，他想，而不是他父亲告诉他的旧版的地底下的地狱。就在此时，微风吹过他赤裸的胸膛，让他感到一阵僵硬的寒意。一辆灰狗巴士在高速公路上隆隆驶过，扬起尘土，引起一个走出赌场大门的孤单男人的注目。光是在这里，霍华德心想，就足以让你胆战心惊，让你愿意去基督那里领受教训，在你成为某些可怕事物的受害者之前——比如陷入你无法逃脱的绝望，因为你是如此渺小与微不足道。或者更糟。他觉得自己完全有理由憎恨这里。他很高兴他父亲不在身边。那辆灰狗巴士在向南驶去的公路上，变成了一个小点。他得让弗朗西丝忘掉大峡谷，跟在那辆巴士后面回到菲尼克斯。他来这里真的只是为了开车来的这一路——给她做个伴。这一切都不是他造成的。

当弗朗西丝走出帐篷迎着刺眼的日光和凉爽的微风时,她看上去很疲累——她那件带锚的蓝色上衣皱巴巴的,蓝宝石耳环不见了,只剩下小小的耳洞露出来。但是她看上去很快乐。她冲了个澡,把金色短发往后梳,手里拿着手提包和那瓶金酒。她看上去更年轻了,似乎不太清楚自己身在何处,但并不为此着恼。不管昨晚发生了什么,都没有让她感到不满,尽管他没记住多少,只知道那件事没有持续多久他就昏睡了过去。

他在赌场里买了一次性塑料杯装的咖啡,坐在林肯汽车的挡泥板上,翻看着她的大峡谷旅游指南。他找到了衬衫,感觉好多了,尽管他已经准备离开。

"你准备走了?"弗朗西丝环顾空荡荡的停车场,抬头看向群山。她一边啜饮咖啡。一边对着纯蓝的天空微笑。她不停地清喉咙,好像有什么东西堵着。她还不是很稳定,眼神涣散,脸部浮肿。

"准备去某个地方。"他说,希望是菲尼克斯,但不想明说。

"这里多美啊,"她眨了眨眼,把杯子放到唇边,"你快乐吗?"

"我感觉很棒。"

"昨晚呢?"她说。她看上去有点困惑。"你知道吗?在你睡着之后?我醒过来,不知道自己在哪儿。我甚至不知道你是谁。这很奇怪。我猜是金酒的缘故。但我跪在地上,注视着你的脸。我的眼球都能感觉到你的呼吸。我只是盯着你,盯着你。我很高兴你没有醒来。不然你会以为你在手术中。"

"或者以为我已经死了。"

"对。或者是那样。"她注意到帐篷台阶上那些没有扫干净的甲虫躯壳。"哎呀,"她说,"看这里。"

"你那时以为我是谁。"他说,从挡泥板上滑了下来。

"我不知道,"她边说边看着自己脚边的甲虫,"我觉得你谁也不是。你可能是头动物。你可能变过形。"

"你想过我是埃德吗?"

"没有,"她伸手到手提包里寻找车钥匙,并用她粉红色鞋子的脚尖把一些甲虫壳踢开,"不像。"

"我可不知道这一点。"

"对。你不知道。"她说,似乎很恼火,开始朝汽车走去。"走吧,"她说,"我们已经晚了。"

从汽车旅馆开了一英里后,一个绿色的高速公路标志显示"(大峡谷)南环——八十五英里"。他们转向那条路,霍华德放起了提托·普恩特的音乐,然后想起这是什么,又把它关了,此时道路突然变成了上坡,他们开始遇见露营者和更多的旅游巴士慢慢向上爬坡和开下来。开始落到他们下方的风景变得越来越平坦,像一座粉红色的沙雕,霍华德觉得这与他在地面上看到的样子完全不同,那时一切看起来阴森而不讨人喜欢。那时他觉得像是在地狱里。

弗朗西丝拿出照相机,这是日本人设计的一种新式流线型、用模具生产的照相机,看上去严肃而专业,尽管它实际上很便宜。在陡峭的上坡路上,她停了三次,两个人都下车,好让她拍一张沙漠的照片。有两次她叫他帮她拍照,在一堵石板挡墙前摆出缩着头颈、僵硬、眯眼的姿势。她也给他拍了一张照片,还找一个来自密歇根的男人拍了一张两人的合影,背后是空旷的天空。"这些可以用在离婚法庭上,"弗朗西丝说的时候那个密歇根男人还没有走远,能听到他们说话,"我会把底片给你,你可以销毁。我只要一张冲洗出来的照片。"

霍华德回忆起他有多么不喜欢旅游景点,在你到达之前已经有一千万个没见过世面的乡巴佬在那里胡搞,到处涂鸦,什么都没法看了。他们现在做的事情真的没有任何目的。目的昨晚就达成了。他们只是在做这件事。

弗朗西丝站在汽车旁边,研究着她的相机,她想调到自动模式但没有成功。照相机发出温柔而自信的呼呼声、咔嗒声和叹息声。"又拍了一张我的手。"她说道。

"我觉得我到不了大峡谷了。"霍华德说。她现在又变得不一样了,变得像个生意人。她每个小时都不一样。你需要一个程序来应对她的多变。

"你还没有体验到它呢。"她说,举起相机对着那堵挡土墙和那片纯蓝的天空。它又发出呼呼声、咔嗒声和叹息声。"眼见为实。当然,我也没见过。只见过照片。"

"我可不知道。"他说,但语调听起来不像日本人。更像是印第安人,听上去很愚蠢。

292

她苦笑着把相机翻转过来，读着机器底部的什么字。"你会知道的，"她摇了摇头，把相机塞进包里向汽车走去准备出发了，"然后你就会想要这些照片。你会向我买它们的。你会接触到一些你从未见过或期待过的东西。你会在回菲尼克斯的路上一直感谢我的。"

她喜欢这里空气越来越凉爽，植物的种类也有了变化，干燥、多岩石的高山草皮上长出了小松树。她喜欢那分布着矮树丛的沙漠，从高处看上去就像一幅出自印第安人之手的沙画——红色、粉红色、蓝色和黑色层层叠叠，当你置身其中时绝对看不见。这是身处户外给你的启示，她想，在你看见的事物中隐藏着多少实际存在的东西；而所有你深信不疑的东西，你其实都不该如此确信。这里充满了希望。她必须多去户外。销售房产并不是真正的户外活动。

她仍然痛恨，而且无法不去想，将近三个星期之前那次他说她在床上很棒——就好像她是什么嘉年华的表演者，他可以为她打分并且鼓掌。霍华德是她的错误，不管她怎样努力从不同角度看待这个错误，努力让他高兴。在州际公路旁的豪生酒店里跟他上床是一回事，她心想，也许还不错。但是把这一切带到菲尼克斯，更好地了解他，冒着被抓住和解雇的风险，仍然认为结果会很好，可就是另一回事了，而且糟糕得多。带他来大峡谷真是蠢得不能再蠢了，看看他那个持保留态度、置身事外、不停抱怨的小小自我。埃德会更好。埃德会更好，因为尽管性爱不可能，埃德至少曾经是个有雅量的人。作为一个人，霍华德·卡梅隆从一开始就没达到一般水准。她没有仔细看细则。

她瞥了他一眼，他正靠在一边发呆，两条没有毛的白长腿像高跷一样支在身前，他苍白的膝盖离短裤太远，他那双大脚和像钨一样坚硬的脚指甲，他线条柔和、没有个性的脸，他蓬乱如杂草般的眉毛。还有他篮球运动员般的发型。她到底怎么了？他既不有趣，也不机智，更不善良、深刻或者漂亮。他就是一根弹簧高跷。而在这里，一切都很自然、干净、质朴，你终于看见了。这是个错误。真实的自然揭示出真实的人性。

但是开着这辆大车在蜿蜒陡峭的公路向上行驶，二十英尺外就是沙漠，她认识到，她不会让他用他的臭嘴、脓包、什么都不完美、惹人嫌的恶劣态度再毁掉这一天的。今天，她感到格外振奋——简直令人眩晕。这种感觉直达她的内心，把一些别的什么释放出来，一个她从没意识到在那里——更不用说被封住和困住了——的灵魂。而且他们现在还在路上，甚至还没到大峡谷呢！等她下了车，走上十步就看见那个绵延数英里的巨大空洞时，会是什么感觉啊？她无法想象。大地上的一个深洞。伟大的奇迹都有一种力量能释放你体内不自由的东西。诗人写过这种释放。只有那些累赘、磨人的日常琐事——烧饭，开车，打电话，向陌生人或你所爱的人解释你自己，卖房子，平衡收支，逛录像店——所有这些让你忘记了生活里的一切可能。

也许她会晕倒。她肯定会说不出话来，然后痛哭。可以想见她会想马上就搬来这里，意识到她一直过着错误的生活，并开始修正它。这就是那些从她手里买房子的人搬家的原因——搬到他们可以生活得更好的地方。他们——至少是那些因为可怕的厄运而被迫这样做的人——打定了主意,是他们自己而不是别人来掌控他们的生活。

"那些是纳瓦霍人。"霍华德说,看着右边路肩外急速下降的地方。他一直在沉思。"不是霍皮人,对吗?早上你睡觉的时候我在你那本大峡谷旅游指南上看到的。"

"随便吧。"她说道。

"我吓到你了吗?"霍华德说。

前方双车道公路上的车流慢了下来,弗朗西丝踩下刹车。"你吓到我了吗?"她说,"你很吓人吗?"

"我不知道。"他说。

"此时此刻我真的想不出你有什么能吓到我的。"他们已经进入亚利桑那州南环的村子,这似乎是一个完全隔绝的小镇。一千个居民生活在大峡谷的边缘地带——去杂货店、看牙医、看电视、合伙用车……都在这里!也许一个月后这里就会像康涅狄格州,但她看不出来会如何变化。

"你觉得你会和我结婚吗?"霍华德奇怪地瞥了她一眼。

"不会,"她在缓缓地向前移动,注视着车流,"这跟几个事实有关。我已经结婚了。你也结婚了。我们和其他人结婚了。"

"所以这只是无害的做爱。做,然后分开。"他并没有集中注意力,只是随口说说。无聊而已。

"就像那种画完可以擦掉的神奇画板,你知道吗?"她盯着他们前面那辆福特探索者的车牌。那上面写着:缅因。自然瑰宝。那是什么?

"那么,你觉得愧疚吗?"

"我觉得……"她停了下来。不管她现在要说什么,都一定会危及她第一眼看到大峡谷的感受,仅仅因为他随后会回应的那些没脑子的话。而第一次的珍贵体验现在已经很少有了,所以她不准备用一堆胡言乱语把它搞砸。为什么不是她死于脑癌的室友梅瑞狄斯在这里,而是这个男人?梅瑞狄斯会喜欢这里的。"现在交流暂停一段时间,好吗?"她冷冷地对他笑了笑,"你知道,我想看大峡谷。今天早上不要再问问题了。①"

"明白了。随便你吧。"霍华德说,俯身去够他脱了鞋翘着的大脚指甲,好像要把它拔掉似的。

也许和这个男人在一起,她甚至会伤害到自己。他盯着自己的大脚指甲看,很可能是在摆出一个威胁的姿态。他在想什么?某些阴险的事。等他们一下车,她就会借口去上洗手间,把他甩了。打电话报警说这个男人在跟踪她。让他自己找个可怜的方式独自回菲尼克斯。她想起了两天前在菲尼克斯的夜空中看到的他妻子痛苦的表情,就像一个幽灵。她能要回他了。

"你喜欢复杂的东西还是简单的东西?"霍华德问道,仍然在担心他的脚指甲。

"简单。"她说。

"嗯,我猜也是这样,"他懒散地说,"我也是。"

"我已经意识到了。"

"是啊,"他说,直起身子注视着前面的车流,"对啊。"

---

① 原文为西班牙语。

进入南环村也就等于进入了国家公园。汽车必须沿着专门铺设的道路行驶，你不能偏离，而且只能穿过美丽的松树林单向行驶，车流很快就拥堵起来。所有的司机都很有耐心，没有人摁喇叭或者试图掉头。这是解决人数众多问题的唯一办法：有序地通行，一进一出，有序停车，待在车里。否则人们会直接把车开到边缘地带，然后下车，把车停在那里几个小时，就像在大型商场一样。在她本来的想象中并没有车流，她骑着一匹帕洛米诺马往上走，停在边缘，看上几个小时，独自沉浸在自己的思绪里。

"就是怎么让人们通过的问题。"霍华德说。他已经把椅子向前调了，双膝向前观察着车流，全神贯注。"你我看见什么、做什么都不重要。人们必须移动，不然整个系统就会崩溃，"他用手抓挠着头顶硬扎扎的头发，然后扯了扯耳朵，"房地产完全是一回事。人们搬到某个地方，我们就帮他们找到一个住所。然后又搬到另一个地方，我们再帮着找到一个住所。他们最终在哪里并不重要——当然，这和我们在学校里学到的不一样。我们应该思考我们在哪里才是重要的。但这就像鲨鱼的生活。专心致志于不停移动。"他对这个想法点了点头。

"我认为他们来这里都有很好的理由。"弗朗西丝说。那些野营车和大汽车占据了太多空间，这才是她此刻在想的事。问题是拥挤的空间，而不是移动。大峡谷是个开放的空间。"人们不是为了移动而移动。我不是很想开车，有人却为我想出了一个大峡谷。这很愚蠢。"

"文明，"霍华德无精打采地说，没有注意她说的话，"来到这里，在这里工作，在这里生活——所有这成千上万的人。这里就像个机场，不是一个真正的地方。如果我们能看到该死的大峡谷，如果它不只是一个神话，那就会像是在机场一样。看着它就像看着一条跑道，所有的飞机一字排开。所以我宁愿待在家里而不是被人赶到这里或那里。"他用他那对大鼻孔哼了一口气。

现在他开始破坏了，正如她担心的那样，但她向自己保证过不会让他得逞。她看着他，觉得自己其实做了个鬼脸。她需要甩掉这个男人。她真想直接把他从车上推到路上去，用她的脚。但那样太歇斯底里了，会把他吓死的。她必须努力再无视他一阵子，直到他们下了车。她脑海里浮现出一幅令她不快的画面，在那个肮脏、可怕、地板上到处都是甲虫、没有电视机的小帐篷里，霍华德趴在她身上抽动。那是怎么回事？所有那些她有过的想法。她的脑子到底在干什么？她是有多绝望啊？

"那是汽车旅馆里的那个印第安人。"霍华德指着一个扎着黑色长马尾辫、穿着牛仔裤和绿色 T 恤的年轻人。他正穿过阳光明媚的停车场，一个戴着顶尖帽子的公园管理员正站在一间小屋子旁边，挥旗指挥交通。印第安人和一群游客一起离开停车场，走上一条铺设好的小路，弗朗西丝知道这条小路一定是通往峡谷边缘。这样很好，她心想。现在他没办法毁掉这趟旅程了。"也许他是古老的灵魂之一，"霍华德假笑着说，"也许他是我们去大峡谷的精神向导。"

"闭嘴。"弗朗西丝说，突然把车停在了停放着其他汽车和野营车之间的空位上。一家家的游客离开车子朝那个印第安人走的方向走去。有些人步履匆匆，好像一分钟也等不了似的。她也有同样的感觉。"也许你能去给我们买个三明治。我一会儿来找你。"她把相机挂在脖子上，急着想要出去。

"我想不必了，"霍华德用运动鞋推开车门，开始伸展他的长腿，"我不能错过这个。你从来没有站在建筑工地旁边往洞里看过吗？这也会是一样。一定会很棒。"

她冷冷地看着他。一阵凉爽的、带着松树新鲜味道的微风温柔地穿过打开的车门。还有更多的人前来瞻仰这壮丽的景色、精神上的宏伟和自然奇观。她将和他们一起体验到大峡谷的美妙，而不是和这个失败者。当这一切结束后，他可以认为这是他的主意。但再过一个小时，他就会成为历史，而她可以享受独自开回菲尼克斯的旅程了。这一切都不会花太久的时间。

霍华德注意到，在停车场的山下，穿过松树林，远离游客们走去的地方，有一些看起来像营房的建筑物，装着长长的纱窗，漆成米黄色，与周围的自然景色融为一体。这些是宿舍。就像去卡斯基尔山的篮球训练营。一个男孩和一个女孩——十几岁的孩子——正把一条被褥从一间营房拖到另一间，同时咯咯笑着。你已经习惯了，他想象着。也许好多天过去了，你甚至从未见过大峡谷或者从未想过它。就跟在机场工作一模一样。

弗朗西丝在小路上匆匆走，没有注意到他。这里一定有威尔博特公司的人，他想，人们会认出他们，并在一秒钟内就搞清楚到底是怎么回事。他们就像穆特和杰夫[①]一样显眼。没办法逃脱。他父

[①] 穆特和杰夫是美国漫画家巴德·费舍尔（1885—1954）创作的著名漫画形象。

299

亲总是说，别人知道你做了什么并不重要，重要的是你究竟做了什么。而他们一直在做的，就是在上班时间做爱，开着租来的汽车到处转悠——这也许够得上犯罪了。另外，弗朗西丝现在似乎不怎么喜欢他了，尽管他不明白自己到底做错了什么，除了在汽车旅馆里太快就睡着了。他很高兴能跟她一起来到这里，如果他们不整天待在一起，他也很高兴可以参与某些活动。他突然意识到自己很饿。

沿小路走上去，你实际上看不出前面有什么东西值得看，只有一堵低矮的石头墙，人们在那里停下来，后面是大片的蓝天。有一架飞机，一架小小的单引擎飞机，懒散地从天空飞过。

然后一下子，他突然之间就在那里了：在大峡谷了，身边的弗朗西丝把照相机举到眼前。你真的无法不被它震撼到——整个大峡谷突然就这样出现在那里，在你眼前打开，巨大而深不见底，无形的寂静笼罩着它，还有一股凉爽的空气从里面喷涌而出，就像一口巨大的井。这是一种震撼。

"我不想听到你说一个字。"弗朗西丝说道。她现在没有在透过相机看了，而是开始直直盯着大峡谷，仿佛在把它吸进身体里。阳光照在她的脸上。她看上去极其幸福。

然而，他确实想说点什么。想就这整件事说些你的话，这很自然。但是站在弗朗西丝身旁，他立刻有种感觉，他已经做错了什么，靠近它是错，站着是错，甚至看着这个该死的峡谷都是错。还有一种感觉，你本来以为根本看不见它，然后你完完全全地看见了，某些东西似乎在向你暗示，你实际上很有可能错过它。错过整个大峡谷！

当然，正确的做法应该是一次就看完整，完全感受它的效果，就像弗朗西丝似乎在做的那样。但它实在太大了，无法把一切聚焦清晰。太大也太复杂。他觉得自己想要转身，回到车里再重新上来。重新做好准备。

他默默地注视着褐色平坦的高原和另一侧垂直陡峭的落差——你不知道那有多远，因为透视在这里完全没用——心想，这和他在高中时看到的照片上的景象一模一样。这是个旅游景点。一处值得看的景点。它足够大。但已经有无数的人看过了，所以感觉有点无用。一种负面的存在。完全不像大海还有它的用处。没有人需要用大峡谷来做什么。他猜想，它最多只能给那些想去到峡谷另一边的人带来可怕的障碍。但对弗朗西丝这么说似乎不太明智，她可能正在经历一种宗教般的体验。她会为此大发脾气的。最好的评价，他想，应该是它真的很安静。他从来没有体验过这样的安静。和机场完全不一样。尽管坐在刚才那架小飞机里可能才是最好的观看方式。

刚才沿小路往上走在他们前面的人，现在正朝着那些安在石墙上的望远镜前进。他们都在大呼小叫地惊叹，绝大多数人都带着录像设备来记录这广袤的空间。再往前走，他猜想，会有一家大型的乡村酒店和一些礼品店、一间画廊和一家 IMAX 电影院，向你展示只有站在这里才能看见的景象。

他还什么都没有说，但他想要说点什么，让弗朗西丝知道他认为不虚此行。他只是不想再惹她生气。这对她很重要。他们已经费了那么多波折和时间。她应该享受这一切，即使他并不特别在意。

现在也许没办法让她对他重新产生兴趣了；但是他刚才想过，在他们开车过来的路上，他们应该至少努力把这种关系维持到回家，让它更持久一些，把各种后续的琐事处理好。那样就好。只是现在看来他们甚至可能在回程路上就不会再说话了。所以为什么还要费劲说呢？

顺着景观步道往下，其他游客正朝着望远镜和餐厅的方向走去，他又看到了汽车旅馆里的那个印第安小伙子。他随着人流，边对着手机说话边点头。他是个受雇的导游，霍华德觉得，不是精神向导。某个向乡巴佬兜售珠子或小饰品的小贩。

"现在你怎么想？"弗朗西丝终于用一种嘶哑、虔诚的声音开了腔，仿佛还沉浸在某种宗教体验中。她背对着他，仍然盯着峡谷那巨大的寂静空间。就只剩下他们两个了。最后三个游客正闲聊着渐渐远去。"我以为我会哭，但是哭不出来。"

"这有点像房地产的反面，不是吗？"霍华德说道，这似乎是一个有趣的观察，"它很大，但是很空。"

弗朗西丝转向他，皱着眉，眼睛眯成一条缝，显得有些恼怒。"这就是你心里想的吗？大，但是空？你认为它是空的？你看着大峡谷，就觉得它是空的？"她转头看着空旷的峡谷，好像它能理解她，"我猜，你就算是到了天堂也会感觉失望吧。"

这显然不是一个有趣的观察，他意识到。他走到石头墙前，赤裸的膝盖碰到了石头，然后做了他猜测她想做的事情。他现在可以看到一条白色的小河，在峡谷的底部，很远很远的下面。然后他可以看见一些很小的人影，沿着峡谷两侧的小径向下走。有不少人——只要你看清了一个就会看到更多——穿着浅色的小衬衫，像虫子一样移动着。他们像是喂鸟的。在下面什么也看不见，而从这里看得再清楚不过。下面应该什么都没有，除了毒蛇和一趟足够累死人的徒步回程，除非有人给你一架直升机。"那是什么河？"他问道。

"谁在乎那该死的是什么河，"弗朗西丝气呼呼地说，"哪怕它是恒河。河不是重点。但好吧，我明白了。你认为它是空的。对我来说它是满的。你我就是不一样。"

"那里充满了什么？"霍华德说。那架突突作响的小飞机又出现了，在峡谷上空一点点地飞过。也许是警察巡逻，他想。但是你在这里能干什么坏事呢？

"它充满了治愈的能量，"弗朗西丝说，"它能驱散所有不好的想法。让我不再感到厌倦。"她直直地盯着那凉爽的、看不见的空气，仿佛是在和大峡谷说话，而不是和他。"它让我感觉就像回到了小时候，"她轻声说道，"我说不好。它有它自己的语言。"

"太好了。"霍华德说，不知为何，他想起了他们俩昨晚在床上，她让他进入时眼睛是如何盯着他的脸的。他不知道她现在是不是也那样盯着大峡谷。他希望如此。

"我得做一件你不被允许做的事。"弗朗西丝说，快速地侦察了一下，其他游客正专注于摄像，在步行道的远处，铜制望远镜周围挤满了人。"我需要你给我拍张照片，背景里只有大峡谷。不要有这堵墙。画面里只有我和大峡谷。你可以拍吗？"她说着就把相机递到他手里，开始爬上顶部平整的石墙，转身看着后面那碎石地的悬崖边缘。"你从你那儿可能甚至看不到峡谷,对吧?你人很高,但站的位置太低了。"

他拿着照相机,向上看着她,等她找到一个合适的位置摆姿势。

旁边有很多手工雕刻的木牌标识,上面用清晰的白色字体写着:"请勿攀爬或越过石墙。危险。事故多发点。"她能看见这些标识。她识字,他想。他不想引发另一场争吵。

"我还得再违反一些规定。"弗朗西丝站在墙上说道,她开始在墙的外侧往下挪动,直到粉红色的鞋子碰到泥土。他走过去看着她。干旱的泥土里长出了矮小的松树灌木,它们的根部破土而出。能看见其他人的脚印。有很多人从她所在的地方走过。一个黄色胶卷小盒子半埋在泥土里。一个红白色相间的香烟壳被揉成一团扔在那里。"我想再朝那里走一两步。"弗朗西丝抬头看着他,睁大眼睛笑着说。她很快乐,尽管她的白色短裤和粉红色的鞋子都弄脏了。

他把相机的肩带挂在脖子上,以免它掉落在地。

"我希望照片里只有我和大峡谷。没有其他东西。现在你从取景框里看看。看你看到我时能看见什么。"她满面笑容,往后退进矮小的松树灌木中,眯着眼迎着早晨的太阳。"这样行吗?"

"当心。"霍华德说,把相机取景器的橡皮框贴近眼睛,照相机暖暖地贴着他的鼻子。

"行吗?"她说。他还没有找到她。"这会很棒。这个峡谷实际上还很年轻,它只是看上去古老。哦我的——"

他把小小的黑色镜框对着她,或者说至少是对着他以为她应该在的地方,就在他的下方——她刚才待着的地方。但她现在不在了。他透过镜头向左看,再向右看,然后向上看,向下看。他摘下相机,寻找她去了哪里。"你去哪里了?"他说。他微笑着。但她不见了。他用取景框定格的地方就在那里,因为那里有一丛更高的突出的松树灌木——或者叫矮松,他在哪里见过这个名字。但弗朗西丝并不在那里。他只看见阳光明媚的大白天,而更远处,只有峡谷对面褐色、红色和紫色的墙壁表面以及它上面平坦的地面。离得很远。一个不可能的距离。

"弗朗西丝?"他叫着她的名字,然后等待着,相机在他的手里一点分量都没有。他好像从没叫过她的名字,自从认识以来,在这么久的时间里。他是怎么称呼她的?不记得了。也许他们从来不用名字称呼对方。"哦我的——"他听见了这几个字。它们在记忆里。但他不确定是不是他自己说的。它们是什么意思?

他一动不动地站着,直视着弗朗西丝·比兰蒂克曾占据的空间,那后面是更多的空间。她会出现的。她会突然冒出来。"弗朗西丝?"他又叫了一遍,没完全想清楚自己要说什么,但期盼能听见她的声音。他听见远处巡逻机的突突声。他抬起头却没有看见。他的膝盖和大腿紧贴着岩壁。一切都显得令人愉悦,近乎完美。他朝左下方看去,就是刚才他看见穿着白衬衫的小人沿着峡谷岩壁缓慢前进的地方。他想,他们中的一个或几个人应该在抬头向上看。有那么一瞬间,他以为弗朗西丝会出现在他们所在的地方。但是她没有,也没有人在向上看。那里没有人知道这里有人。

他们走上来的那条小路上也没有人在朝他的方向走来。这里只有他一个人，没有人看。他把相机放在被阳光照着的石墙的顶部，开始爬过这堵墙，先跨过一条腿然后是另一条，他的胫骨擦伤了，但他还是落在了弗朗西丝应该在的、尘土飞扬的地面上，离那个胶卷盒和香烟壳不远。他向那些松散的石块迈出一步——它们散发着一股温暖而熟悉的尿骚味。但才小心翼翼地走了四步（这里看上去可能有蛇），他发现自己正站在一个突然出现的悬崖边缘，前面就是一道垂直下降的峭壁。

就在这一瞬间，他的头开始怦怦地抽痛，心脏也开始抽搐，呼吸变得急促困难而且发出奇怪的嘶嘶声，耳边响起一阵轰鸣，仿佛他是一路奔跑大叫着来到这里的。现在他像动物一样双膝跪地、双拳撑地，好像只有这样他才能呼吸得顺畅一点，他的目光越过那锯齿状的边缘，向下，向下，很下面很下面——当然没有到达闪着白光的那条河。但是很下面。至少有两百英尺，在那里泥土和峡谷的岩石侧壁阻断了笔直向下的趋势，向外折出几英尺，然后再次断开，笔直地插到谷底。那里有岩石和更多的松树丛，还有一棵树——一棵参差不齐的、像是亚洲种的雪松，它斜着从泥土和石缝间长出来，其生长的角度最终会导致它坠落下去的。就是在那里，在这棵古老雪松倾斜的树根处，弗朗西丝在那里，在他身下两百英尺的地方。

他最先看见的是她的脸，在阳光下显得圆润而闪亮。她向上盯着他看，眼睛似乎是睁开的，但她的其余部分——她的白色短裤和那件带锚的蓝色上衣，她裸露的双腿和双臂——都以一种疯狂的方式扭作一团，就好像是她的脸先掉下来，然后才是其余部分。事实上，从这里看过去，有一只手臂似乎完好无损，但与身体分离了。

她没有动。有一瞬间，他以为她脸上的表情在他看见她的那一刻变了。但那不可能，因为它没有再变过。虽然他看不太清楚，但她的表情从来没变过。

他到底在墙外侧的松树灌木丛、碎石和纸屑垃圾以及尿臊味里跪了多久？他不清楚。但是不长。他耳边的轰鸣声先停止了。他的心狂跳了一阵，然后似乎几乎停止了跳动，这之后他的脖子和头发上冒出一阵冷汗，汗水弄湿了他的T恤。他再次低头看向弗朗西丝，仔细地观察着她惨白的向上仰起的脸，使劲地想自己能做些什么：帮助她，救她，安慰她，把她带回这里，给她她所需要的东西，考虑她现在的处境。任何东西。做这一切。什么？时间并没有变慢，也没有变快。然而他似乎有足够的时间，独自在灌木丛里，决定着什么。

只有一点，他知道这一刻不会长久。霍华德抬头向望远镜望去，其他游客都在那里逡巡。弗朗西丝一开始不会被发现——她离峡谷的峭壁太近了，被雪松的树枝遮挡得太严实了。意想不到的地方。有一阵子她会被误认为是其他什么东西。一件衣服。没人会想看已经发生的这种事。他们想看的是完全不同的东西。

不过，如果有人看见的话，他们早就过来了——大声尖叫，挥舞手臂——就像他刚才或十分钟前的感觉一样。其他人可能已经站在墙边向下看了。他也会被看见的，像动物一样蜷缩着，他的T恤衫就是灌木丛里的一面白色旗帜。很快这些就会发生。她的相机还在墙上。他需要动起来，现在。

他手脚并用向后退离悬崖边缘，转过身，向上爬过松树根和人类丢下的垃圾，来到散发着尿骚味的墙根。因为个子高大，他只要站着就能越过墙瞥见对面，能看见通往停车场的沥青路，他和弗朗西丝刚才随人群走上来的那条路。没有人走上来，也没有人从望远镜那里返回。在意识到这一点的那一瞬间，他跳起来，撑起自己翻过了墙，同时把弗朗西丝的廉价宾得相机踢到了路面上。

他再次迅速站起身，站在墙的右侧，也就是正确的一侧，全世界的游客都应该站在这一侧。他此刻感觉到的不是从开阔的大峡谷里升起的凉爽的微风——而是在这里的感觉一点也不糟糕。不管是什么不好的事情，都发生在另一边。现在他在这边。安全。

但是所有那些词组就要开始使用了。它们的确切含义很快就会浮现在他脑中。"通知当局"。"求救"。"解救弗朗西丝"（尽管她当然已经死了）。那些该对这类可怕事件负责的力量必须被动员起来而且要现在就动员。

他盯着躺在黑亮的沥青路面上的宾得相机，它已经毁了。他努力回想今天早上她有没有在车里给他拍过照片，昨晚有没有在汽车旅馆里给他拍照，有没有在菲尼克斯给他拍照，甚至一个小时前有没有在风景如画的公路岔道上给他拍照。但他就是想不起来。他的脑子还没有那么冷静，能记起那种事情，尽管他知道自己非常希望答案是不，她没有给他拍过照片，就让相机留在它所在的地方。（但是他难道没有碰过它吗？）

答案当然是"是"，答案是他的脸在相机里。还不止一次。现在意识终于回来了。当然他也碰过它。尽管在两分钟内或更短的时间里，他就会快速走到游客中心或公园管理处或其他任何地方，打一个紧急求援的电话，但这台相机还是得处理。因为可能发生的一切——发生在弗朗西丝身上的、发生在他身上的、玛丽身上的、埃德身上的——都取决于这台相机的状态和它拍下的内容。现在是重要时刻——他从电视上知道这一点——弗朗西丝面朝天空挂在树上而他毫发无伤；现在是所谓的"关键期"，在警方彻底的调查中，必须对此进行解释，受到质询，反复调查，一次又一次翻来覆去询问。事情发生前、发生时、发生后都会被仔细审查再审查，以确定他有没有杀害弗朗西丝·比兰蒂克，动机是什么。（因爱生恨？一场早餐时的突发争吵？报复。一种无法解释的激情或愤怒之举。一个简单的错误。你几乎都会以为你确实杀害了她，有那么多理由让你有可能去犯罪。）

太糟了，他想，站在那台黑色相机的上方，在黑色沥青路面的那边。太糟了，他没有在弗朗西丝翻到那侧的那一刻厉声喊住她。事后那么多的话都会因为这一声喊而省掉。"哦我的——"这是她对这个世界说的最后一句话。他是那个听见这句话的人。没有其他人知道。他深深卷入了这件事。

他抓起相机，然后出于他一点也不清楚的原因，开始从峡谷边缘向停车场走去，而不是向可以提供帮助的游客中心。新到达的大峡谷游客穿着短裤和鲜艳的毛线衫从停车场里鱼贯而出，拿着相机，背着背包，大笑着说看到"地上的一个大洞"。他们会看见他拿着弗朗西丝的相机。但除了个子高大、独自一人之外，他并没有什么真正可疑的地方。他的脸看起来奇怪吗？痛苦吗？

在这美化过的停车场的边缘，有一部公用电话，旁边是一些松树。这里还生长着粉红色的野花。他当然应该打那个电话。就做那么多。打一个紧急电话。但是现在没有匿名电话这种事了。一切都会在某个屏幕上闪烁着："霍华德·卡梅隆打电话报告一起死亡事件。"立刻就会有回应。然后会怎样呢？他需要想想，此时有更多的游客从他身边走过，谈笑风生。打电话说什么？解释什么？供认什么？（因为他除了没有拍照什么都没有做过。）各种可能性像火堆里的煤渣一样在他脸上灼热地跳动——没有一种可能性是清晰明了或可以把握的，但都是真实的，充满了危险。这真是奇怪，他一直在想：他们刚到，她就掉下去了。而他本来不想来的。

他的目光穿过阳光照射下的停车场。戴着宽檐毡帽的公园管理员正挥手示意车辆从他的小屋前通过。他靠在车窗上，微笑着，和乘客们开着玩笑。看见管理员让他感到孤独，让他渴望回到几十英里、几百英里、几千英里以外他来的地方——回到家里，刚醒过来，躺在床上，想着这一天他能卖掉一套房子，和朋友一起吃午饭，打电话给他母亲，开车去操场，投篮，然后在黄昏时分回到爱他也理解他的人身边。这一切都是真实的。这一切都是可能的，如果他不打那个电话。

但这一切很快就会成为他再也无法拥有的梦想生活，因为最终，他总会被逮住。被卷进去。你无法真正摆脱那些事。他是和弗朗西丝一起来到这里——如果只是做爱就好了；他犯下了荒谬的判断错误，过度的错，无节制的错，激情的错，短视的错，愚蠢的错。当然，他在犯这些错的时候一切都显得很自然。但没人会这么看。没人会站在他这一边,即使一切都很清楚,没有争议,他没有把弗朗西丝·比兰蒂克推下悬崖(他的影像留在照相机里,他的手和脚,甚至他的脚指甲都在汽车地毯上留下了痕迹,他在销售大会上经常被人看到和她在一起)。即使他最终在法庭上被宣告无罪,他仍然会为他有可能那样做而背负罪责。事实上是谁干的——弗朗西丝自己干的——只是在钻牛角尖。是他干的。"糟透了,哦,真是糟透了。"陌生人从他身边走过时,他这样大声说了出来。一个抱着婴儿的年轻女子看了他一眼,同情地笑了笑。"我应该事先计划好的。我不明白。"他痛苦地说,因为现在他当然难脱干系了。

于是他就这样走到公用电话前,在上午的阳光下,把相机的肩带环绕在手腕上,开始启动整个复杂的责任机制。

当天晚些时候,他去找那辆租来的车,向公园警察解释他们是如何抵达大峡谷的,可是车子不见了。霍华德穿着短裤、T恤,再一次站在温热的停车场里,注视着各种轿车、露营车、面包车和越野车的尾灯。他走进下一排黄色的停车位——他知道不是这排——看着那里。没有一辆车是他认识的。那辆大马力的大车不见了。这似乎难以想象。在阳光下,两名警官看着他,就好像那辆车是他编造出来的。太糟了,他想,他可没有编造。

"我真不知道怎么了,"他说,感到疲累和困惑,但又莫名地微笑着,仿佛他在说谎,"我们就把它停在这里。"他指着一个地方,那里现在被人停放着一辆巨大的白色道奇公羊,还把烟灰缸里的垃圾倒在了地上。他奇怪地想起了提托·普恩特的唱片、那瓶金酒、弗朗西丝的手提包、她的手机以及她的旅游指南。都随车一起消失了。

其中一位警官是个年轻的金发女郎，严厉，脖子短短的，长相和弗朗西丝·比兰蒂克差不太多，但穿着紧身、高腰的米黄色制服，外衣里面是一件干净的白色T恤。一把大得离谱的黑色自动手枪别在她丰满的小臀部上方。她的黄铜铭牌上写着约根森。"你确定你们是开着一辆租来的车到这里来的？"她问道，抬头看着霍华德，那双长春花般的小眼睛眨呀眨，仿佛要穿透他，看到他的灵魂，琢磨着她开始深深厌恶这个男人的根源。他的身高，他想，让他不讨人喜欢。但是谁不会怀疑他的故事呢？他自己也怀疑。似乎没有什么是真实的。

"是的，"他说，有点心不在焉，"我确定。"他看着一只乌鸦飞过停车场上方的蓝天。"你可以打电话问租车公司。她租的。不是我。"

"是哪家租车公司？"约根森警官问道，眯着眼睛，继续琢磨着他。

"我不知道，"他说——微笑着，"我知道的不多。"

"你有没有注意到有什么可疑的人在跟踪你们？"突然间她的声音听起来几乎带着同情了——好像不应该有人会跟踪他似的。他觉得既然她愿意表示同情，那他也愿意去回想这一整天。这么漫长的一天，被那么多复杂、可怕的事情搞得那么复杂。现在还有这辆愚蠢的车。他几乎不敢相信这一天是这样开始的：在帐篷外阳光明媚的凉爽微风里，看着一个印第安女人把台阶上的甲虫扫走，而弗朗西丝还在睡觉。他想起了那辆侧面画着火焰、有个备用轮胎的雪弗兰科迈罗。还有那座小教堂，基督因所有人的罪而死。他想了一下弗朗西丝昨晚说的话："那些是我们古老的灵魂。"但不记得是什么让她这么说的了。

"不，我想没有人跟踪我们。"他说着摇了摇头。他回头看那排尾灯。他觉得这次他一定会看见那辆红色林肯。它会在那里，就像你的钱包在大厅的桌上——在那里，只是一时看不见。但是没有。它已经被开得远远的了。这又是一件难以想象的事。

当然，他没有照弗朗西丝告诉他的那样去做，就好像她已经预见到了一切。这一整天，每隔一段时间他就会想起她的建议：当怀疑一度落在他身上的时候；当他被一个穿着格子衬衫的营救人员告知——当时他正在吃三明治——弗朗西丝的尸体找回来了，用铁丝篮和电缆，而不是直升机，而且她的左臂确实与身体分离了的时候；当他听到已经通知她的家属，用从她随身带着的那个小珠子钱包里的卡片得到的联系方式——这个细节他都不知道——的时候；当他听见埃德的名字（令人惊讶的是埃德姓墨菲）的时候；当他听到威尔博特公司、然后是他妻子的名字和他所居住的城市被提起——它们由陌生人的声音说出来显得非常奇怪——的时候；以及一遍遍地重复着生活的细节的时候，现在他的生活已经受到影响，可能被毁掉了，毫无疑问是没有过去好了，甚至因为一些判断错误的事情，以及他想要承担一切后果的这个大有问题的决定而变得不可能了。有好几次——在一间木板搭成的办公室，有一扇窗能看见外面崭新而质朴的游客中心，他坐在一把金属折叠椅上——他又认为自己犯了一个更糟的错误从而使错误变得更复杂，他应该像弗朗西丝说的那样，什么都不做就走开的；让他现在所承受的一切不要在一天之内就冒出来，或者也许永远都不出来。他在这两天做的每一件事可能会不惹人注意地过去。他本可以在菲尼克斯考虑如何以最好的方式把这一天的事抛在脑后，迎接晚上的到来，而不是忍受这漫长而痛苦的时刻。但是，当然，那样的话可能会更困难。而他所做的——留下，告知，接受——也许实际上更轻松。

最后，甚至下午都还没结束，对他的怀疑就渐渐消除并确定为意外事故。他把一切都交代了，几乎是满怀感激地上缴了照相机，忍受着警官的不满，直到他身上的某样东西，他想，存在于他身高中的某种诚实的品质，他坐在折叠椅上、手肘撑在赤裸的膝盖上、眼睛盯着他柔软的空空的大手、不无感情地解释着到底发生了什么时的那种耐心——所有这些开始显得真实，并且几乎有那么一瞬间，显得有趣。所以最终，甚至没有明确宣布，警察就接受了他的说法。又过了一小时，填好并签署了三份文件，记下他的住址，归还他的驾照，给他留了警官的名字和电话，就告知他可以走了。他注意到当时是下午三点。

但是在那之前，他已经跟埃德简短地通过话。那位女警官打电话给埃德时问他是否想要说两句，他觉得她希望他这么做，毕竟，鉴于他此刻的处境，这是他的责任。

"我完全不明白。"埃德说道，他的声音缓慢而且因情绪激动而显得粗暴。他想象着埃德坐在一间黑暗的房间里，一个精神委顿的人（差不多就是他想象中和他互殴的那个人——小朗·钱尼）。"你在那里做什么?"

"我是一个朋友,"霍华德阴沉地说,"我们一起开车来的。"

"仅此而已?"埃德说,"一个朋友?"

"是的,"霍华德说,停了片刻,"仅此而已。基本上。"

埃德干巴巴地冷笑了一声,然后好像——霍华德不很肯定,但好像是——抽泣起来。

他想要对埃德说更多的话,但他们两个似乎都没什么可说的了,连"我很抱歉"这样的话都没说。然后埃德就挂断了电话。

出于他不明白的原因,亚利桑那州高速公路交警队的一名下士警官提出可以把霍华德载到公交车站,在那里他能搭公车回到菲尼克斯。那个赌场的"猛赚一把"广告牌那里就是公交车站。有一趟公车会到得比较晚。如果要等的话他还有饮料券。

在开回去的路上,那位警官想谈论太阳底下发生的一切但似乎并不想谈当天刚发生的事。他是个个子高大、肩膀厚实、一头深色头发的男人,五十岁左右,有一张布满皱纹、方方正正、被晒得黝黑、吸引人的脸,他的米黄色制服和尖尖的警帽好像填满了驾驶座。他叫菲茨杰拉德,他对霍华德销售房地产很感兴趣,他"过世"的朋友也是干这行的。菲茨杰拉德警官说他多年前从匹兹堡搬到亚利桑那,因为东部人太多了。他认为,房地产是衡量一切的标准和关键。每个人的生活质量都是用房地产的价值来衡量的,只不过是成反比:房地产价格越高,生活就越糟。但是令人悲伤的真相是,他相信,不用多久,你现在所看见的一切(菲茨杰拉德警官直接指着车窗外,霍华德早上来时看到的壮丽多彩的美丽沙漠,现在变成了灰蒙蒙的紫灰色),都将变成房子、停车场、商场和办公楼,以及因与邻居住得太近而产生的一系列全世界的弊病:犯罪、贫穷、敌意、欺骗以及无法呼吸的空气。这些会像瘟疫一样降临,那之后不久就是大毁灭。全世界的警察都不能阻止这场袭击,他说。他点了点头,表示深深地赞同自己的话。

"那么你很笃信宗教了,我猜?"霍华德说。

菲茨杰拉德警官把他的警帽低低地戴在他的大方头上,几乎要碰到他太阳眼镜的边沿了。"哦,不,不,不,"他说,露出他又大又直的白牙齿,紧咬着下嘴唇,"你不需要看什么书就知道接下来会发生什么。你只要会清点尸体的数量就可以了。"

"我想那没错。"霍华德说,突然觉得在这个男人面前穿着短裤很不舒服。他看着自己赤裸的双膝并再次注意到在弗朗西丝死后他翻过那堵墙时把它们擦伤得多厉害。试图逃跑。真令人难堪。他想起弗朗西丝说过他会在回菲尼克斯的路上一直感谢她的。他不记得她为什么这么说,甚至不记得什么时候说的了。然后他想起前一晚,他醒过来发现她跪在地上,在黑暗中紧盯着他的脸。他闻得到她酸酸的口气,感受到她的胸部像动物一样起伏。他相信她想对他说什么,害怕她会说出可怕的事——关于他的——他永远都忘不了的事。但她什么也没说,只是盯着,好像她睁开的眼睛失明了。过了一会儿,她又侧身躺下,说:"我不认识你,对吗?我不记得你。"而他说:"对,你不认识。我们从来没被介绍认识。但这没问题。"她转过身去,面对着墙睡着了。第二天早上她几乎什么都不记得了。他不想提醒她。他把这看作一种善意。

你的所作所为无疑改变了一些事情,他想,当这辆大马力的巡逻车加速前进时。就连山下的风景都因为刚才发生的事而改变了:现在看来没那么美了。他想到了他的工作——他会丢了饭碗。他已经想过辞职,但是别搞错了:和同事发生性关系,骇人的死亡,在工作时间偷偷摸摸旅行,就在公司正忙的时候——毫无疑问,那是行不通的。他想到了玛丽——他不会告诉她他心里的任何真实情感,会省略绝大多数细节和历史,会努力让话题平息并希望这样就足够了。他会试着更好地对待生活。他的父母也是——他们都必须变得成熟一些。

自从看见弗朗西丝挂在那棵小雪松上盯着他之后,他就再也没见过她。这让他感到震惊——那一刻的记忆,以及之后再也没有见过她。这让他感到特别委屈和孤独,仿佛他憎恨她的缺席更甚于他的遗憾。当然,你现在可以高兴了,她见到了大峡谷,在它被房子、商场、高速公路和玻璃办公楼毁掉之前。尽管她试图让他感到不够格,他在意的东西和她热切的精神追求放在一起根本微不足道,但现在那精神追求很不幸地让她献出了生命——那治愈的能量。

但那些都不重要了。透过挡风玻璃望着傍晚时分平坦的灰色沙漠,他明白,事实上,他所知道的一切几乎都不重要了;无论他今天有过什么样的感受——如果情况能更好一些——他现在都不被允许去感受。也许他永远不会再被允许了。不管他可能喜欢过什么,把他最完整、最好的自己带入这种体验,现在都已经被夺走了。所以生活，就像这辆汽车在山的一侧疾驰冲向黑暗那样飞快，似乎正在从他身边消失。被抹去。他很遗憾。他感到害怕，非常害怕，尽管这种感受并不是以他一直以为的那种准确而意想不到的方式出现的。

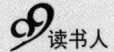

短经典精选系列

走在蓝色的田野上
〔爱尔兰〕克莱尔·吉根 著 马爱农 译

爱,始于冬季
〔英〕西蒙·范·布伊 著 刘文韵 译

爱情半夜餐
〔法〕米歇尔·图尼埃 著 姚梦颖 译

隐秘的幸福
〔巴西〕克拉丽丝·李斯佩克朵 著 闵雪飞 译

雨后
〔爱尔兰〕威廉·特雷弗 著 管舒宁 译

闯入者
〔日〕安部公房 著 伏怡琳 译

星期天
〔法〕伊莱娜·内米洛夫斯基 著 黄荭 译

二十一个故事
〔英〕格雷厄姆·格林 著 李晨 张颖 译

我们飞
〔瑞士〕彼得·施塔姆 著 苏晓琴 译

时光匆匆老去
〔意〕安东尼奥·塔布齐 著 沈萼梅 译

不中用的狗
〔德〕海因里希·伯尔 著 刁承俊 译

俄罗斯套娃
〔阿根廷〕比奥伊·卡萨雷斯 著 魏然 译

避暑
〔智利〕何塞·多诺索 著 赵德明 译

四先生
〔葡〕贡萨洛·曼努埃尔·塔瓦雷斯 著 金文彰 译

房间里的阿尔及尔女人
〔阿尔及利亚〕阿西娅·吉巴尔 著 黄旭颖 译

拳头
〔意〕彼得罗·格罗西 著 陈英 译

烧船
〔日〕宫本辉 著 信誉 译

吃鸟的女孩
〔阿根廷〕萨曼塔·施维伯林 著 姚云青 译

幻之光
〔日〕宫本辉 著 林青华 译

家庭纽带
〔巴西〕克拉丽丝·李斯佩克朵 著 闵雪飞 译

绕颈之物
〔尼日利亚〕奇玛曼达·恩戈兹·阿迪契 著 文敏 译

迷宫
〔俄罗斯〕柳德米拉·彼得鲁舍夫斯卡娅 著 路雪莹 译

奇山飘香
〔美〕罗伯特·奥伦·巴特勒 著 胡向华 译

大象
〔波兰〕斯瓦沃米尔·姆罗热克 著 茅银辉 易丽君 译

诗人继续沉默
〔以色列〕亚伯拉罕·耶霍舒亚 著 张洪凌 汪晓涛 译

狂野之夜:关于爱伦·坡、狄金森、马克·吐温、詹姆斯和海明威最后时日的故事(修订本)
〔美〕乔伊斯·卡罗尔·欧茨 著 樊维娜 译

父亲的眼泪
〔美〕约翰·厄普代克 著 陈新宇 译

回忆,扑克牌
〔日〕向田邦子 著 姚东敏 译

摸彩
〔美〕雪莉·杰克逊 著 孙仲旭 译

山区光棍
〔爱尔兰〕威廉·特雷弗 著 马爱农 译

格来利斯的遗产
〔爱尔兰〕威廉·特雷弗 著 杨凌峰 译

终场故事集
〔爱尔兰〕威廉·特雷弗 著 杨凌峰 译

令人反感的幸福
〔阿根廷〕吉列尔莫·马丁内斯 著 施杰 译

炽焰燃烧
〔美〕罗恩·拉什 著 姚人杰 译

美好的事物无法久存
〔美〕罗恩·拉什 著 周嘉宁 译

魔桶
〔美〕伯纳德·马拉默德 著 吕俊 译

当我们不再理解世界
〔智利〕本哈明·拉巴图特 著 施杰 译

海米的公牛
〔美〕拉尔夫·艾里森 著 张军 译

对不起，我在找陌生人
〔英〕缪丽尔·斯帕克 著 李静 译

爱因斯坦的怪兽
〔英〕马丁·艾米斯 著 肖一之 译

基顿小姐和其他野兽
〔安道尔〕特蕾莎·科隆 著 陈超慧 译

在陌生的花园里
〔瑞士〕彼得·施塔姆 著 陈巍 译

初恋总是诀恋
〔摩洛哥〕塔哈尔·本·杰伦 著 马宁 译

美好事物的忧伤
〔英〕西蒙·范·布伊 著 郭浩辰 译

一切破碎，一切成灰
〔美〕威尔斯·陶尔 著 陶立夏 译

纵情生活
〔法〕西尔万·泰松 著 范晓菁 译

命若飘蓬
〔法〕西尔万·泰松 著 周佩琼 译

爱，趁我尚未遗忘
〔海地〕莱昂内尔·特鲁约 著 安宁 译

水最深的地方
〔爱尔兰〕克莱尔·吉根 著 路旦俊 译

石泉城
〔美〕理查德·福特 著 汤伟 译

哥哥回来了
〔韩〕金英夏 著 薛舟 译

他们自在别处
〔日〕小川洋子 著 伏怡琳 译

恋爱者的秘密生活
〔英〕西蒙·范·布伊 著 李露 卫炜 译

在奥德河的这一边
〔德〕尤迪特·海尔曼 著 任国强 戴英杰 译

当我们谈论安妮·弗兰克时我们谈论什么
〔美〕内森·英格兰德 著 李天奇 译

死水恶波
〔美〕蒂姆·高特罗 著 程应铸 译

一个自杀者的传说
〔美〕大卫·范恩 著 索马里 译

我的爱情，我的伞
〔爱尔兰〕约翰·麦加恩 著 〔爱尔兰〕科尔姆·托宾 编 张芸 译

蝴蝶的舌头
〔西班牙〕马努埃尔·里瓦斯 著 李静 译

未始之初
〔西班牙〕梅尔塞·罗多雷达 著 元柳 译

子弹头列车
〔加拿大〕邓敏灵 著 梅江海 译

聚会，1980
〔美〕朱诺·迪亚斯 著 周丽华 译

你就这样失去了她
〔美〕朱诺·迪亚斯 著 陆大鹏 译

再见，非洲
〔肯〕恩古吉·瓦·提安哥 著 郦青 译

魔术师
〔日〕小川哲 著 丁丁虫 吴曦 译

犒赏系统
〔英〕杰姆·卡德尔 著 陈新宇 译

千百种罪
〔美〕理查德·福特 著 徐振锋 译